THE INTRUDER
Copyright © 2025 by Freida McFadden
All rights reserved.
Korean translation copyright © 2025 by Balgunsesang
Korean translation rights arranged with Jane Rotrosen Agency through EYA(Eric Yang Agency)

이 책의 한국어판 저작권은 EYA(Eric Yang Agency)를 통해
Jane Rotrosen Agency와 독점 계약한 도서출판 밝은세상이 소유합니다.
저작권법에 의해 보호를 받는 저작물이므로 무단 전재 및 복제를 금합니다.

차일드 호더

초판 1쇄 인쇄일 2025년 11월 12일 | **초판 1쇄 발행일** 2025년 12월 9일
지은이 프리다 맥파든 | **옮긴이** 이민희 | **펴낸이** 김석원 | **펴낸곳** 도서출판 밝은세상
출판등록 1990. 10. 5 (제 10 - 427호) | **주 소** (10881) 경기도 파주시 문발로 119, 202호
전 화 031-955-8101 | **팩 스** 031-955-8110 | **메일** wsesang@hanmail.net
블로그 blog.naver.com/balgunsesang8101 | **인스타그램** www.instagram.com/wsesang
ISBN 978-89-8437-515-4 (03840) | **값** 19,000원 | 잘못된 책은 구입한 곳에서 교환해드립니다.

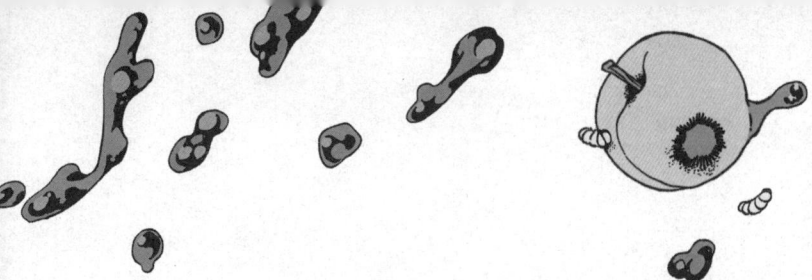

THE INTRUDER

차일드 호더

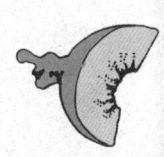

프리다 맥파든 장편소설

Freida McFadden

이민희 옮김

밝은세상

1장

케이시

현재

앞으로 24시간 안에 내가 사는 이 오두막의 지붕이 무너져 내 목숨을 앗아갈 확률은 최소 50퍼센트다.

이는 내 인생 전체를 설명하기에 유효적절한 은유다.

내 인생이야 이미 망가졌다고 치부할 수 있지만 낡은 지붕은 아직 손쓸 여지가 있다. 한 달 전부터 집주인 루디에게 전화해 지붕을 수리해달라고 했지만 감감무소식이다. 하루에도 지붕에서 떨어진 널조각이 몇 개씩 발견된다. 조만간 소파에 앉아 고개를 들면 달이 곧장 눈에 들어올 판이다.

며칠 전부터 루디에게 부탁이 아니라 거의 애원하다시피 지붕을 고쳐 달라고 했다. 폭풍이 예고되어 있는데 낡은 지붕을 이대로 방치해두면 내 목숨이 위태로울 수도 있다.

나는 참다못해 루디에게 전화해 당장 지붕을 고쳐 달라고 윽박질렀다. 그제야 루디가 오두막에 나타났다. 나이가 오십 대 후반인 비쩍 마른 남자다. 그가 게슴츠레한 눈으로 낡은 지붕을 올려다보고 있다. 하루에 한 끼라도 식사를 챙겨 먹는지 의문이 들 정도로 호리호리한 체구다. 희끗희끗한 턱수염을 긁적이던 그가 자주 쓰고 다니는 회색 야구 모자를 고쳐 쓴다. 그의 몸에서는 언제나 지독한 담배 냄새가 난다. 그가 오두막에 처음 왔을 때 담배 찌든 내가 코를 찔러 일주일 내내 환기를 시켜야 했다. 담배 냄새가 얼마나 고약했으면 몇 달이 지난 지금까지도 가시지 않고 있다.

"케이시, 내 눈에는 멀쩡해 보이는데."

나는 치미는 분노를 가까스로 억누르며 따지고 든다. "멀쩡하다고요? 바닥에 떨어져 나뒹구는 널조각을 보고도 그런 소리가 나와요?"

나는 널조각을 손가락으로 찌르듯이 가리킨다. 지붕에서 널조각이 계속 떨어져 내린다는 건 문제가 심각하다는 뜻이다. 조만간 닥칠 폭풍은 어찌 견디더라도 한두 달 뒤 눈이 내리기 시작하면 더는 버티지 못하고 무너져 내릴 수도 있다. 어느 날 아침, 눈과 지붕의 잔해에 깔린 채 눈을 뜨게 될지도 모른다.

"저렇게 널조각이 떨어져 내리는데 그냥 보고 있겠다고요?"

"걱정도 팔자네." 담배를 입에 문 루디가 미처 제지할 틈을 주지 않고 불을 붙인다. 그는 2분마다 한 번씩 줄담배를 피워대는 사람이다.

"케이시, 긴장 좀 풀고 느긋하게 살아."

*긴장을 풀고 느긋하게 살자*가 바로 내가 뉴햄프셔 오두막에 오게 된 이유라고 해도 무방하다. 오두막에 온 덕분에 나는 평화와 안정을 얻었다. 새들의 지저귐과 귀뚜라미 우는 소리를 들으며 망가진 인생을 되돌아보기 딱 좋은 곳이다.

학교에서 아이들을 가르치는 교사로 일하다 쫓겨난 이후 잠시 문명과 단절된 삶을 살아보고 싶었다. 그렇다고 원시인처럼 살고자 하는 건 아니었다. 약간의 불편쯤은 즐거운 마음으로 감수할 수 있지만 정화조를 직접 파면서 살 수는 없으니까. 이 오두막은 다행히 전기도 들어오고 온수도 나온다. TV는 없지만 전화는 연결돼 있다. 나는 한때 손에서 내려놓지 않았던 휴대폰을 오두막으로 떠나기 전 처분해버렸다.

제대로 된 화장실만 있다면 문명 세계를 잠시 떠나 사는 것도 그리 나쁘지 않으리라는 생각이 든다.

아, 그리고 지붕이 무너져 내릴 위험만 없다면.

나는 이를 악문다. "루디, 제발 지붕 좀 고쳐줘요."

아이들을 가르치던 보스턴의 학교로 돌아가고 싶다. 내가 성심을 다해 지도했던 학생들이 보고 싶다. 아이들을 위해서라면 무엇이든 할 수 있는데.

하긴, 나의 그런 마음가짐이 문제의 발단이었다.

"지금은 못 고쳐. 폭풍이 오고 있잖아."

나는 주먹을 꽉 움켜쥔다. 오늘 밤, 천둥 번개를 동반한 폭풍이 몰아치면 정전이 될 가능성이 크다. 루디에게 번번이 폭풍에 대비해야 한다고 강조했는데 이제 와서 헛소리를 늘어놓는다.

"폭풍 때문에 지붕이 무너져 내리면 어쩌라고요?"

"나도 고쳐주고 싶지만 변변한 연장도 없잖아. 사다리도 없고."

"내가 지붕을 고쳐 달라고 입이 닳도록 말하지 않았나요? 여기 올 때 연장을 챙겨왔어야죠."

"일단 지붕이 어떤지 상태를 봐야 고치든 말든 결정하지."

루디가 담배를 한 모금 깊이 빨아들이고 나서 말을 잇는다. "폭풍이 지나가고 나면 고쳐줄게. 다음 주쯤에."

루디는 구체적인 날짜나 시간은 절대로 말하지 않는다. 매번 한 시간 전에 갑자기 전화해 내가 부탁한 일을 해주겠다고 한다. 그때 내가 집에 없으면 없던 일이 된다. 어쨌거나 지붕을 고치려면 루디를 최대한 귀찮게 해야 한다.

"부탁할 게 한 가지 더 있어요."

루디가 짜증 섞인 목소리로 묻는다. "또 뭔데?"

나는 루디를 노려본다. 그가 집주인으로서 책임과 의무를 다하고 있는지 점수를 매긴다면 10점 만점에 2점 이상은 줄 수 없다. 전화도 잘 받지 않고, 문제를 해결해달라고 하면 일단 핑계부터 댄다. 몇 달 전, 냉장고가 고장 났을 때도 그랬다.

케이시, 당신이 오기 전에는 멀쩡하게 잘 돌아갔는데 정말 이상하네.

"저 나무 때문에 걱정돼요."

루디가 고개를 돌려 내가 지목한 나무를 쳐다본다. 내 몸보다 족히 세 배는 굵고, 오두막 위로 우뚝 솟아 있어 위압적으로 보인다.

루디가 피식 헛웃음을 흘린다. "나무가 왜?"

나는 방수 부츠를 신은 발로 저벅저벅 걸어가 나무를 힘껏 민다. 나무가 우지직 소리를 내며 옆으로 살짝 밀린다.

루디가 미간을 찌푸린다. "그래서 뭘 어쩌라고?"

"이 큰 나무가 내가 민다고 이렇게 휘청거리면 안 되잖아요?"

"나무는 다 그렇게 휘청거려."

"지붕 위로 쓰러질까봐 그러죠."

루디는 담배를 깊이 빨아들이더니 마치 굴뚝처럼 진한 연기를 내뿜는다. "내가 조경업자에게 전화해놓을게. 이제 됐어?"

됐기는 뭐가?

휘청거리는 나무가 사라져야 마음 놓고 잠을 이룰 수 있을 것 같다. 한 달 전부터 나무 때문에 신경이 곤두서 있었는데 폭풍이 밀어닥친다고 하니 더욱 불안하다.

나는 낡은 지붕을 올려다본다.

낡고 허술해 보이긴 해도 설마 무너지진 않겠지? 그래, 나무도 그렇게 쉽게 쓰러지진 않을 거야. 설마 죽기야 하겠어?

어차피 내가 오늘 밤에 죽는다 해도 나를 그리워할 사람은 없다.

2장

 루디는 지붕과 나무의 상태를 확인했으니 이제 할 일을 마쳤다고 여기는 눈치다. 루디의 정강이를 힘껏 걷어차고 싶지만 그래봐야 달라질 건 없다.
 그냥 내가 직접 손을 봤어야 하나?
 지붕 수리는 쉽지 않다. 인터넷이라도 되면 유튜브에서 지붕 수리 영상을 찾아 참고할 텐데.
 내가 심란한 표정으로 서 있자 루디가 덧붙인다.
 "아무 일 없을 테니까 걱정하지 마. 내가 설마 당신이 위험에 빠지도록 방치하겠어?"
 눈을 흘기자 루디가 강변한다. "만약 지붕이 무너져 당신이 죽기라도 한다면 나라고 무사할 수 있겠어? 경찰이 당장 나를 잡아 족칠 게 뻔하고, 골치 아픈 소송에 시달리게 될 텐데."
 "내 안전보다는 소송이 걱정이라는 건가요?"
 만약 내가 사는 오두막에서 안전사고가 발생하더라도 루

디에게 소송을 걸 사람은 없다.

나에게 가족은 없으니까.

"아무리 폭풍이 심하다고 지붕이 내려앉겠어? 저 나무도 그리 쉽게 쓰러지지는 않아."

"그럼 다행이지만 만약 쓰러지면 어쩌려고요?"

내가 보기에도 당장 전면적으로 지붕 수리를 해야 할 정도는 아니다. 오늘 밤, 폭풍이 온다는 기상청 예보가 있었다. 나는 그저 폭풍을 견딜 수 있을 만큼 부분적인 수리라도 해주길 바랐다. 벌써부터 바람이 매섭게 불고 있다.

이제 지붕을 수리하긴 글렀어.

루디가 내 얼굴을 향해 담배 연기를 내뿜고 나서 말한다. "다음 주에 술 한잔 어때? 당신과 한잔하고 나서 지붕을 고쳐줄게."

어떤 바보가 지붕 수리를 하기 전에 술을 마신담?

게다가 나는 루디와 한잔하고 싶은 생각이 추호도 없다. 나이로 보자면 삼촌쯤 되는 사람이 술집 테이블 아래로 손을 뻗어 내 허벅지를 더듬는 모습을 상상하는 것만으로도 속이 메스껍다.

내가 어쩌다 이 지경이 되었지?

"술은 됐고, 임대계약서에 명시되어 있는 대로 지붕이나 고쳐줘요."

"서로 분위기 좋게 한잔하고 나면 일할 맛이 날 것 같은데."

루디가 누런 이빨을 드러내며 헤벌쭉 웃는다. 앞니 하나가 유독 시커멓다. 내 몸을 훑어 내려가는 그의 눈길에 몸서리가 쳐진다. 두꺼운 겨울 외투에 청바지 차림이라 성적인 상상력을 자극할 여지도 없어 보이는데 그의 눈빛은 유난히 끈적끈적하다. 바로 이 오두막에서 임대계약서를 작성하던 날에도 그는 서명할 부분을 손가락으로 짚어준답시고 몸을 숙여 내 등 뒤로 밀착해오더니 목덜미에 뜨거운 입김을 불어넣었다. 실수로 몸을 스치는 것도 한두 번이지 그 이상이면 고의로 간주해야 한다.

그 자리에서 임대계약서를 찢어발겼어야 마땅한데 당장 살 집이 필요했고, 이 오두막보다 임대료가 낮은 곳이 없어서 겨우 참았다.

"그런 조건이면 됐어요."

내 차가운 말투에도 루디의 얼굴에 걸린 음흉한 미소가 사라지지 않는다. 이 오두막에서 지낸 7개월 동안 그는 나를 볼 때마다 역겨운 수작을 걸었다. 그나마 마주칠 일이 드물어서 다행이었다. 진작 나갔어야 하는데 언제나 임대료가 발목을 잡았다.

루디가 내 몸을 위에서 아래로 훑어 내리며 징글맞게 웃는다. "지붕이 폭풍에 날아갈까봐 걱정되면 당분간 우리 집에 와서 지내는 건 어때?"

웃기시네. 당신과 한집에서 지내느니 차라리 허리케인에 휩쓸려 날아가는 편이 낫겠네.

"사양할게요."

"케이시, 너무 그러지 마." 외투를 뚫을 듯이 바라보는 그의 음흉한 시선에 몸이 저절로 움츠러든다. "재난 대비 비상용품도 제대로 구비해두지 못했을 텐데."

천만에. 나는 평소에도 팬트리에 비상식량, 구급약, 생수, 양초, 고광도 손전등 따위를 준비해둔다. 갑자기 무슨 일이 닥칠지 모르니까.

나는 단호하게 말한다. "나도 부족하지 않게 준비해놨어요."

루디는 여전히 버티고 서 있다. 지붕을 고칠 생각도 없으면서 돌아가지 않고 뭉그적대는 그가 몹시 거슬린다.

"우리 집에 와 있는 게 안전할 거야. 혹시 정전이라도 되면 어쩌려고?" 그가 나에게 윙크한다. "난방이 안 되더라도 나랑 있으면 서로 온기를 나눌 수 있잖아."

차라리 지붕이 무너져 내려 죽는 편이 낫겠네.

루디가 내 어깨에 팔을 두르며 말한다. "자, 우리 집으로 가자고."

대학 입학을 앞두고 아빠가 호신술 몇 가지를 가르쳐준 적이 있다. 남자들이 치근거릴 때 벗어나는 방법이다.

놈이 어깨에 팔을 두르면 떼어내려 하지 말고 힘을 역이용해.

나는 왼팔을 그의 왼쪽 어깨에 감으면서 몸을 밀착시키고 오른손으로 그의 오른쪽 팔뚝을 움켜쥐며 뒤로 꺾어버린다. 그런 다음 그의 정강이를 냅다 걷어찬다.

루디가 외마디 비명을 지르며 바닥에 주저앉는다.

아빠는 그런 다음 즉시 도망치라고 했지만 나는 갈 데가 없다. 여기가 내 집이니까.

나는 다시 루디의 팔을 등 뒤로 꺾은 다음 그의 몸 위에 올라탄다. 이번에는 무릎으로 허리를 강하게 누르면서 손으로 뒤통수를 눌러 얼굴을 흙바닥에 처박고, 오른팔에 강하게 힘을 주어 어깨관절을 비튼다.

루디가 입에서 흙을 뱉어내며 소리친다. "케이시, 미쳤어? 당장 놔!"

내가 강하게 팔을 꺾자 루디의 입에서 단말마의 비명이 터져 나온다.

"어이쿠! 내 팔 부러진다!"

나는 그의 귓가에 대고 뜨거운 입김을 내뿜는다. 내 기분이 어땠는지 조금이나마 느낄 수 있길 바라면서. 그와 달리 고약한 입 냄새는 나지 않겠지만.

"다시는 내 몸에 손대지 마. 알겠어?"

"뭘 그리 예민하게 굴어?"

나는 그의 팔을 더 세게 꺾는다. "알아들었냐고?"

루디가 벌겋게 달아오른 얼굴로 소리친다. "그래, 알았어!" 축축한 진흙이 그의 기름진 머리카락에 들러붙는다. "이제 좀 놔줘!"

"폭풍이 지나가고 나면 곧장 와서 지붕 고쳐요."

루디가 대꾸하지 않아 나는 팔에 더욱 힘을 가한다. "알아들었어요?"

"그래, 알았어. 시키는 대로 할게!"

루디의 얼굴은 여전히 흙바닥에 처박혀 있고, 어깨는 내 손에 잡혀 있다. 앞으로 더는 치근덕거리지 않게 하려면 팔을 부러뜨려야 마땅하겠지만 차마 그럴 수는 없다.

마침 빗방울 하나가 툭 떨어진다. 나는 길게 한숨을 내쉬고 나서 그를 풀어준다.

숨을 헐떡이며 일어선 루디가 어깨를 문지르며 나를 쏘아본다. "케이시, 정말 미친 거 아냐?"

그의 표정을 보니 대답을 바라고 한 말은 아니다.

"이틀 뒤에 지붕을 고치러 와요. 연장 챙겨 들고."

나는 루디의 반박을 기다린다. 내심 다시 한번 덤벼들길 기대하면서. 나보다 스무 살 많고, 체격은 비슷하고, 근육은 약해빠진 남자. 게다가 조금 전에 어깨를 다쳤다.

어디 자신 있으면 덤벼보시지.

루디가 시선을 내리깔며 고개를 끄덕인다. "폭풍이 지나가면 올게." 그러고는 한마디 덧붙인다. "그때까지 살아있으면."

그 말이 협박인지 폭풍이 몰아치는 동안 낡고 허술한 지붕 아래에서 보내야 하는 내 처지를 비꼰 건지 알 수 없다. 나는 루디의 얼굴을 빤히 바라본다. 흙바닥에 얼굴이 처박힌 채 굴욕을 당한 그가 앙심을 품고 복수를 노릴 수도 있다.

그럼 뭐, 내 총은 장식용인가?

3장

 오두막에 들어와 라디오를 켠다. 폭풍 관련 뉴스가 연이어 흘러나오고 있다.

 천둥 번개를 동반한 시속 100킬로미터의 강풍이 불어 닥칠 것으로 예상됩니다. 폭풍이 치는 동안 주민 여러분께서는 외출을 삼가시고 재난 대비 방송을 청취해주시길 바랍니다.

 내심 폭풍의 경로가 바뀌거나 세력이 약해지길 기대했는데 전혀 그런 분위기가 아니다. 재앙이 온다더니 막상 소나기 정도로 끝나는 경우도 허다하지만 이번에는 진짜라는 감이 온다. 뉴스 진행자의 목소리도 대단히 진지하다.

 나는 오두막에 이상이 없는지 살펴보러 다시 밖으로 나간다. 아침에만 해도 찬란하게 빛나던 태양은 어느새 자취를 감추었고, 흉흉한 기운을 머금은 먹구름이 나를 내려다보고 있다.

 갑자기 돌풍이 불어 하나로 묶은 내 갈색 머리가 세차게 휘날린다. 거센 바람이 외투를 뚫고 지나가는 결에 몸이 덜덜 떨린다. 이제 곧 짙은 먹구름이 비를 쏟아부을 조짐이 보인다. 정원에 떨어져 나뒹구는 나뭇가지들을 모아들고 잔디 깎는 기계를 밀며 창고로 향한다. 강풍이 불 때 잔디 깎는 기계가 창문을 깨고 날아와 내 머리를 박살 내는 일은 없어야 하니까.

창고는 오두막 지붕보다 더 불안해 보인다. 하나밖에 없는 전등이 고장 나 창고 안은 무척이나 어둡고 침침하다. 나뭇가지들과 잔디 깎는 기계를 창고에 넣어두고 나서 문을 닫으려는데 구석에서 반짝이는 무언가가 눈에 들어온다. 오랫동안 사용하지 않고 방치해둔 정원용 도구로 보인다. 폭풍이 물러가고 나서 뭔지 확인해보기로 하고 문을 닫는다. 시속 100킬로미터 바람에 과연 허술한 문짝이 버텨낼 수 있을지 의문이다.

오두막으로 돌아가는데 이마에 차가운 빗방울이 툭 떨어진다. 다시 불어온 돌풍이 얼굴을 세차게 때리지만 이제 내가 할 수 있는 일은 아무것도 없다. 그저 아무 일 없이 폭풍이 지나가길 바랄 수밖에.

나는 오두막 안으로 들어서자마자 현관문을 잠근다. 내가 직접 설치한 데드볼트가 폭풍은 몰라도 침입자는 막아줄 수 있을 것이다. 이 근처 이웃이라고 해봐야 8백 미터 떨어진 오두막에 사는 리뿐이고, 그가 우리 집에 무단침입할 일도 없겠지만 나는 적어도 보안 문제에 대해서는 대충 넘어가지 않는다.

팬트리에서 덕트테이프 한 롤을 가져와 창문마다 X자 형태로 붙인다. 방풍 셔터가 있으면 바랄 나위 없겠지만 덕트테이프로도 꽤 효과가 있을 것이다. 아빠는 덕트테이프를 붙여놓으면 뭐든 끄떡없을 거라 믿었다. 오늘 밤 그 말이 과연 진실인지 알 수 있게 되었다.

나는 벽장에서 양초가 가득 들어있는 박스를 꺼낸다. 이사 오자마자 양초를 한 박스 사두었다. 폭풍이 밀어닥치면 정전을 피할 수 없을 테니까.

나는 집 안을 돌며 양초를 곳곳에 비치해둔다. 주방에 몇 개, 거실은 많이, 화장실에는 가장 큰 걸로 하나, 침실에는 세 개.

내 침실에서 가구라고는 퀸사이즈 침대와 보조 탁자 그리고 옷이 몇 벌 들어있는 서랍장이 전부다. 오두막에서 7개월을 살았지만 나 말고 내 침대에서 잔 사람은 아무도 없다. 전등 소켓에서 불꽃이 튀어 루디가 고쳐주려고 한 번 침대에 올라간 적이 있을 뿐이다.

마음만 먹으면 내가 침대로 끌어들일 수 있는 남자가 없진 않지만 괜히 엮이고 싶지 않다. 지난주에 마트 계산대에서 만난 남자가 내 전화번호를 물었는데 마지막 두 자리를 일부러 틀리게 가르쳐주었다. 어차피 별로 관심도 없다. 침대 한가운데에 누워 팔다리를 쭉 뻗고 마음껏 몸을 뒤척이며 자는 게 좋다. 누군가와 이불을 나눠 덮고, 코 고는 소리에 잠을 설쳐야 하는 불편을 감수하고 싶지 않다.

 서랍장 위와 보조 탁자 위에 양초를 내려놓는다. 마지막 양초를 창가로 가져가 오른쪽 모서리에 내려놓으려는 순간 우뚝 몸이 굳는다.

 창밖에서 창백한 얼굴이 나를 뚫어지게 바라보고 있다.

4장

엘라

과거

이번 학기에만 벌써 여섯 번째 교장실에 불려왔다. 가버 교장 선생님 얼굴이 잔뜩 찌푸려져 있다. 하긴, 전교생을 책임지는 입장에서 매번 똑같은 학생이 사고를 치니 짜증이 날 만도 하다. 물론 나도 좋아서 교장실을 들락거리는 건 아니다. 내가 아침에 등교할 때부터 '좋아, 오늘은 교장실에 불려가 작고 불편한 플라스틱 의자에 앉아 꾸중을 들어야지'라고 계획하진 않았다는 뜻이다. 나도 정말 싫지만 재수 없게 또 걸려들었을 뿐이다.

"엘라." 가버 교장 선생님이 엄한 목소리로 말한다. "이번에는 그냥 넘어갈 수 없다."

머리카락 몇 가닥이 땀에 젖은 이마 위로 흘러내린다.

나는 의자가 불편해 몸을 꿈지럭거린다. 엉덩이에 살이 없어서인지 의자가 몹시 불편하다.

나는 최대한 진지하게 말한다. "죄송합니다, 교장 선생님."

하지만 교장은 내 말을 그다지 진지하게 받아들이지 않는 눈치다. "물건을 훔치다 걸린 게 이번이 벌써 몇 번째니?"

"훔친 게 아니라 그냥 헷갈렸을 뿐이라고요."

내가 교장실에 불려온 이유는 반 아이가 점심으로 가져온 땅콩버터 샌드위치를 훔쳤다가 들킨 탓이다. 나는 훔친 게 아니라 내가 챙겨온 샌드위치와 헷갈렸을 뿐이라고 주장했지만 사실은 알면서도 가져간 게 맞다. 나는 오늘 점심을 안 싸왔으니까. 사실 거의 매일 아무것도 안 싸온다.

가버는 어떻게 해야 할지 난감한 표정이다. 나는 아빠를 한 번도 본 적이 없어 남자 어른들이 실망했을 때 짓는 표정이 익숙하지 않다.

가만 보니 가버의 입가에 빵 부스러기가 붙어 있다. 점심을 먹고 양치질을 걸렀나보다. 빵 부스러기를 보니 배가 더욱 고프다. 나라고 좋아서 남의 샌드위치 따위를 훔칠 리 없다. 절박하게 배가 고프지 않다면 그런 짓을 할 까닭이 없다.

"너도 알다시피 매일 학교에서 급식을 제공하고 있단다."

누가 그걸 모르냐고 비꼬고 싶은 마음이 앞서지만 꾹 눌러 참는다.

"필요하면 급식비 감면을 받거나 무료 급식을 신청할 수도 있어."

엄마는 결코 무료 급식을 신청하지 않을 것이다. 내가 매일 굶어 뼈만 앙상하게 남게 될지라도 엄마는 결손 가정이나 저소득층 아동 대상 급식 프로그램은 거들떠보지 않을 것이다.

우리 집에 먹을 거 많잖아?

"저도 알아요. 오늘은 점심을 싸왔다니까요."

가버가 수염 난 턱을 문지른다. 입가에는 여전히 빵 부스러기가 붙어 있다. "엘라, 정말 너희 집에 먹을 게 많니? 혹시 집에서도 식사를 거르는 건 아니지?"

나는 팔짱을 낀다. 내 또래 여자아이들 대부분이 벌써 가슴이 볼록 튀어나왔지만 내 가슴은 아직 모기에 물린 자국이나 다름없다.

"우리 집 냉장고엔 먹을 게 가득해요. 빈틈이 없을 정도로."

이 말만큼은 거짓말이 아니다. 가버가 우리 집 냉장고를 열어본다면 내 말이 무슨 뜻인지 곧바로 이해할 수 있을 것이다.

"정말 실수였어요."

가버가 나를 물끄러미 바라본다. 다른 아이였다면 이 정도로 끝냈을 수도 있다. 땅콩버터 샌드위치 하나를 슬쩍한 게 뭐 그리 큰 잘못이라고. 하지만 나는 상습범에 사고뭉치로 낙인찍힌 문제아다.

나는 팔짱을 더 단단히 낀다. 무서워서가 아니라 그냥 춥기 때문이다.

교장실이 왜 이리 춥지? 난방비를 아끼나?

가버가 판결을 내린다. "엘라, 일주일간 근신이다."

일주일 동안 방과 후에 한 시간씩 학교에 남아 있어야 한다는 뜻이다. 일찍 끝나봐야 딱히 할 일도 없으니까 상관없다. 학교에서 가끔 간식도 제공하니까 오히려 더 좋다.

교장실 문을 열고 나오면서 보니 대기석에 나와 같은 8학년인 앤턴 피터슨이 앉아 있다. 머리를 초록색으로 염색하고 다니는 남자앤데 가끔 셔츠 깃에도 초록 물이 묻어 있다. 집에서 염색하다가 흘린 자국이 분명하다. 앤턴은 청바지 무릎 부위에 뚫린 구멍을 만지작거리고 있다. 교장실에 불려온 학생치고는 긴장한 기색이 전혀 보이지 않는다. 하긴 이 학교에서 유일하게 나보다 더 자주 교장실을 들락거리는 애가 바로 앤턴 피터슨이다.

나는 불량한 애라고 낙인 찍혀 있지 않지만 앤턴은 다들 문제아라고 인정한다.

"넌 또 무슨 일로 왔어?"

내가 묻자 앤턴이 갈색 눈을 치켜뜨고 노려본다.

"신경 꺼."

앤턴의 오른쪽 광대뼈가 벌겋게 부어 있다. 주먹다짐을 한 모양인데 상대는 어디 가고 혼자 와 있다.

"이번에는 누구랑 싸웠니?"

"신경 끄라고 했지? 그러는 넌 여기 왜 왔어? 너무 못생겨서 불려왔지?"

나는 교장실 비서의 눈길을 피해 가운뎃손가락을 세워 보인다. 앤턴도 똑같이 되받아친다.

2분 후에 다음 수업이 시작되니까 늦기 전에 가야 한다. 수업 도중에 들어가는 건 질색이다. 반 아이들이 내가 교장실에 불려갔다 온 걸 눈치챌 테니까. 이미 다들 속닥거리고 있겠지만 그깟 땅콩버터 샌드위치를 훔친 게 뭐 그리 대단한 일이라고 호들갑을 떨어대는지 모르겠다. 심지어 한 입 베어 물기도 전에 카힐 선생님에게 빼앗겼는데.

복도로 나서다가 하마터면 누군가와 부딪힐 뻔했다. 교장실 근처에도 얼씬거리지 않는 브리트니 카터다.

학교에서 딱 한 아이와 인생을 바꿔치기할 수 있다면 주저 없이 브리트니 카터를 택할 것이다. 브리트니는 친구도 많고, 예쁘고, 선생님들도 좋아하는 애다. 게다가 공부도 잘해

항상 전 과목 A등급을 받는다. 한마디로 부러운 아이다.

"안녕, 브리트니."

브리트니가 윤기 흐르는 검은 머리를 어깨너머로 넘긴다. 검은 머리가 하얀 얼굴과 극명한 대비를 이룬다. 립스틱을 바르지 않아도 입술이 붉어 마치 백설 공주 같다.

"안녕, 엘라."

브리트니와는 유치원 때부터 알고 지냈다. 먼저 나에게 다가와 인사를 건넨 적은 없지만 앤턴처럼 괜히 짓궂게 굴지는 않는다. 아, 4학년 때 생일 파티에 나만 빼놓고 반 아이들 모두를 초대한 적은 있다. 그건 좀 속상했다.

"브리트니, 교장실엔 웬일이야?" 모든 면에서 완벽한 브리트니가 과연 무슨 잘못을 저질러 교장실에 불려왔을까?

브리트니가 피식 웃는다. "너처럼 불려온 거 아니야. 난 오늘 조퇴하고 엄마랑 치과에 가기로 했거든."

하긴 처신이 완벽한 애라 뭔가 잘못을 저지르고 교장실에 불려올 리 만무하다.

우리를 지켜보고 있던 앤턴이 나와 눈이 마주치자 다친 광대뼈를 문지르며 고개를 돌린다. 이 학교에서 교장의 속을 썩이는 문제아가 나 혼자는 아니어서 다행이다.

5장

케이시

현재

나는 비명을 지른다.

내가 듣기에도 소름 끼치는 비명이다. 뒷걸음치다 침대 모서리에 발이 걸려 비틀거리다가 손에 들고 있던 양초를 바닥에 떨어뜨렸다. 총을 숨겨놓은 서랍장을 흘끗 보고 나서 다시 고개를 들었을 뿐인데 창밖에서 나를 바라보던 창백한 얼굴이 어느새 사라지고 없다.

나는 심장이 쿵쿵 뛰는 걸 느끼며 창문 가까이 다가간다. 어둠이 내린 숲을 눈으로 샅샅이 뒤져 보지만 아무도 없다. 사람은커녕 산짐승 한 마리도 눈에 띄지 않는다.

나는 창가에 우두커니 서서 숲속 나무들 사이를 한참 동안 살핀다. 밤이 되면 숲은 분위기가 바뀐다. 날이 어두워지면 웬만해서는 밖에 나가지 않는다. 차로 5분 거리에 다른 오두막이 있지만 이 근처에는 내 오두막이 유일하다. 그야말로 외딴 곳이다.

도대체 누가 창문 밖에서 나를 훔쳐보고 있었을까?

루디? 가장 먼저 떠오른 이름이지만 나는 아까 그의 어깨를 꺾고 얼굴을 흙바닥에 처박았다. 일시적으로 기분이 통쾌하긴 했지만 괜한 짓을 했다는 생각이 들기도 한다. 루디는 충분히 앙심을 품고 복수를 노릴 수도 있는 작자니까. 한편 루디가 그렇게 무리수를 둘 만큼 집요한 인간이라는 생각은 들지 않는다. 아무리 내가 미워도 폭풍이 치는 날에 복수하러 올 만큼 멍청하진 않을 거다.

루디는 지금쯤 소파에 앉아 테이블에 발을 올려놓고 휴식을 취하고 있을 것이다. 보나마나 양말의 엄지발가락에 커다란 구멍이 나 있을 테고. 나는 루디가 신고 다니는 모든 양말에 구멍이 나 있을 거라 확신한다.

의심스러운 사람이 하나 더 떠오르긴 하지만 굳이 오두막 뒤편에 몰래 숨어 있을 것 같지는 않다.

내가 헛것을 봤나?

이미 밖은 어둑어둑하다. 아직 폭풍이 본격적으로 닥치지는 않았지만 부슬비가 내리기 시작했다.

나는 길게 심호흡하고 나서 생각한다. 여긴 숲 한복판에 있는 오두막이고, 폭풍이 밀려오기 직전이다. 이런 날에 누가 이 주변을 서성이겠는가?

아무래도 이슬비가 불러일으킨 착시 현상이었을 거다. 유리창에 어린 불빛이 순간적으로 누군가의 얼굴처럼 보였을 수도 있다.

바닥에 엎드린 채 침대 아래 손을 넣어 더듬더듬 양초를 찾아 꺼낸다. 양초에 묻은 먼지를 털어내고 나서 다시 창가에 올려놓는다.

좋아. 이제 모든 준비는 끝났어.

어서 무시무시한 폭풍이 지나가길 바랄 뿐이다. 이제 내가 할 수 있는 일은 없다. 평소처럼 책을 읽으면서 시간을 보낼 생각이다. 2주에 한 번씩 차를 몰고 마을 도서관에 가 책을 열두 권씩 빌려온다. 이틀에 한 권씩 읽는 셈이다. TV가 없다 보니 한동안 잊고 지낸 독서의 즐거움을 만끽하고 있다. 그나마 오두막에서 혼자 지내면서 누리는 혜택 가운데 하나다.

물을 한 잔 따라 들고 거실로 가려는데 뭔가 눈에 스친다. 분명 창밖에서 무언가 지나가는 걸 본 느낌이 든다. 나는 되살아나려는 공포를 억누르며 마음을 다잡는다. 여긴 숲이고, 야생동물이 많이 서식하는 곳이다. 언젠가 사슴 한 마리와 토끼 한 마리가 서로 코를 비비는 사랑스러운 모습을 발견하고 밤비와 텀퍼라는 이름을 붙여주기도 했다. 그러니 창밖에서 수상한 움직임이 포착되었다고 지레 겁먹을 필요는 없다.

무언가가 내 눈을 스치듯 지나간 곳은 집터 끝자락에 있는 창고 근처다.

혹시 창고 안에 누군가 숨어 있는 건 아닐까?

싸늘한 기운이 등줄기를 타고 흘러내린다. 창문 가까이 다가가 어둠이 짙게 깔린 정원을 유심히 살핀다. 두 손으로 눈 주변을 가리자 창고가 좀 더 뚜렷이 보인다.

바로 그 순간, 창고 문이 탁 닫힌다.

나는 화들짝 놀라 창가에서 물러서며 싱크대 모서리를 꽉 움켜쥔다. 창고에 누군가 있다. 내가 잠들기를 기다렸다가 오두막 안으로 잠입할 수도 있다.

나는 가파르게 뛰는 심장을 진정시키며 다시 한번 창밖을 내다본다. 주방 창문에서는 창고가 더욱 잘 보인다. 지금은 아무런 움직임도 없고, 거센 바람에 문이 덜커덩거릴 뿐이다.

내가 침실 창가에서 본 창백한 얼굴은 착시였을 수도 있다. 바람이 세게 부는 날에는 창고 문이 저절로 열렸다 닫히기도 한다. 정신이 나가지 않고서야 폭풍우 몰아치는 날에

이 깊은 숲에 발길을 들여놓을 사람은 없다.

어렵사리 생각을 정리하고 겨우 마음을 놓으려는 순간이었다.

쿵쿵쿵.

하마터면 혼이 달아날 뻔했다. 분명 사람이 내는 소리다. 지금, 누군가가 오두막 현관문을 두드리고 있다.

6장

 허겁지겁 돌아서다 그만 싱크대 모서리에 놓아둔 컵을 쳐서 산산조각 냈다. 부츠를 신고 있어서 다행이지 맨발이었다면 유리 파편에 발이 베일 뻔했다.
 나는 낮게 욕설을 내뱉으며 현관으로 향한다. 이 시간에 외딴 오두막을 방문할 사람은 거의 없다. 처음 한두 달은 철저히 고립된 채로 지냈다. 문을 열기 전부터 방문객이 누구인지 대략 짐작된다.
 "안녕하세요, 리."
 리 트레이너는 6개월 전 여기서 가장 가까운 오두막에 이사 온 남자다. 내 오두막까지 오려면 잡목림을 거쳐야 해서 성가실 텐데 리는 생각보다 자주 찾아온다. 적어도 일주일에 한 번은 찾아와 현관문을 두드린다. 내가 집에 없는 척하면 그대로 돌아갔다가 몇 시간 뒤에 다시 오기도 한다.
 "안녕하세요, 케이시."

리가 비에 흠뻑 젖은 비니를 벗자 헝클어진 갈색 머리가 드러난다. 그의 손에 손전등이 들려 있다.

"폭풍이 온다는데 별일 없나 해서 들러봤어요."

나는 비켜서서 리를 안으로 들인다. "굳이 안 그래도 되는데."

거실로 들어선 리는 방수 점퍼 지퍼를 반쯤 내린다. 그의 푸른 눈이 나를 걱정스레 살핀다.

"이번 폭풍은 꽤 심할 거예요." 그의 미간에 깊은 주름이 잡힌다. "대비는 제대로 해두었어요? 비상 물품은요?"

루디도 그렇고, 내가 폭풍을 앞두고 비상용품도 제대로 챙기지 못할 사람처럼 보이나?

리는 나를 지나치게 걱정한다. 아무 연고도 없는 남인데 왜 이리 신경 쓰는지 모르겠다.

"잘 준비해두었으니 걱정 말아요."

리는 내 말이 사실인지 일일이 확인해보고 싶어 하는 눈치지만 다행히 그러지는 않는다. 아직 루디의 얼굴을 흙바닥에 처박을 때의 호전적인 기운이 남아 있어서 날 건드리지 않는 게 리에게도 이로울 거다.

리가 여기저기 놓아둔 양초를 보며 말한다. "미리 촛불을 켜두는 게 좋을 거예요. 바람이 세게 부는 날에는 정전이 되기 일쑤니까."

"그게 좋겠네요."

리가 굳이 나의 안전을 확인하고자 오두막을 방문했다는 사실이 살짝 불쾌하다. 그가 이사 오기 전에도 나는 별문제 없이 잘 지내왔다. 언젠가 변기에서 갈색 물이 역류하는 바람에 곤욕을 치른 적이 있긴 하지만.

아빠가 세상을 떠난 이후 내 안위를 걱정해준 사람은 리가 처음이다. 처음에는 그의 마음 씀씀이가 고마웠고, 썩 괜찮은 사람 같았다. 외모도 출중한 편이고, 짙은 갈색 머리와 자연스러운 미소가 살짝 휜 콧대와 묘하게 잘 어울려 보였다.

리를 볼 때마다 의문이 든다. 멀쩡하게 생긴 삼십 대 남자가 왜 숲속 오두막에서 혼자 살고 있을까? 언젠가 리에게 그 이유를 물었더니 '자연과 가까워지고 싶어서'라고 했다. 그의 얼굴을 보고 그 말이 거짓이라는 걸 금세 알 수 있었다. 이제 리가 현관문을 두드릴 때마다 드는 생각은 하나뿐이다.

왜 자꾸 나를 찾아오는 거야? 나한테 관심 있어?

리의 눈길이 거실을 훑다가 한 지점에서 멈춘다. "창문에 테이프를 붙였어요?"

나는 고개를 끄덕인다. "창문이 깨지면 안 되니까요."

"폭풍이 불 때 그렇게 하면 안 돼요."

리의 단호한 말투에 나는 고개를 갸웃거릴 수밖에 없다. 아빠가 창문에 덕트테이프를 붙이던 모습이 지금도 선연히 떠오르니까. 아빠의 판단은 언제나 옳았다.

"테이프를 붙이면 창문이 더 크게 깨져서 위험해요. 커다란 유리 조각이 당신을 향해 날아오길 바라지는 않죠?"

일리 있는 말이지만 왠지 어린아이를 가르치는 말투라 거부감이 든다.

나는 멋쩍게 고개를 돌리며 말한다. "알았어요. 곧 떼어낼게요."

이제 슬슬 가달라는 뜻으로 한 말인데 리는 좀처럼 돌아갈 기색이 없다. 리의 눈길이 이번에는 천장으로 향한다. "밖에서 보니 지붕 상태가 별로 안 좋아 보이던데, 혹시 루디가 와 보긴 했나요?"

"네, 확인하고 갔어요." 나는 루디를 흙바닥에 처박은 얘기는 빼고 말한다. "다음 주에 고쳐준대요."

리가 코웃음을 친다. "루디가 그 약속을 지킬 것 같아요? 차라리 내가 고쳐주는 게 빠르겠네요."

리는 건축 현장에서 일하고 있어 집 골조에 대해 빠삭하다. 몇 번이나 지붕을 손봐주겠다고 했지만 거절했다. 그에게 신세 지고 싶지 않다. 지붕 수리는 집주인인 루디가 책임져야 할 일이다.

나는 걱정을 숨기고 말한다. "지붕은 보기보다 잘 버텨줄 거예요."

"낡은 너와지붕은 바람이 세게 불면 날아갈 수도 있어요."

나는 불안감을 억누르며 단호하게 말한다. "그럴 리가요?"

"폭풍이 지나갈 때까지 우리 집에 머무는 건 어때요? 우리 집 지붕은 내가 직접 손봤고, 방풍 셔터도 설치했어요. 펌프를 돌릴 수 있는 소형 발전기도 구비해두었고요."

리는 마치 방금 떠오른 것처럼 얘기했지만 애초부터 그 말을 하러 찾아왔을 거다. 이 죽음의 덫 같은 오두막에서 나를 구해주겠답시고.

"리, 그건 좀."

"왜, 어때서요? 난 거실 소파에서 자면 되니까 내 방을 써요. 이 오두막이 아무래도 안전하지 않아 보여서 그래요. 다른 마음은 없어요."

사실 리는 처음 만났을 때부터 줄곧 신사적이었다. 나에게 이성적인 관심을 표한 적도 없고, 손끝 하나 닿은 적이 없다. 처음 한 달 동안은 혹시 게이인가 하는 생각이 들 정도로.

그런데 어느 날, 내가 아주 짧은 반바지에 민소매 셔츠 차림으로 문을 열었을 때 리가 한동안 시선을 마주치지 못하고 말까지 더듬는 걸 보고 나서야 게이는 아니라는 걸 알았다.

만약 나에게 관심이 있었다면 진작 신호를 보냈을 텐데, 연애 감정도 없으면서 왜 이리 자주 나를 찾아오는지 알 수 없다. 루디는 척 보면 어떤 인간인지 알 수 있다. 내가 오늘 그의 집에 따라갔다면 저녁 내내 치근덕거리다 밤이 되면 슬그머니 내가 잠들어 있는 침대로 기어들었을 거다. 그러다 나에게 급소를 걷어차이고 말았겠지만.

리는 절대 그런 짓을 할 사람이 아니다. 하지만 왠지 그의 오두막에 발을 들여놓는 순간 크게 후회하게 될 거라 의심되는 건 어쩔 수 없다.

내 오두막 지붕이 날아가거나 창문이 깨질 가능성이 없진 않지만 모두 감수하기로 했다. 그보다 훨씬 끔찍한 일도 겪어봤으니까.

리는 아직 뭔가 할 말이 남은 눈치지만 내가 완강하게 팔짱을 끼고 버티자 더는 말을 얹지 않는다. 그가 이러지도 저러지도 못하고 머뭇거리는 사이 나도 모르게 하품이 터져 나온다.

"벌써 피곤해요?" 리가 웃으며 묻는다. "아직 초저녁인데."

나는 눈을 비빈다. "어젯밤에 잠을 설쳤거든요."

"또 악몽을 꿨어요?"

언젠가 리에게 딱 한 번 개인적인 이야기를 털어놓은 적이 있다. 몸에 불이 붙어 괴로워하는 악몽을 반복해서 꾼다고. 깨어나면 온몸이 땀에 흠뻑 젖어 있고, 다시는 잠들지 못한다고.

말하자마자 후회했다. 잘 알지도 못하는 남자에게 털어놓을 얘기는 아니었다고.

"오늘은 푹 잘 수 있을 거예요. 비바람이 부는 밤에는 이상스레 잠이 잘 오더라고요. 빗소리가 수면에 좋은 영향을 주나봐요."

"정말 괜찮겠어요?" 리가 재차 묻는다. "본격적으로 폭풍이 몰아치면 나도 여기에 오기 힘들어요. 아마 전화선도 끊길 거예요."

리의 말은 사실이다. 이 지역 전화선은 비만 오면 먹통이 된다. 평소에는 딱히 전화 올 데가 없어 신경 쓸 필요 없지만 위급한 상황에서는 반드시 필요하다.

내 걱정을 눈치챈 리가 말한다. "내가 도울 일이 있으면 뭐든 말해봐요."

나는 은목걸이를 만지작거린다. "혹시 10분 전에 이 오두막 근처에 있었어요?"

리가 눈썹을 찌푸린다. "아뇨, 왜요?"

나는 급히 덧붙인다. "바깥에서 뭔가 지나간 것 같았는데, 사슴이었나봐요."

차라리 리였다면 모든 의문이 풀렸을 텐데. 내가 마주쳤던 창백한 얼굴은 지금 눈앞에 있는 리가 아니라 다른 무엇이었다.

리에게 말해볼까? 창밖에서 기웃거리는 사람을 본 것 같다고? 물론 산짐승일 수도 있고, 착시 현상이었을 수도 있지만 이왕 여기까지 왔으니 손전등을 들고 오두막 주변과 창고를 둘러봐달라고.

그럼 리는 기꺼이 내 말을 들어줄 테고, 나는 오늘 밤 안심하고 잠들 수 있을 텐데.

리에게는 쉬운 일이겠지만 막상 부탁하자니 마음이 내키지 않는다. 내가 헛것을 보았을 수도 있는데 괜히 그에게 의지하고 싶지 않다. 의심스러운 게 있으면 내가 직접 확인하면 된다. 그 정도는 충분히 해낼 수 있다. 데드볼트도 있어서 아무도 이 오두막에 쉽게 들어오지 못한다.

리가 모자를 눌러쓴다. "행운을 빌게요. 혹시 필요한 게 있거나 문제가 생기면 즉시 연락해요. 내가 곧바로 달려올 테니까. 진심이에요."

내 눈에도 진심으로 보인다.

현관문을 열어보니 빗줄기가 이전보다 훨씬 굵어졌다. 일 분만 걸어도 흠뻑 젖을 거다.

"우산 있어요?"

리가 하늘과 땅을 번갈아본다.

"없어요."

"내가 빌려줄게요. 여분이 많아요."

나는 집 안으로 들어가 벽장에 보관해둔 우산 하나를 꺼낸다. 다시 나가보니 리가 후드를 뒤집어쓴 채 기다리고 있다.

리가 푸른 눈으로 나를 또렷이 바라본다. "고마워요, 케이시. 오늘 밤 조심해요."

"당신도요."

리가 우산을 펼쳐 들고 빗길 속으로 뛰어든다. 바람이 거세비가 사선으로 내린다. 리의 모습이 빈터를 지나 오솔길 너머로 사라지는 걸 보고 나서야 나는 어깨의 긴장을 푼다. 지붕이 곧 무너질 수도 있는 집이지만 그가 떠나 마음이 놓인다.

나는 다시 집 안으로 들어와 창문에 붙여놓은 덕트테이프를 떼어낸다. 오두막에 온 뒤로 처음 접하는 대형 폭풍이다. 나름 착실하게 준비를 마쳤다. 게다가 뉴잉글랜드에서 이 정도 비바람은 흔한 편이다.

그런데 왜 자꾸만 오늘 밤 무슨 일이 일어날 것 같다는 불안감이 가시지 않을까?

7장

🚶‍♂️

엘라

과거

내 책상 위에 어항이 하나 놓여 있다.

물과 물고기가 아니라 온갖 잡동사니로 가득 찬 어항이다. 냄비, 머핀 틀, 국자 등등.

엄마는 늘 내 책상을 창고처럼 사용한다. 오늘은 내가 일부러 펼쳐둔 미국사 교과서를 밀쳐버리고 그 자리에 어항을 올려놓았다. 어항을 치워버리고 싶지만 어디 둘 데도 없고, 내가 혼자 들기에는 너무 무거워 보인다. 무게를 재보지는 않았지만 내 몸무게보다 더 나갈 것 같다.

엄마에게 어항을 치워달라고 하는 수밖에 없다. 내 방에서 유일하게 잡동사니가 놓여 있지 않은 공간인 침대에 가방을 던져놓고 아래층 거실로 내려간다. 엄마와 나는 메드퍼드의 작은 타운하우스에 산다. 저소득 가정 임대 규정 덕분에 들어올 수 있었는데, 그런 제도가 없었다면 감히 꿈도 못 꿀 만큼 좋은 동네다.

물론 우리가 세 들어 사는 집은 다른 집들과 비교할 수 없을 만큼 좁다. 엄마가 계단을 창고처럼 쓰고 있어 오르내릴 때 항상 조심해야 한다. 계단의 철제난간에는 옷걸이가 줄줄이 걸려 있고, 층계에는 온갖 책자와 서류들이 쌓여 있다. 계단에서 발을 디딜 수 있는 공간은 고작 한 뼘 남짓이다.

겨우 엄마가 있는 거실까지 내려가니 안도의 한숨이 흘러나온다.

"엄마?"

엄마는 소파에 앉아 TV를 보고 있다. 바닥에 매트리스를 깔고, 또 다른 매트리스를 등받이처럼 사용하고 있는 간이 소파다.

엄마는 언제나 그랬듯이 손에 담배를 들고 있다. 우리 집 거실에서는 항상 럭키 스트라이크 냄새가 진동한다. 밖에 나갔다 돌아오면 지독한 담배 냄새가 훅 밀려드는데, 평소에는 익숙해져 잘 느껴지지도 않는다. 엄마는 하루에 담배를 쉰 개비 이상 피운다.

내가 다시 엄마를 부른다. "엄마?"

엄마가 검은 속눈썹을 깜박인다. 엄마는 정말 예쁘다. 내 엄마라서가 아니라 다들 그렇게 말한다. 머리는 밝은 금색으로 염색했고, 화장은 전문가 수준이다. 내 눈에는 화장하지 않은 엄마 얼굴이 더 예쁘다. 나는 엄마를 닮지 않았다. 그렇다면 아빠를 닮았을 텐데 한 번도 만난 적 없고, 사진으로도 본 적이 없다.

엄마가 몽롱한 표정으로 말한다. "엄마 TV 보는데 왜 자꾸 불러?"

엄마의 일상은 늘 똑같이 반복된다. 마트에서 퇴근할 때마다 일하다 얻은 물건이나 중고 가게에서 산 물건을 한 아름 안고 온다. 그런 다음 밤늦도록 TV를 시청한다. 가끔 데이트를 하러 나갈 때도 있었지만 요즘은 드물다.

나도 학교에 들어가기 전까지 엄마와 TV를 보는 게 주요 일과였다. 소파에 나란히 앉아 TV를 볼 때면 엄마는 배우들의 의상이나 연기에 대해 품평하길 좋아했다.

나는 어떻게 하면 엄마의 심기를 거스르지 않을지 손을 꼼지락거리며 고민하다가 마침내 입을 연다. "내 책상 위에 어항이 놓여 있던데."

"아." 엄마가 살짝 화색이 도는 얼굴로 TV에서 눈을 뗀다. "너 주려고 사 왔어. 언젠가는 쓸 일이 있겠지. 그 집에 새 거나 다름없는 베이킹 도구도 많더라."

도대체 어항을 어디에 쓰라는 건지? 주방에도 공간이 전혀 없는데 베이킹 도구는 또 왜 사는지?

엄마는 그렇게 말하면 벌컥 화를 내기 일쑤다.

"나, 숙제할 때 책상이 꼭 필요해."

"침대에서 하면 되잖아. 반드시 책상에서 숙제해야 할 이유라도 있어?"

침대에 엎드린 자세로 공부하려면 여간 불편한 게 아니다.

"책상이 편해."

"너, 어차피 학교 공부에는 관심이 없잖아? 누가 내 딸 아니랄까봐."

"어제 수학 시험 치렀는데 A 받았거든?"

나도 모르게 목소리에 자랑이 실린다. 밤늦도록 공부해 얻어낸 성적이다. 몇 년 전만 해도 엄마는 내가 그린 그림을 크게 칭찬하며 냉장고에 붙여주곤 했는데, 이제는 좋은 성적을 내밀어도 퉁명스럽게 반응한다.

"그래서 어쩌라고? 상이라도 줄까?"

"그냥 책상에서 어항 좀 치워줘. 제발, 엄마."

엄마가 담배 연기를 길게 내뱉는다. "난 어릴 때 가진 게 없었어. 부모가 뭘 사준 적이 없지. 멋진 어항이라도 하나 있었으면 아주 신났을 텐데."

엄마는 툭하면 어린 시절 얘기를 꺼낸다. 집이 너무 가난해 새 옷은 구경도 못 하고 늘 남이 입던 옷을 입었다는 얘기가 엄마의 레퍼토리다.

 "집에 먹을 게 하나도 없어서 늘 배를 곯았어. 지금처럼 음식이 가득 찬 냉장고는 꿈도 못 꿨지."

 엄마 앞에서 냉장고 얘긴 꺼내고 싶지 않다. 괜히 화만 돋울 테니까.

 "어항은 언제 치워줄 거야?"

 "네 아빠 도움 없이 나 혼자 살림을 책임지고 있는데 자꾸 불평이나 늘어놓을래? 널 생각해서 산 어항인데 고맙다는 말은 못 할망정 웬 불만이 그리 많아?"

 단연코 나를 위해 산 어항이 아니다. 엄마는 뭐든 값만 싸면 무조건 사들인다. 온 집이 창고 수준으로 물건이 그득한데도 엄마는 쇼핑을 멈추지 않는다. 나는 늘 엄마에게서 원하지도 않은 선물을 받는다.

 엄마 목소리에 날이 선다. "그래서 고마워, 안 고마워?"

 엄마가 나를 빤히 바라본다. 손가락 사이에 낀 담배에서 연기가 피어오른다. 엄마는 내 책상을 사용할 수 없게 만들어놓고 고마워하길 바라고 있다. 엄마 말을 무시하면 어떤 일이 벌어질지 뻔하다.

"고마워, 엄마."

차라리 말을 꺼내지 말았어야 한다. 엄마가 이제 내가 원치 않는 관심을 보인다. 나를 위아래로 훑어보던 엄마가 입술을 일그러뜨리며 묻는다. "그 티는 어디서 났어?"

난 흰색 티셔츠 밑자락을 살짝 잡아당긴다. "내 방 서랍 안에 있던데."

"누가 그런 옷을 입고 다니래?" 엄마가 날카롭게 쏘아붙인다. "싼 티 나잖아. 그런 옷을 입고 다니면 사람들이 비웃기 마련이야. 남자아이들은 야유를 보낼 거고. 넌 그런 꼴을 당하고 싶니?"

나한테 좀 작은 티셔츠긴 하지만 내가 자주 입는 옷들은 죄다 지하실 빨래 바구니에 들어있다. 결국 나는 안 맞는 옷이나 더러운 옷을 입어야 한다. 벌거숭이로 학교에 갈 수는 없으니까. 하지만 그 정도 설명으로는 엄마를 납득시킬 수 없다.

"다신 안 입을게."

엄마는 그제야 고개를 끄덕였지만 예전처럼 같이 TV를 보자고 하지 않는다. 사실 소파 대신 쓰는 매트리스에도 온갖 물건과 서류들이 놓여 있어서 엄마 혼자 앉을 자리 하나만이 달랑 남아 있을 뿐이다. 서류 뭉치 맨 위에 학교에서 보낸 이메일을 출력한 종이가 놓여 있다. 엄마는 이메일을 읽고 인쇄해두어야 잊지 않는다고 믿지만 우리 집에서는 결국 뭐든 다 사라진다.

나는 조심스럽게 묻는다. "어항을 옮기려 하는데 좀 도와줄 수 있어?"

"나중에." 엄마의 시선은 다시 TV에 고정된다. "당분간 그대로 놔둬. 조만간 쓸 데가 있을 테니까."

결국 나는 포기하고 방으로 올라간다.

책상으로 돌아와 혼자 어항을 들어보려 했지만 어찌나 무거운지 꿈쩍도 하지 않는다. 어항 안에 넣어둔 물건들을 죄다 꺼내고 나서 다시 들어봤지만 여전히 무겁다. 엄마가 이 무거운 어항을 어떻게 2층으로 옮겼는지 궁금할 따름이다. 월리 아저씨를 시켰을 가능성이 크다. 엄마에게 푹 빠져 있는 마트 동료 직원. 엄마가 도와준다고 해도 어항을 옮기기 힘들어 보인다. 결국 내가 고등학교를 졸업할 때까지 책상 위에 어항이 그대로 놓여 있을 수도 있다는 뜻이다.

그날이 빨리 왔으면 좋겠다. 열여덟 살이 되어 졸업장을 받으면 다시는 이 집구석에 돌아오지 않을 테다.

8장

케이시

현재

깨진 파편을 치운 뒤 저녁을 준비하기로 했다. 아직 가스레인지를 사용할 수 있으니 스파게티를 만들 생각이다. 올리브유에 슬라이스 토마토와 토마토 페이스트, 바질, 마늘을 볶아 물을 붓고 끓인다. 재료가 신선해 소스가 한결 맛있어 보인다. 소스를 저으며 창밖을 보니 한층 거세진 빗줄기가 눈에 들어온다.

리는 무사히 집에 도착했을까?

아까 리를 매몰차게 돌려보낸 게 마음에 걸린다. 날 걱정해서 일부러 찾아왔는데, 좀 더 부드럽게 대할걸. 그렇다고 무례하게 군 건 아니지만. 리는 내가 고치려다 포기한 문고리를 고쳐준 적도 있는데.

리는 언제나 신사다운 태도를 유지했지만 나는 아직 그를 전적으로 믿을 수 없다. 그가 가까이 있으면 마음이 불편하다.

내가 상담을 받는다면 상담사는 아마 이렇게 물을 것이다. 리처럼 괜찮아 보이는 사람을 왜 자꾸 밀어내느냐고, 왜 선을 긋느냐고. 지난 5년간 내가 왜 어느 누구와도 가까워지지 못했는지, 마지막 남자친구가 왜 떠났는지 캐묻겠지.

그 남자도 떠나면서 내게 말했다. 내가 좀처럼 옆자리를 내주지 않는다고.

상담사가 꼬치꼬치 캐물으면 난 친구도 없고, 가장 가까웠던 아빠마저 세상을 하직했다는 사실을 털어놓아야 할 것이다. 내가 상담사를 만나지 않는 이유다. 리를 가까이해서는 안 된다는 내 직감이 그 어떤 상담사의 조언보다 믿을 만하니까.

토마토와 바질 향이 부엌을 가득 채운다. 숟가락으로 살짝 떠 맛을 보니 내가 만든 소스만큼은 훌륭하다. 소금만 살짝 뿌리면 완벽하겠다. 소금 통을 집으려는 순간 전화벨이 울린다. 숲으로 들어오고 나서 휴대폰은 없애버렸다. 숲속에서는 전파도 잘 잡히지 않고, 직업도 없는 처지에 통신 요금을 내는 것도 부담이었다. 어차피 걸려 올 전화도 없는데.

전화벨이 다섯 번쯤 울렸을 때 수화기를 들었다. 지지직거리는 잡음 너머로 루디의 낮고 굵은 목소리가 들린다. 이런.

"케이시?"

"네." 나는 최대한 짜증을 감춘다. 루디는 오늘 나를 도와줄 기회를 이미 놓쳤다.

"폭풍우는 괜찮아?"

"아직은 괜찮아요." 나는 침실 쪽을 흘끗 본다. 굵은 빗줄기가 창문을 두드리고, 거센 바람에 유리가 덜덜 떨린다. "혹시 아까 떠나기 전 집 뒤쪽에 다녀갔어요?"

"아니, 왜?"

그렇다면 리도 아니고 루디도 아니다. 내 침실 창가에서 나를 엿보던 사람은 도대체 누구였는지 의문이다.

"아니, 그냥 물어봤어요."

"저기, 케이시. 라디오를 들어보니까 이번 폭풍이 생각보다 심각하다네. 시속 100킬로미터가 넘는 돌풍이 분다더라고. 오두막 지붕 말인데 당신 말이 맞을지도 모르겠다는 생각이 들어. 밤새 무슨 일이 생길까봐 불안해 죽겠어."

그래, 나도 지붕 아래 깔려 죽고 싶진 않다. 하지만 루디가 이렇게까지 걱정하는 이유는 뻔하다. 내가 그의 부주의 때문에 다치거나 죽기라도 하면 법적 책임을 져야 하니까.

"고민 끝에 여기저기 수소문하다가 겨우 방이 하나 남은 민박집을 찾아냈어. 당신 이름으로 예약해놨으니까 지금이라도 당장 민박집으로 옮겨."

"좋네요." 빗속을 뚫고 트럭을 운전해야 한다고 생각하니 그리 달갑진 않지만 밤이 더 깊어지기 전에 한시바삐 움직이는 게 나을지도 모른다.

"민박집 주소를 말해줄래요?"

루디의 대답이 잡음 속에 묻히며 길게 늘어진다.

"루디, 무슨 말인지 알아들을 수 없어요."

"케이시?" 루디의 목소리가 수십 킬로미터 떨어진 곳에서 들려오는 것처럼 희미하다. "내… 말… 들…려…?"

나는 수화기를 귀에 바짝 붙이고 그의 말을 놓치지 않으려 애쓴다. "네, 민박집 주소만 알려줘요."

"그게……"

그 순간, 전화가 뚝 끊긴다.

나는 수화기를 내려놓고 잠시 기다렸다가 다시 들어본다. 아무 소리도 들려오지 않는다. 신호음조차 끊겼다. 전화가 먹통이 되었다. 적어도 오늘 밤에는 복구되기 어렵다고 봐야 한다.

왜 하필 루디가 민박집 주소를 말해주려는 순간 전화가 먹통이 되지?

루디는 웬만한 일로는 무사태평한 사람이다. 그런 그가 이 집에 머무는 건 위험하다고 판단했으니 상황이 심각한 건 분명하다.

이제 어쩌지? 주소도 모르는 민박집을 찾아 폭풍우를 뚫고 달리는 건 오히려 더 위험하다. 트럭이 진흙탕에 빠지거나 길이 미끄러워 사고라도 나면 끝장이다.

남은 선택지는 리의 오두막뿐이다. 불과 8백 미터지만 숲길은 전혀 다르다. 잡목과 수풀이 무성한 숲을 지나는 동안 강풍이 불어 나무가 쓰러지거나 돌멩이가 날아올지도 모른다.

그냥 버티는 수밖에 없다.

그저 이 밤이 무사히 지나가길 바랄 뿐.

9장

 스파게티 소스가 거의 다 끓었다.
 주방 가득 퍼지는 향에 배가 꼬르륵 소리를 낸다. 요리엔 젬병이었는데 오두막에서 살기 시작하면서 제법 잘 만들 수 있게 되었다. 만약 오늘 밤 지붕이 무너져 내려 죽게 된다면 내가 만든 파스타가 살아생전에 마지막으로 먹은 요리가 된다.
 비가 양동이로 퍼붓듯이 쏟아진다. 나는 멍하니 창밖을 바라보며 나무 주걱으로 파스타 소스를 젓는다. 간을 보니 여전히 뭔가 부족하다.
 오레가노? 아빠는 소스의 맛이 밋밋할 땐 늘 오레가노가 정답이라고 했다. 나는 양념 선반 위에 놓인 조미료통을 집으려 손을 뻗다가 깜짝 놀란다. 창밖에 뭔가 있다. 침실 창가에서 본 얼굴은 착시려니 했다. 괜한 의심을 키우고 싶지 않으니까. 창고 근처에서 수상한 움직임을 포착했을 때도 바람에 흔들린 나뭇가지거나 토끼가 지나갔으려니 했는데 이번에는 착시라고 치부하고 넘기기에는 너무나 확실하다.

불빛.

창고 안에서 불빛이 새어 나온다.

얼마나 놀랐던지 손에 들고 있던 주걱을 놓쳐 바닥에 떨어진다. 주걱에 묻어 있던 토마토소스가 바닥에 튄다. 폭우가 쏟아져 시야가 흐리지만 지금 눈에 보이는 건 착시가 아니다. 창고엔 전기가 들어오지 않는다. 전구도, 전원도 없는데 불이 켜져 있다. 누군가 창고 안에서 손전등을 들고 있다는 뜻이다.

다리가 후들거린다. 분명 토끼나 사슴이 아니라 사람이다. 도대체 누굴까? 무슨 목적으로 이 오두막까지 왔을까?

리에게 창고를 확인해달라고 부탁했어야 마땅하다. 쓸데없는 자존심을 부렸다가 낭패를 보게 되었다. 이 폭풍우 속에 리가 다시 와줄 리 없다.

나는 눈을 가늘게 뜨고 창고를 뚫어지게 바라본다. 창고의 작은 창문으로는 아무것도 확인할 수 없지만 분명 누군가 안에 있는 건 분명하다.

경찰을 불러야 한다. 이런 악천후에 경찰이 출동할 수 있을지 의문이지만 무단 침입자가 있다면 당연히 신고해야 한다. 침입자가 무얼 노리고 있고, 정전되면 무슨 짓을 할지 알 수 없다. 나중에 후회하느니 매사 조심하는 게 낫다.

아차, 전화가 불통이지? 지금은 리에게도, 경찰에게도, 그 누구에게도 연락할 수 없다.

나는 창고에서 눈을 떼지 않은 채 조심스레 뒤로 물러나 전등 스위치로 향한다. 주방 불을 끄면 창고 안이 더 잘 보일 것이다. 스위치를 내리자 주방은 순식간에 어둠에 잠긴다. 다시 창문 가까이 다가서자 바깥 풍경이 훨씬 또렷하게 보인다. 창고 안에서 빛이 새어 나오고 있다. 침입자가 안에 있는지 여부는 알 수 없다. 어쩌면 이미 현관 앞에 와 있을지도 모른다. 도끼를 든 괴한의 모습이 뇌리를 스쳐 지나간다.

그렇다고 이 오두막 안에 꼼짝없이 갇혀 있을 필요는 없다. 나에겐 트럭이 있다. 당장 밖으로 뛰쳐나가 트럭을 몰고 나가면 가장 가까운 마을까지 갈 수 있다. 폭풍우에 도로 사정이 엉망이더라도 가만히 앉아 당하는 것보다야 훨씬 나을 수도 있다. 지붕도 위험하고, 창고에 누군가 숨어 있다는 사실을 알게 되자 불안감이 증폭된다. 차라리 위험한 이곳에 머무느니 호텔을 찾아보는 게 낫겠다. 호텔에 빈방이 남아 있을 수도 있고, 최악의 경우 호텔 로비에 비치된 소파에서라도 밤을 보낼 수 있을 테니까.

낯선 자가 내가 없는 사이 오두막에 들어온다면? 그러라지 뭐. 어차피 값나가는 물건도 없으니까.

내가 왜 그래야 하지? 여긴 내 집이고 내 땅인데, 왜 내가 무단 침입자 때문에 쫓겨나야 하지?

그렇다고 모르는 사람이 바로 곁에 있다는 걸 알면서 편히 잠들 수는 없다. 어쩌면 나쁜 의도가 없는 떠돌이일 수도 있다. 단지 폭풍우를 피하려고 잠시 쉬어가려 들른 것일지도 모른다. 토끼나 사슴은 아니더라도 꼭 도끼 든 살인마라는 보장은 없으니까.

결심했다.

창고에 가서 직접 확인하자.

10장

🚸

엘라

과거

"스멜라! 스멜라!"

교내 식당을 지나가는데 앤턴 피터슨이 또 진저리나게 내 별명을 부른다.

스멜라.

내 이름 '엘라'에 냄새(Smell)를 갖다 붙인 말장난이다. 이젠 피식 헛웃음이 새어 나오지도 않는다. 차라리 코미디 작가라도 되지, 별명을 짓느라 재능을 낭비하다니? 그나마 점심을 싸와 다행이다. 빈손이었으면 기분이 더 상했을 테니까.

앤턴이 시답잖은 친구들 사이에서 벌떡 일어나더니 내 앞을 막아선다.

"뭐가 그렇게 급해?"

나는 시선을 피하지 않고 어깨를 으쓱한다. 앤턴이 재수 없긴 해도 그리 겁나지 않는다.

"궁금해서 그러는데." 앤턴이 친구들 쪽을 힐끗 본다. 벌써부터 키득대며 앤턴의 다음 말이 뭔지 잔뜩 기대하는 눈치다. "너, 혹시 샤워는 해?"

진짜 내 몸에서 냄새가 나는 걸까?

난 매일 몸을 씻는다. 다만 우리 집 세탁기가 일 년째 고장이라 옷을 빨아 입을 수 없다는 게 문제다. 엄마는 남이 집에 오는 걸 극도로 싫어해 수리 기사를 부르지 않는다. 엄마는 직접 세탁기를 고치겠다고 큰소리쳤지만 세월아 네월아 하며 차일피일 시간만 보내고 있다. 세탁기가 고장 난 초기에는 옷을 빨아 입는 대신 새 옷을 사들이더니 이내 한계에 다다랐다.

가장 가까운 곳에 위치한 빨래방이 걸어서 45분 걸린다. 가끔 빨래를 가방에 잔뜩 집어넣고 빨래방에 가서 두어 시간 멍하니 앉아 세탁이 끝나길 기다렸다가 돌아왔지만 자주 가기엔 비용이 너무 많이 든다. 지금 입은 청바지와 긴소매 티도 벌써 입고 다닌 지 나흘째다. 날씨가 쾌청한 날에 햇빛과 바람에 말리려고도 해봤지만 우리 집 환경에선 그리 쉽지 않다.

어쨌든 우리 집 사정을 구구절절 늘어놓을 필요는 없다. 나는 혹시 옷에서 냄새가 나는지 코를 킁킁대고 싶은 충동을 억누르며 고개를 똑바로 들었다.

"가끔은 씻어라, 스멜라." 앤턴의 시선이 내 가슴께에 머문다. "시간도 얼마 안 걸리겠네. 너무 작아서."

나는 고개를 끄덕이며 앤턴의 청바지 앞섶을 흘끗 본다. "그러는 넌? 거기 뭐가 있긴 해?"

내가 제대로 받아친 건지 앤턴의 친구들이 까르르 웃음을 터뜨리자 녀석의 얼굴이 붉으락푸르락해진다. 나는 이때다 싶어 녀석을 밀치면서 지나쳐 빈 테이블에 앉는다. 앤턴이 나를 쏘아보지만 더는 따라오지 않는다. 그저 자리에서 씩씩거리며 화를 삭이고 있다. 그러거나 말거나.

나는 늘 혼자 밥을 먹는다. 초등학교 2, 3학년 때까지 친구가 더러 있었지만 지금은 없다. 아이들도 나를 좋아하지 않고, 나도 혼자인 게 편하다. 친구가 생기면 언젠가 우리 집에 놀러 가자고 조를 텐데, 절대로 받아들일 수 없다.

오늘 점심은 터키햄 샌드위치로 준비했다. 만들기 쉽지 않았다. 집에 빵은 많아도 대부분 오래되어 딱딱하게 굳어 있으니까. 버리고 싶지만 엄마가 허락하지 않는다.

우리가 음식을 함부로 버릴 만큼 부자인 줄 알아?

우리 집 규칙은 단순하다. 비닐 포장이 가스가 차올라 부풀지만 않으면 먹어도 되는 음식이다. 내가 먹는 빵은 딱딱하고 터키햄은 맛이 가기 직전이지만 아직은 괜찮다.

옆 테이블에는 브리트니 카터와 친구들이 앉아 있다. 브리트니는 학교 급식을 먹는다. 오늘 메뉴는 핫도그와 콩 요리다. 고소한 냄새가 퍼져 나와 코로 스며든다. 샌드위치 대신 급식을 먹을 수 있으면 좋겠지만 나에게는 불가능한 일이다.

브리트니가 몸을 기울여 친구 귀에 대고 뭔가 속삭인다. 친구가 날 힐끗 보더니 황급히 고개를 돌린다. 곧 둘이서 키득거리며 웃는다.

혹시 나를 비웃나? 나를 스멜라고 부르면서.

뭐, 앞에서만 안 그러면 상관없다.

가만히 있으면 더 한심해 보일까봐, 나는 작문 시간에 돌려받은 에세이를 꺼낸다. 성적은 D. 놀랍지도 않다. 비좁은 침대에 엎드려 억지로 쓴 글이니 그럴 만하다. 물론 넓은 책상에서 썼다고 A를 받았을 리 없겠지만 최소한 C는 받을 줄 알았는데.

해커 선생님은 내가 에세이를 수정해오면 추가 점수를 주겠다고 하면서도 어떤 부분이 잘못되었는지 알려주지 않았다. 내가 무엇이 잘못되었는지 알았다면 애초에 이렇게 쓰지도 않았을 텐데. 아무튼 옆에서 들려오는 아이들의 비웃음 소리를 애써 무시하고 글을 고치려 노력하고 있다.

에세이를 테이블에 내려놓고 브리트니 쪽을 흘끗 본다. 브리트니는 A+를 받았다. 그냥 A도 아니고, A+. 하긴, 아빠가 대학교수라니까 뛰어난 유전자를 물려받았겠지. 나는 아빠가 누군지도 모르지만 적어도 천재는 아니었을 거라 확신한다.

가끔 아빠를 상상한다. 엄마는 나에게 아빠가 없다고 딱 잘라 말하지만 혼자서 날 태어나게 할 수는 없었을 테니까.

아빠도 나처럼 살짝 붉은 기가 도는 갈색 머리고, 직업은 은행원이 아닐까 상상해본다. 현금 인출기가 아닌 창구에서 직접 돈을 내어주는 사람. 왠지 콧수염을 길렀을 것 같다.

아빠는 내 존재조차 모를 가능성이 있다. 엄마가 임신 사실을 숨겼을 수도 있으니까. 그래도 가끔은 아빠를 찾아가 내가 누구인지 밝히는 상상을 한다. 아빠는 미소를 지으며 날 반겨주겠지? 내게 아빠와 함께 살고 싶은지 묻겠지? 그럼 나는 주저 없이 고개를 끄덕일 텐데.

아빠가 누군지 알 수 있다면 내 인생은 완전히 달라질 수 있을 텐데.

11장

케이시

현재

라디오에서 바람이 시속 48킬로미터로 불고 있다고 한다.

바깥에 나가려면 제대로 갖춰 입어야 한다. 나는 방수 재킷을 걸치고 고무장화를 신는다. 우산을 쓸까 잠시 고민했지만 바람에 뒤집히거나 날아갈 게 뻔해 두고 가기로 했다. 방수 재킷과 장화 정도면 충분하다. 속옷까지 흠뻑 젖지는 않을 테니까.

챙겨야 할 게 하나 더 있다.

나는 침실로 향한다. 침구는 오늘도 반듯하게 정리되어 있다. 볼 사람은 없어도 나는 매일 아침 침구를 정돈한다. 서랍장을 열고 맨 위 서랍을 뒤적이자 손끝에 차가운 금속 물체가 닿는다.

글록 G43X.

총포상 직원 말로는 요즘 인기 있는 모델이라고 했다. 작고 가벼워 외투 주머니에 쏙 들어간다. 외딴집에 살기로 결심하면서 적어도 침입자를 막을 무기를 하나쯤 구비하고 있어야 한다고 생각했다. 집을 지킬 개를 키울 자신이 없어 결국 권총을 마련했다.

총 쏘는 방법은 아빠에게 배웠다. 내가 십 대일 때 아빠는 여자도 스스로 안위를 지킬 수 있어야 한다면서 사격장에 데려가 사격 요령을 가르쳐주었다. 처음엔 손이 떨려 과녁 근처에도 못 갔지만 아빠는 인내심을 갖고 과녁을 정확히 조준하고, 발사하는 요령을 가르쳐줬다. 나는 몇 달간 치열하게 연습한 끝에 과녁 중앙을 맞히게 됐다.

내 사격 실력이 좋아지면 사냥을 떠날 때 데려갈 거라 기대했는데 아빠는 정작 사냥에는 관심이 없었다. 아빠와 함께한 사격 훈련은 결국 큰 도움이 되었다. 만약 침입자가 있다면 아빠가 가르쳐준 총기 사용법 덕분에 내 몸을 지킬 수 있을 테니까.

총을 주머니에 넣고 출입문 쪽으로 걸어갔다. 출입문 쪽 바람이 훨씬 거세게 느껴진다. 나무들이 요동치고, 창틀 틈새로 휘파람 같은 소리가 새어 들어온다.

설마 내 몸이 바람에 날려가진 않겠지?

출입문을 여는 순간 강한 바람이 얼굴을 후려치고, 찬비가 사선으로 날아든다. 폭풍이 몰아치는 날에 집 밖으로 나온 사람은 아마 내가 유일할지도 모른다. 이제 나에게 선택의 여지는 없다. 밖으로 나가 직접 창고를 확인하든지 총을 머리맡에 숨겨두고 창가에 서서 밤새 창고를 주시하든지.

집터 가장자리의 나무가 심하게 흔들리는 모습이 눈에 들어온다. 원래부터 불안감을 주던 나무인데, 바람이 불 때마다 거의 45도쯤 기울어진다. 지금은 나무가 바람에 쓰러질까봐 걱정할 때는 아니다. 한 번에 한 가지씩 집중해야 한다.

어느새 창고에서 흘러나오던 불빛은 사라지고 없다. 누군가 창고에 있다 떠났을 수도 있고, 자취를 숨기려고 손전등을 껐을 수도 있다. 나도 손전등을 켜지 않기로 했다. 마당을 지나 창고로 가는 동안 어둠 속에 내 몸을 숨기는 편이 유리할 테니까. 물론 창고 안에 도끼를 든 미치광이가 숨어 있다면 그런 계산 따윈 소용없을 수도 있다. 내가 총을 챙겨 나온 이유다.

한 걸음씩 앞으로 내디딜 때마다 장화가 진흙 속으로 푹푹 빠진다. 창고까지 얼마 남지 않았을 때 오른쪽 주머니에 손을 넣어 총의 손잡이를 거머쥔다. 차가운 금속 감촉이 전해지자 마음이 조금이나마 가라앉는다. 나는 눈을 부릅뜨고 창고 안쪽의 동정을 살핀다. 문이 바람에 덜컹거리는 소리 말고 여타의 소리나 움직임이 전혀 느껴지지 않는다.

손을 뻗어 문손잡이를 잡으려는 순간 거센 돌풍이 창고 문을 활짝 열어젖힌다. 나는 문을 잡으려 애썼지만 경첩이 통째로 떨어져 나가면서 문짝이 마당 어딘가로 날아간다. 경첩이 이미 너덜거리는 상태긴 했어도 무시무시한 바람의 위력에 새삼 겁이 난다.

나는 문이 사라진 창고 안으로 발을 들인다. 걸음을 내디딜 때마다 낡은 마룻바닥이 삐걱거린다. 문은 사라졌으나 창고 안은 여전히 어둡다. 나는 어둠에 익숙해지려고 눈을 깜빡이며 주위를 둘러보았지만 아무것도 눈에 들어오지 않는다.

손전등을 켜려다 주저한다. 만약 누군가 창고에 있다면 이미 어둠에 익숙해진 상태일 테고, 내 일거수일투족을 죄다 보고 있을 테니까. 내가 주머니에 든 총을 꺼낼 틈도 없이 상대가 공격해올 수 있다는 뜻이다. 그나마 호신술을 배워두었기에 쉽게 당하지 않을 자신이 있지만 이 좁고 어두운 공간에서 무방비로 서 있는 건 위험하다.

내가 속삭이듯이 묻는다. "누구 있어요?"

아무 대답이 없다. 물론 낯선 남자가 대답했다면 더욱 놀랐겠지만.

나는 주머니를 더듬어 손전등을 꺼내 든다. 버튼을 누르자 창고 안이 환해진다. 구석에 잔디 깎는 기계도 보이고, 나뭇가지도 보이고, 녹슨 삽도 보인다.

창고 구석 자리에 얇은 담요를 뒤집어쓴 뭔가가 있다.

손전등을 왼손으로 옮기고, 오른손으로 주머니 속 총을 움켜쥔다. 여차하면 꺼내 쏠 생각이다.

"저기요?"

목소리에 힘을 실어 물었지만 대답이 없다. 손전등 불빛을 담요에 비추자 안에서 무언가가 꿈틀댄다.

사람인가?

사람이라면 체구가 정말 작다. 도끼를 든 거구의 괴한과는 거리가 멀다. 총을 쥔 손의 힘이 조금 풀린다.

"해치지 않을게요." 이번엔 목소리를 낮춰 더 부드럽게 말한다. "나랑 얘기 좀 해요."

침묵이 흐르고, 슬로모션처럼 담요가 아래로 천천히 내려간다. 이내 붉은빛이 도는 머리칼과 파란 눈동자가 내 눈앞에 모습을 드러낸다. 그다음은 코트와 회색 후드티가 보인다.

여자아이다.

손에 칼을 쥐고 있다.

12장

 여자아이가 손에 쥔 칼은 흔한 버터나이프가 아니다. 버튼을 누르면 칼날이 튀어나오는 스위치블레이드다. 언뜻 보기에는 아홉 살, 많아야 열 살쯤으로 보이지만 눈빛과 표정을 보면 열두 살이나 열세 살일 수도 있다. 몹시 마른 체형에 붉은 머리가 어깨까지 축 늘어졌고, 나를 올려다보는 파란 눈이 왕방울처럼 크다. 아이는 몸을 떨고 있다. 추워서인지, 아니면 겁먹어서인지 알 수 없지만 칼을 필사적으로 움켜쥐고 있다.

 나는 주머니 속에 든 총에서 손을 슬며시 뗀다. 설령 상대가 칼을 들고 있더라도, 열두 살 남짓한 아이에게 총을 겨누고 싶지는 않다. 최대한 부드럽게 말하려 애쓰며 손전등 불빛을 아이의 눈에 직접 닿지 않게 살짝 비튼다.

 "안녕, 난 케이시야. 이 오두막에 살아."

 아이는 말없이 나를 올려다본다.

"이름이 뭐니?"

아무 대답이 없다. 그냥 돌아가는 편이 낫지 않을까 하는 생각이 뇌리를 스친다. 아침에 전화선이 복구되면 경찰에 신고할 생각이다. 누군가 아이를 애타게 찾고 있을 테니까.

현실적으로 이 창고는 안전하지 않다. 출입문은 이미 바람에 날려갔고, 안은 축축하고 차갑다. 밤새 지붕이 내려앉아도 전혀 이상하지 않을 상황이다. 내일 아침 아이가 다치거나 죽은 채 발견된다면 나는 평생 나 자신을 용서하지 못할 것이다. 아빠는 운전하다 히치하이커를 만나면 그냥 지나치지 않고 태워주었다. 엄마는 히치하이커를 모두 범죄자로 본 반면 아빠는 달랐다.

운수가 사나웠을 뿐이야. 너도 언젠가 그런 상황에 놓일 수 있어.

이제 아빠는 떠나고 없지만 아빠의 가르침은 여전히 살아가는 데 많은 도움이 된다. 비록 유리창에 덕트테이프를 붙이는 건 바람직하지 않았지만.

"여기 있으면 정말 위험해." 나는 부드럽게 말을 잇는다. "칼을 내려놓지 않아도 돼. 다만 여기 그대로 있다가는 크게 다칠 수도 있으니까 어서 집으로 들어가자."

내가 잘못 본 건지 모르지만 아이의 표정이 조금 누그러진 느낌이 든다. 아직 입을 열진 않는다.

"네가 여기 있다는 걸 아무한테도 알리지 않을게."

남의 창고에 은밀히 숨어있는 아이가 남에게 주목받고 싶을 리 없다.

"약속할게."

아이가 고개를 살짝 갸웃한다.

"먹을거리도 있어. 방금 저녁을 만들었거든."

그 말을 들은 아이의 표정이 눈에 띄게 변한다. 배가 고픈 게 분명하다. 얼굴에 그대로 드러난다.

내가 덧붙인다. "쿠키도 있어."

마법의 주문이라도 들은 듯 아이는 여전히 나를 경계하면서도 천천히 몸을 일으킨다. 외투 자락이 벌어지며 안에 입은 상의가 드러나고, 손전등 불빛이 그 위를 비춘다.

나는 헛숨을 들이쉰다.

아이가 입은 옷이 온통 피범벅이다.

13장

나는 본능적으로 손으로 입을 가리고 한 발짝 뒤로 물러선다.

아이의 후드티와 청바지, 손에 피가 덕지덕지 묻어 있다. 그나마 아이가 많이 다친 것 같지는 않다. 적어도 눈에 보이는 상처는 없고, 아파 보이지도 않는다.

"괜찮니?"

아이가 나를 노려본다. 체구는 작고 깡말랐지만 눈빛만큼은 아이 같지 않게 매섭다. 적어도 중학생쯤 되어 보인다.

아이가 바람 소리보다 작게 말한다. "코피가 났어요."

교사로 일할 때 코피 쏟는 아이들을 더러 봤다. 하지만 옷과 손까지 전부 피범벅이 될 만큼 쏟아지는 경우는 없었다. 게다가 얼굴에 피 한 방울 안 묻히고 흘릴 수도 없다.

아이가 발치에 놓인 배낭을 집어 들고 나를 빤히 바라본다. 내가 앞장서길 바라는 눈빛이다.

아이의 옷에 묻은 피가 다른 사람의 피일 수도 있다는 의심이 커져가고 있지만 이 추운 밤에 아이 혼자 바깥에 내버려둘 수는 없다.

"안으로 들어가자."

돌아가는 길은 좀 전보다 훨씬 험하다. 바람이 정면에서 몰아쳐 온몸을 밀어내고, 마치 오두막 안으로 들어가지 못하게 막는 듯하다. 뒤돌아보니 아이는 외투 자락을 여민 채 따라오고 있다. 어찌나 심하게 말랐는지 바람에 날아가 버릴 듯이 위태위태하다.

오두막 옆 나무는 더욱 기울어져 있다. 뿌리에서 신음이 들리는 것 같다. 나무가 쓰러져 지붕을 덮친다면 우린 둘 다 끝장이다. 폭풍이 몰아치고, 거대한 나무는 쓰러지기 직전이고, 내 옆엔 칼을 든 피투성이 아이가 서 있다. 오늘 밤 나는 아이를 집으로 들이려고 한다. 이 밤에 그 어떤 일이 벌어진다고 해도 놀랍지 않으리라는 생각이 든다.

나는 문을 밀어 열고 아이에게 먼저 들어가라고 손짓한다. 잠시 망설이던 아이는 급히 안으로 들어선다. 문을 닫는 순간, 아이를 들인 집 안으로 들인 결정이 심각한 실수였을지도 모른다는 생각이 등골을 타고 올라온다.

14장

엘라

과거

나는 돈이 절실히 필요하다.

학교에서 점심을 사 먹고, 빨래방에 가서 더러운 옷을 세탁하려면. 엄마는 용돈을 주지 않는다. 내가 돈을 꼭 필요한 곳에 쓰지 못할 거라면서.

내가 하굣길에 우리 동네 맨 끝자락에 있는 플레밍 부인 댁에 들르는 이유는 용돈을 벌기 위해서다. 플레밍 부인은 백 살은 족히 되어 보이는 노인으로 내가 가끔 설거지를 해주거나 쓰레기를 버려주면 용돈으로 몇 달러씩 쥐어준다. 나는 청소를 좋아한다. 잔뜩 어질러져 있던 공간이 내 손길이 닿으면서 깨끗이 정리되면 더할 나위 없이 기분이 좋다.

오늘도 내가 할 일이 있을 거라 기대하며 플레밍 부인의 집 앞 경사로를 따라 올라가 문을 두드린다. 한참 뒤 안에서 슬리퍼를 끄는 발소리가 들려온다. 플레밍 부인은 오늘도 집에 있다. 좀처럼 외출하지 않는다. 잠시 후 문이 열린다. 플레밍 부인은 잠옷 위에 얇은 가운을 걸치고 있다. 다른 옷차림을 본 적이 없다. 가지런히 빗어 넘긴 흰머리에 나처럼 작고 마른 체구다. 나도 반에서 몸집이 제일 작다.

"안녕하세요, 플레밍 부인." 나는 밝게 인사한다. "오늘 제가 도울 일이 있을까요?"

플레밍 부인이 고개를 끄덕인다. "쓰레기 좀 버려다오."

나는 능청스럽게 웃으며 말한다. "요금이 좀 올랐어요. 이제부터 쓰레기 배출은 3달러를 내야 해요."

마치 내게 일을 맡기려는 사람이 줄을 서기라도 한 듯 나는 플레밍 부인 앞에서 자신감 넘치는 태도를 취한다. 부인은 말없이 고개를 끄덕이고 나서 나를 집 안으로 들인다. 집 구조는 우리 집과 비슷하지만 분위기는 전혀 다르다. 고풍스러운 가구와 소파는 반짝반짝 윤기가 흐른다. 실내 공기에는 탈취제 냄새가 섞여 있다. 그래도 담배 냄새가 배어 있는 우리 집보다는 훨씬 낫다.

나는 집 안을 돌며 휴지통에 든 쓰레기를 비운다. 쓰레기를 버릴 때마다 마음이 가벼워진다. 이 집에서는 쓰레기를 마음대로 버린다고 나무라거나 윽박지르는 사람이 없어서 좋다. 우리 집에서는 쓰레기도 마음대로 버리지 못한다.

쓰레기봉투 두 개를 집 밖에 비치되어있는 쓰레기 컨테이너에 버리고 돌아오자 플레밍 부인이 현관 앞에 서 있다.

나는 청바지에 손을 슥 문지르며 말한다. "3달러입니다."

플레밍 부인이 주름진 입술을 오므린다. "글쎄다."

나는 눈을 깜빡인다. 버릴 게 더 남았나? "무슨 말씀이신지?"

플레밍 부인의 시선이 매섭게 날 꿰뚫는다.

"넌 지난번에 이미 돈을 받아 갔어. 내 지갑에서 돈을 훔쳐 갔잖아."

저절로 입이 떡 벌어진다. "무슨 말씀이세요? 제가 돈을 훔치다니요?"

"네가 내 지갑을 뒤지는 걸 봤으니까 잡아떼도 소용없어. 네가 다녀가고 나서 돈이 없어졌으니까."

가슴이 철렁 내려앉는다. "전 그런 짓 한 적 없어요."

"네 엄마가 그러는데 넌 툭하면 교장실에 불려간다며?" 플레밍 부인이 팔짱을 끼고 마치 결정적 증거라도 들이대듯이 말한다. "네 엄마도 딱히 너보다 나을 게 없긴 하지."

플레밍 부인은 나에게 돈을 주기는커녕 아예 도둑 취급해 버린다.

"너희 모녀를 보건국에 신고할 거야. 이 동네에서 쫓겨나게."

"플레밍 부인, 저는 돈을 훔치지 않았어요."

"당장 내 집에서 나가. 안 나가면 경찰을 부를 테니까."

나는 플레밍 부인이 어떤 사람인지 안다. 단순히 겁주려는 말이 아니다. 나는 결국 돈 한 푼 받지 못하고 빈손으로 그 집을 나선다. 억울해서 속이 부글부글 끓지만 달리 방법이 없다. 이 동네는 소문이 빠르게 번진다. 나쁜 소문이 나면 이 동네에서 살 수 없다.

다리 힘이 모두 빠져 달아난 나는 터덜터덜 걸어 집으로 향한다. 혹시 나에게 집안일을 시키고 용돈을 챙겨줄 이웃 사람이 있는지 떠올려보았지만 아무도 없다. 이 동네에서 우리 집 사정을 모르는 사람은 없다. 엄마에 대한 평판은 밑바닥이고.

다음부터는 먼저 돈을 받고 일해야지.

현관문을 여는 순간 안에서 무언가 와르르 굴러떨어지는 소리가 난다. 머리만 문 안으로 들이밀고 살펴보니 엄마가 잔뜩 쌓아둔 빈 페트병들이 무너져 바닥에 나뒹굴고 있다. 페트병 탓에 문이 제대로 열리지 않는다. 도대체 왜 문 앞에 페트병들을 쌓아두는지 이유를 모르겠다.

나는 주방으로 곧장 걸어가 팬트리 문을 거칠게 연다. 무모한 도발이다. 잔뜩 쌓아둔 물건을 잘못 건드렸다가는 우르르 무너져 내릴 수도 있어 조심해야 한다. 당장 쓰레기봉투가 필요하다. 팬트리에 봉투 백 장이 든 박스가 세 개나 들어있다. 엄마는 버리지도 않을 거면서 쓰레기봉투를 왜 이리 많이 쟁여두었는지 모르겠다.

 박스를 꺼내려다가 맥앤치즈 팩을 몇 개 떨어뜨렸다. 나는 쓰레기봉투를 펼치고 맥앤치즈 팩을 집어넣는다. 유통기한도 확인하지 않았다. 그냥 다 치워버리고 싶다. 몽땅 다.

 복도로 나와 여기저기 나뒹구는 페트병과 구겨진 종이들을 모아 쓰레기봉투에 쑤셔 넣는다. 그나마 속이 조금 시원해진다. 엄마가 돌아와 참견하기 전에 쓰레기를 갖다버려야 한다. 엄마에게 걸리면 헛수고가 될 테니까.

 쓰레기봉투를 거의 다 채워갈 때 익숙한 목소리가 들려와 심장이 덜컹 내려앉는다.

 "엘라, 지금 뭐해?"

 설마 엄마가 집에 있었을 줄이야.

 엄마가 하이힐을 신은 채 좁은 계단을 내려오다 바닥에 떨어진 종이를 밟고 휘청거린다. 차라리 엄마가 그대로 굴러떨어져 목이라도 부러졌으면 좋겠다는 생각이 뇌리를 스친다. 그럼 이 쓰레기들을 죄다 내다버릴 수 있을 텐데.

 이내 그런 생각을 한 내가 끔찍해진다. 나는 엄마가 죽거나 다치길 바라지 않는다. 엄마는 내 유일한 가족이자 보호자다. 엄마가 없으면 위탁가정이나 보호시설에 가야 한다. 그런 곳에 대한 끔찍한 이야기들을 너무 많이 들었다.

엄마는 가까스로 몸의 중심을 잡고 계단을 내려온다.

"엘라, 쓰레기봉투 안에 뭘 버린 거야?"

"페트병들이 너무 많이 굴러다녀서."

엄마가 다가오더니 내가 들고 있던 쓰레기봉투를 낚아챈다. 대충 찼을 때 얼른 내다버렸어야 하는데 욕심을 부린 게 실수다.

"페트병은 내가 쓰려고 일부러 모아둔 거야." 엄마가 갈색 눈을 부릅뜬다. 내 눈은 파란색이다. 내가 아빠를 닮았다는 뜻이다. 언젠가 엄마한테 아빠의 눈이 무슨 색인지 물어봤더니 기억나지 않는다고 했다.

"어디에 쓰게?"

"쓸 데야 많지. 기껏 씻어서 모아두었더니 다 버리겠다고?"

엄마는 신경질을 내며 쓰레기봉투를 뒤적거린다. 오늘따라 화장을 진하게 했고, 옷도 제법 신경 써서 입은 티가 난다. 평소에는 집에서도 마트 유니폼을 입고 지내는데 지금은 몸에 찰싹 달라붙는 티셔츠와 청바지 차림이다.

"맙소사!" 엄마가 맥앤치즈 팩을 집어 들고 소리친다. "도대체 이걸 왜 버려?"

 말문이 막힌다. 우리 집 팬트리에는 평생 먹어도 남을 만큼 맥앤치즈가 쌓여 있다. 게다가 가스레인지와 조리대가 온갖 잡동사니로 덮여 있어 조리 자체가 불가능하다.

"유통기한이 지난 지 일 년도 넘었어."

"맥앤치즈는 유통기한이 없어!" 엄마 사전에는 유통기한이 없다. 심지어 곰팡이가 피어도 버리지 않는다. "식품회사에서 멀쩡한 음식을 버리게 하려고 만든 상술이야."

 내 경험상 맥앤치즈는 분명 유통기한이 있다. 가루로 된 치즈는 오래 두면 돌덩이처럼 굳어버린다.

 엄마는 맥앤치즈 팩을 내 얼굴 앞으로 들이밀며 덧붙인다. "내가 돈을 찍어내는 기계야? 멀쩡한 음식을 버릴 만큼 배가 부르면 오늘 저녁은 굶어!"

 빈속이 더욱 쓰리다. 오늘은 점심을 거의 못 먹었다. 터키햄이 초록빛으로 변해 있어 빵만 겨우 삼켰다.

"내 실수였어. 다신 안 버릴게."

"실수?" 엄마가 버럭 고함을 친다. "넌 어째 입만 열면 거짓말이니? 오늘은 왜 이리 늦었어?"

"교장 선생님이 방과 후에 남으라고 해서."

"조용하게 넘어가는 날이 없네." 엄마가 눈을 흘긴다. "나,

오늘 밖에 나갔다가 늦게 들어올 테니까 그런 줄 알아."

 엄마가 남자친구와 데이트한다는 뜻이다. 거의 일 년 만이다. 엄마는 마트에 출근할 때 말고는 거의 외출하지 않는다. 내가 친구를 집에 데려올 수 없는 이유와 비슷하다. 엄마 역시 누군가를 집에 데려오는 걸 두려워한다. 엄마는 남자친구가 있으면 그나마 행복해 보인다. 예전에 칩 아저씨와 함께 살 때는 지금보다 훨씬 분위기가 좋았다. 그때도 집 안이 어수선하긴 했어도 지금처럼 엉망진창은 아니었다. 칩 아저씨는 요리도 잘하고, 식사를 마치면 뒷정리도 깔끔히 했다. 그때만 해도 엄마는 돈 걱정이 덜했다. 칩 아저씨가 장을 봐주고 기름값을 내줬으니까.

 내가 일곱 살 때 칩 아저씨가 떠난 뒤로 집안 분위기가 점점 나빠지기 시작했다. 늘 돈이 떨어질까봐 전전긍긍하던 엄마는 뭐든 버리지 못하게 되었다.

 "언제 나갈 건데?"

 엄마가 시계를 힐끗 본다. "20분 뒤에 만나기로 했어. 슬슬 나가야지."

 엄마가 나를 빤히 바라본다. 나는 이내 그 표정의 의미를 알아차린다.

 아니야, 싫어. 안 돼.

15장

두려움에 배 속이 조여온다.

"싫어, 엄마."

"새삼스레 왜 그래? 너도 규칙을 잘 알면서."

엄마가 데이트한 지 너무 오래되어 규칙을 까맣게 잊고 지냈다. 난 이제 열세 살인데 어릴 때 규칙을 그대로 지켜야 한다는 건 억지다.

"들어가." 엄마가 현관 옆 벽장을 턱짓으로 가리킨다. "어서."

"얌전히 있을 테니까, 제발!" 난 어린아이처럼 가늘고 떨리는 목소리 대신 어른스러운 투로 고쳐 말해본다. "엄마, 약속할게. 나를 믿어봐."

"널 믿으라고?" 엄마가 어이없다는 듯이 혀를 차며 되묻는다. "멀쩡한 물건을 쓰레기봉투에 처넣다가 들켜놓고 그런 소리가 나와? 너를 믿고 저녁 내내 혼자 내버려두면 살림이 남아나지 않을 텐데?"

만약 내가 거부한다면 엄마는 어떻게 나올까?

어릴 적엔 엄마가 날 번쩍 들어 벽장에 집어넣곤 했지만 이제 나는 많이 자랐다. 엄마의 하이힐부터 귀걸이까지 위아래로 훑어보며 가늠해본다. 아직은 나보다 크지만 충분히 싸워볼 수 있다는 생각이 든다.

"싫어. 안 들어갈래."

엄마의 입술이 일직선이 된다. 화가 단단히 났다는 뜻이다. 엄마가 내 팔을 거칠게 움켜쥔다. 길고 날카로운 손톱이 살을 파고든다. 나는 팔을 빼내려 안간힘을 쓰지만 역부족이다. 키가 한 뼘만 더 컸다면 이렇게 맥없이 당하지는 않았을 텐데. 엄마는 내 팔을 세차게 잡아끌며 벽장으로 가 날 힘껏 밀어 넣는다. 하마터면 벽장 안에 켜켜이 쌓아둔 페트병들에 걸려 넘어질 뻔했다.

엄마가 문을 쾅 닫아버린다. 나는 어둠 속에서 허둥지둥 손을 뻗어 문고리를 더듬는다. 철컥, 자물쇠가 잠긴다. 이제 벽장에서 한 발짝도 나갈 수 없다.

"미안해, 엘라." 문 너머로 엄마의 목소리가 들려온다. "금방 다녀올게."

나는 벽장문을 두드린다. "엄마, 내보내 줘! 제발!"

"미안해, 엘라." 엄마는 기계적으로 말을 반복할 뿐 진심이 느껴지지 않는다.

"얌전히 있을 테니까 제발 내보내 줘!"

이제 아무런 응답이 없다. 목이 갈라지도록 소리쳤지만 돌아오는 건 현관문이 잠기는 소리뿐이다.

예전에는 일주일에 한 번쯤 벽장에 갇혔다. 거의 일 년 만에 다시 갇혀보니 벽장 안이 숨 막히게 좁다는 게 실감 난다. 가뜩이나 좁은 공간에 잡동사니를 잔뜩 쌓아두어 더욱 답답하다.

손을 더듬어 전등 줄을 찾는다. 칠흑 같은 어둠 속에서 한참 동안 팔을 휘젓다가 겨우 줄을 찾아낸다. 줄을 힘껏 잡아당겼지만 아무 반응이 없다. 숨이 턱 막혀오며 속이 답답해진다. 비좁은 벽장 안에 갇혀 있는 것만으로도 끔찍한데 불을 켤 수 없다니? 게다가 심한 악취가 난다. 우리 집 어디서나 좋은 냄새가 나진 않지만 벽장 안은 더욱 고약하다. 전등이 켜지지 않아 냄새의 원인이 무엇인지 확인할 수도 없다.

전등아, 제발 켜져라.

나는 전등 줄을 단단히 움켜쥐고 다시 한번 힘껏 당긴다. 전구가 깜빡이다가 기적처럼 불이 들어온다. 금방이라도 꺼질 듯이 희미한 불빛이지만 그나마 어두운 것보다는 한결 낫다.

어디서 나는 냄새지?

나는 벽장 안을 둘러본다. 원래는 외투를 보관하는 공간인데, 어느새 엄마가 모은 빈 페트병과 서류 뭉치로 채워져 있다. 엄마는 심지어 몽당연필 하나조차 버리지 않는다. 어쩌면 사용한 휴지조차 어디다 모아두는 건 아닌지 의심된다.

악취가 갈수록 심해 견디기 힘들다. 이러다가 냄새에 질식해 죽을 수도 있겠다는 생각이 든다.

엄마가 돌아와 내가 죽어 있는 걸 보면 어떤 생각이 들까? 미안해할까?

대체 무슨 냄새지? 시체 썩는 냄새는 아닌 것 같다. 물론 시체 냄새를 맡아본 적은 없다. 뭐가 심하게 썩는 냄새에 약간 달콤한 향이 섞여 있다. 그래서 더 역겹다. 달콤한 악취라니?

나는 몸을 돌려가며 벽장 안을 두루 살핀다. 오른쪽에는 서류 뭉치들이 잔뜩 쌓여 있고, 그 위에는 갖가지 탄산음료 병들이 즐비하다. 아무리 둘러봐도 악취의 원인을 찾을 수 없다. 적어도 서류 뭉치와 탄산음료 병에서 나는 냄새는 아니다.

이번에는 벽장 왼쪽을 둘러본다. 마찬가지로 온갖 서류 뭉치와 잡지들이 잔뜩 쌓여 있다. 문득 그 위에 놓인 비닐봉지 하나가 눈에 들어온다. 비닐봉지 안에 썩은 복숭아가 들어있다. 언젠가 엄마가 복숭아가 헐값이라며 잔뜩 사 온 기억이 난다.

언제였더라?

한 달 전이나 두 달 전은 아니다. 적어도 석 달은 지났다. 비닐봉지 가까이 코를 들이대는 순간 눈앞이 아찔해질 만큼 심한 악취가 코를 후벼 판다. 썩어 문드러진 복숭아가 악취의 원인이다. 심지어 뭉그러진 과육 속에 구더기 같은 벌레들이 꿈틀거리고 있다.

나는 소스라치게 놀라 뒤로 물러선다. 당장이라도 토할 것 같다. 나는 지금 썩은 복숭아와 징그러운 벌레들이 꾸물거리는 비닐봉지가 있는 벽장에 꼼짝없이 갇혀 있다. 도저히 참을 수 없다.

나는 엄마가 아직 집에 있길 바라며 두 주먹으로 벽장문을 쾅쾅 두드려본다.

"엄마, 제발 꺼내줘!"

눈물이 핑 돈다. 가슴이 터질 듯이 답답하다. 숨 쉬는 것조차 고역인 이 비좁은 공간에서 몇 시간 동안 갇혀 있다가는 정말 미쳐버릴 것 같다.

"엄마, 제발! 제발! 제발!!"

목이 쉴 정도로 애원하며 벽장문을 두드렸지만 아무런 기척이 없다. 이웃 사람이라도 내 목소리를 듣고 도와주길 바랐지만 허망한 기대다. 온갖 서류 뭉치와 빈 병들이 내 간절한 외침이 새어나가지 않도록 막고 있으니까. 누군가 용케 내 목소리를 듣고 경찰에 신고해도 문제다. 엄마와 헤어져 위탁가정에 가는 건 싫다. 내 몸을 함부로 만지거나 때리는 양부모를 만나게 될 수도 있으니까.

  나는 뾰족한 방법이 없어 손으로 코를 막고 벽장 구석에 쭈그려 앉는다. 엄마가 돌아올 때까지 입으로만 숨 쉬며 견뎌야 한다. 적어도 악취 때문에 죽지는 않을 테니까.

16장

케이시

현재

오두막 안으로 들어선 아이는 두 팔로 몸을 꼭 끌어안은 채 바닥이 흥건해지도록 빗물을 뚝뚝 흘리고 있다. 코트를 벗을 기미도 없이, 얼굴 절반을 차지할 만큼 크고 파란 눈으로 나를 쳐다볼 뿐이다.

나는 방수 코트를 툭툭 털며 말한다. "나는 케이시라고 해."

나를 쏘려보는 표정이 영락없이 반항적인 십 대 아이다. "알아요, 아까 말했잖아요."

그러면서도 아이는 자기 이름을 말하지 않는다.

그렇다고 알려 달라고 강요할 수는 없다.

아이는 비에 흠뻑 젖은 머리를 흔들어 턴다. 창백한 얼굴에 주근깨가 한가득이다. 불빛 아래에서 보니 옷에 묻은 핏자국이 더욱 섬뜩하게 다가온다. 후드티 앞면은 온통 피투성이고, 청바지와 손에도 잔뜩 묻어 있다.

아이는 머리부터 발끝까지 젖은 상태다. 코트는 실밥이 다 터졌고, 단추도 몇 개 떨어져 나가 있다. 아이가 서 있는 바닥으로 연분홍 물기가 번져가고 있다.

"옷이 푹 젖었네. 당장 갈아입어야겠다."

아이는 잠시 망설이다가 고개를 가로젓는다. 코트를 벗을 마음이 없어 보인다. 그나마 손에 들고 있던 칼을 주머니에 집어넣어 다행이다.

"그럼 운동화라도 벗고 슬리퍼를 신어."

나는 신발장에서 푹신한 슬리퍼를 꺼내 아이 앞에 놓아준다. 아이는 잠시 머뭇거리다가 흠뻑 젖은 운동화와 양말을 벗는다. 발이 작고 가늘어 슬리퍼가 지나치게 커 보인다. 역시 고맙다는 말은 돌아오지 않는다.

나는 젖은 운동화를 신발장에 넣는다. 이럴 때 건조기라도 있었으면 좋을 텐데.

내가 벗어둔 슬리퍼를 신으러 거실로 가자 아이의 얼굴에 당황한 기색이 번진다. 내가 전화기를 집어들 줄 알았나보다.

"아무에게도 말하지 않겠다고 했잖아요?"

나는 경계심 많은 야생동물을 달래듯이 차분하게 말한다. "슬리퍼를 신으려는 것뿐이야." 하지만 아이는 당장이라도 집 밖으로 뛰쳐나갈 것 같은 표정이다. "어차피 전화가 불통이라 아무한테도 연락 못 해."

아이는 그제야 마음이 놓이는 표정이다. 이 아이가 왜 여기 있는지, 누구의 피를 뒤집어쓴 건지 몰라도 한 가지는 분명하다. 이 아이는 그 누구에게도 지금 자신이 어디에 있는지 알리고 싶어 하지 않는다. 나는 일단 아이의 비밀을 지켜 주기로 한다.

아이가 조숙해 보이긴 해도 미성년자가 분명하다. 부모나 보호자가 있다면 실종신고를 했을 텐데 오후 내내 라디오에서 실종된 아이 소식을 듣지 못했다.

혹시 보호자가 아이가 사라진 사실을 모르고 있는 건 아닐까? 폭풍우가 심하게 치는 날에 아이가 어디 있는지 걱정도 안 되나? 아이는 어쩌다 피를 뒤집어쓰게 되었을까?

아이가 작은 목소리로 말한다. "아까 음식이 있다고 했죠?"

"간단하게 면만 삶으면 돼."

나는 걸레를 집어 들고 거실 바닥에 흥건한 물기를 닦아낸 뒤 아이를 주방으로 데려간다. 식탁에는 의자 두 개가 놓여 있지만 줄곧 한 개만 사용해왔다. 리도 이 집에서 식사한 적이 없다.

나는 싱크대를 가리킨다. "우선 손부터 씻으렴."

아이는 싱크대 물을 틀고 손을 씻는다. 손에 묻은 피가 물줄기를 타고 배수구로 흘러든다. 아이는 비누로 거품을 내 손을 깨끗이 씻은 뒤 현관문이 보이는 쪽 의자에 조심스레 앉는다. 여차하면 언제라도 달아날 수 있도록 의자 가장자리에 불편하게 걸터앉은 자세다.

냄비에 파스타 면을 삶는 동안 나는 아이를 주방에 남겨두고 잠시 침실로 간다. 서랍장 맨 위 칸을 열고 개어놓은 셔츠들 밑에 권총을 다시 넣어둔다. 오늘 밤에 총을 사용할 일은 없을 것 같으니까. 그런 다음 내 옷 중에서 가장 포근한 연갈색 스웨터를 꺼낸다.

침실에서 나오다가 거실 바닥에 놓인 아이의 배낭에 발이 걸린다. 허름한 연분홍색 나일론 배낭이다. 안에 뭐가 들어 있는지 모르지만 겉이 불룩하다. 그때 배낭 표면이 눈길을 끈다. 천에서 피가 배어 나오고 있다.

17장

 심장이 멎는 줄 알았다. 저 배낭 안에 대체 무엇이 들었을까?
 "케이시, 물 넘쳐요!"
 아이가 외치는 소리에 나는 울렁거리는 속을 추스르고 주방으로 간다. 가스 불을 줄이고 나서 스웨터를 아이 옆 의자에 내려놓는다. 아무리 경계심이 많은 아이라도 흠뻑 젖은 옷을 벗어두고 뽀송뽀송하게 마른 옷을 입고 싶을 것이다.
 나는 다시 요리에 열중한다. 아빠가 알려준 대로 면을 한 가닥 꺼내 벽에 던진다. 면이 익었는지 확인하는 방법이다. 면이 찰싹 붙는 걸 보니 잘 익었다는 뜻이다. 아빠는 무료한 순간을 재밌게 만드는 사람이었다. 아이가 황당하다는 듯이 나를 바라본다.
 내가 싱크대에 면 삶은 물을 버리는 동안 아이는 코트를 벗어 의자 등받이에 걸쳐두고 나서 후드티도 벗는다. 이제 반소매 티셔츠 차림인 아이의 팔에서 동그란 흉터가 여러 개

보인다. 담뱃불로 지진 자국이다. 내 턱이 저절로 굳는다. 이제야 아이가 타인의 시선을 꺼리는 이유가 조금은 이해된다. 그래도 아이를 찾는 보호자가 없다는 건 여전히 수수께끼다.

면과 소스를 듬뿍 담은 접시를 내려놓자마자 아이는 포크를 들고 마치 굶주린 사람처럼 파스타를 흡입한다. 아이가 면을 제대로 씹지도 않고 삼키는 모습에 마음이 저려온다.

나는 포크에 면을 돌돌 말며 조심스럽게 입을 연다. "어쩌다가 여기까지 오게 되었니?"

아이는 고개를 들지도 않고 먹기에 열중한다. 옷이 왜 피투성이가 되었는지, 피를 흘린 사람이 누구인지, 배낭 안에 뭐가 들었는지 묻고 싶은 마음이 굴뚝같지만 서두르다가 일을 그르치면 안 된다. 먼저 신뢰를 쌓아야 한다.

"뉴햄프셔 숲에서 사람을 보는 건 그리 흔한 일이 아니란다. 게다가 여긴 큰 도로에서 제법 떨어져 있기도 하고."

역시 대답이 없다.

"혹시 이 근처에 사니?"

아이는 마지막 남은 면발까지 후루룩 삼킨 뒤 빈 접시를 아쉬운 눈길로 바라본다.

"조금 더 줄까?"

아이가 냉큼 고개를 끄덕인다.

냄비에 남은 파스타를 아이의 접시에 마저 담고, 냉장고에서 빵도 하나 꺼내준다. 아이는 다시 먹기에 열중한다.

"맛있게 먹어주니 좋네."

나는 더 말을 걸지 않고, 음식을 먹게 내버려둔다.

누군가에게 심한 학대를 당해온 아이가 분명하다. 기껏해야 중학생으로 보이는데 보호자 없이 이 집에서 홀로 떠나게 할 수는 없다. 교사는 아동 학대 정황을 인지하면 반드시 신고해야 할 의무가 있다. 비록 교직을 떠났어도 아이들에 대한 책임감은 여전히 남아 있다. 아이가 이 집을 떠난 뒤 마주칠 어른이 반드시 선한 사람일 거라는 보장은 없다. 힘없는 아이를 노리는 포식자는 어디에나 있기 마련이다.

아이에게 무슨 일이 있었는지 반드시 알아내야 한다. 어쩌다 아이의 옷이 피투성이가 되었는지 몹시 궁금하다. 아이가 마치 내 생각을 읽기라도 한 듯이 벗어둔 코트 주머니에서 다시 스위치블레이드를 꺼내 든다. 아이는 한 손에 칼을 쥐고 파스타를 먹는다. 칼자루에 글씨가 적혀 있는데 손가락에 가려 잘 보이지 않는다. E, L, 그리고…….

혹시 아이의 이름일까?

아이가 입 주변에 묻은 소스를 닦으려고 칼자루에서 손을 떼는 순간 글씨가 제대로 보인다.

E-L-E-A-N-O-R

"엘리너가 네 이름이니?"
아이는 인상을 찌푸리며 나를 노려보지만 부정하지 않는다.
"난 그 이름이 싫어요. 아무도 나를 엘리너라 부르지 않아요."
"그럼 뭐라 부르는데?"
대답은 돌아오지 않는다. 그나마 전화선이 복구될 경우 경찰에 전할 수 있는 정보가 하나라도 있어 다행이다.

18장

 엘리너가 파스타를 거의 다 먹어갈 때쯤 나는 팬트리에서 초코칩 쿠키를 가져와 식탁 위에 올려놓았다. 음식을 말끔하게 비운 엘리너가 나를 힐끗 보고는 쿠키 하나를 집어 든다.
 "나는 쿠키 중에서 초코칩이 제일 좋던데 넌 뭘 좋아해?"
 엘리너는 어깨를 으쓱하며 쿠키를 씹는 데 열중한다. 다른 손에는 여전히 칼을 손에 쥔 채로.
 내가 다시 묻는다. "오레오?"
 용케 대답이 돌아온다. "더블 초코칩이요."
 아이의 입에서 그 한마디를 끌어낸 것만으로도 마음이 뿌듯하다.
 "하긴 초코가 많을수록 좋지."
 내 말에 엘리너의 입가에 희미한 미소가 어린다.
 "혹시 있어요?"
 "지금은 없어. 내일 폭풍이 잦아들면 사 올게."

그 순간, 조금 열렸던 아이의 마음이 스르르 닫히는 게 느껴진다.

"내일 아침에 떠날 거예요."

"어디로?"

아이가 턱을 치켜든다. 턱에 파스타 소스 자국이 조금 묻어 있다.

"몰라도 돼요."

역시 십 대 아이다운 대답이다.

엘리너가 쿠키 틴 케이스에 달린 작은 카드를 슬쩍 열어 본다.

"'케이시, 생일 축하해요, 리.' 리가 누구예요?"

"친구."

아이가 한쪽 눈썹을 치켜올린다. "남자친구?"

"아니, 남자친구는 아니고 그냥 친구."

"그런데 왜 쿠키를 선물해요?"

"친구끼리도 생일선물을 줄 수는 있잖아."

주방 창틀이 바람에 덜컹거린다. 엘리너는 쿠키를 한 입 더 베어 물며 말한다. "이 쿠키 정말 맛있는데, 비싸겠죠?"

"글쎄, 그럴지도."

가격은 몰라도 제법 고급스러워 보이긴 한다. 쿠키가 아무리 비싸봐야 거기서 거기겠지만.

엘리너는 쿠키 하나를 더 먹고 나서 손에 묻은 부스러기까지 핥는다. "엄마가 그러는데 남자는 관심 없는 여자에게 절대로 잘해주지 않는대요."

적어도 엄마가 있다는 뜻이다. 그런데 왜 딸을 찾아다니지 않을까?

"반드시 그렇지는 않아."

"가까이 살아요?"

"저 아래쪽 오두막에 살아. 잡목림을 통과하면 바로 나오는 오두막."

"애 딸린 유부남이에요?"

"아니." 그러고 보니 리에게 처자식이 있는지 아직 모른다. 물어본 적이 없으니까. "사실 그런 얘기를 나눈 적이 없어."

"이상하게 생겼어요?"

"아니, 전혀."

"그럼 어떻게 생겼는데요?"

내가 왜 아이와 이런 대화를 나누게 되었는지 모르지만 멈추고 싶지 않다. 내가 가르치던 학생들도 내 연애사에 유난히 관심이 많았다. 호기심 어린 눈빛으로 내게 남자친구가 있는지 묻던 아이들의 얼굴이 떠오른다.

"키는 180센티미터쯤 될 거야."

"콧수염이나 턱수염이 있어요?"

"턱수염은 있어."

"지저분하고 덥수룩한 턱수염?"

"아니, 깔끔하게 다듬고 다니는 편이야."

엘리너가 쿠키 하나를 더 집어 든다. "눈동자는 무슨 색이에요?"

"파란색."

"영혼이 담긴 눈이에요?"

"영혼이 담긴 눈이냐고?" 나는 웃음이 터져 나오려고 해 입을 꾹 다물었다가 뗀다. "그건 잘 모르겠고. 아마 그럴지도."

"똑똑해요?"

리는 말을 조리 있게 하고 교양도 있어 보인다.

"그래 보여."

"좋은 사람, 아니면 얼간이?"

"좋은 사람 같아. 내 생일에 쿠키도 사줬잖아."

사실 리가 선물한 쿠키는 생각보다 의미가 각별했다. 오두막에 와서 맞는 첫 번째 생일이었고, 아빠를 떠나보내고 학교에서 쫓겨난 뒤 처음 맞는 생일이기도 했다. 무심코 곧 생일이라고 말했는데 리가 그 말을 기억해두었다가 잊지 않고 나를 오두막으로 초대했다. 전혀 예상하지 못한 일이라 한참 동안 망설이다가 초대에 응했다. 그날, 리가 차려준 스테이크와 감자 요리는 정말이지 맛있었다. 전형적인 '남자 요리'였지만 정성들여 마련한 건 분명했다.

그날 리는 체크무늬 셔츠 차림이었고, 편안한 미소가 매력적이었다. 지나온 일들을 모두 털어놓고 싶어질 만큼. 그때 그의 파란 눈에는 분명 영혼이 담겨 있었다.

식사가 끝나갈 무렵 리가 찬장에서 와인 한 병을 꺼냈다.

와인을 깜빡했네요. 같이 한잔할래요?

나도 모르게 응할 뻔했다. 하지만 와인을 따는 순간 감정의 수문이 대책 없이 함께 열릴까봐 걱정되었다. 만약 그와 와인을 마시기 시작했다면 그날 밤은 키스로 마무리되었을 것이다. 살짝 마음이 설렜지만 불안감을 떨칠 수 없어 대충 핑계를 대고 자리를 피했다. 내가 집을 나설 때 리는 생일선물이라며 초코칩 쿠키를 건넸다. 그와 함께한 처음이자 마지막 식사였다.

"그런데 왜 그와 사귀지 않아요?"

"난 남자친구 없이 혼자 지내는 게 좋아."

"왜요?"

나는 엘리너를 힐끗 쳐다본다. "넌, 남자친구 있어?"

"아니, 없어요. 난 아직 어리잖아요." 엘리너는 쿠키를 하나 더 집어 든다. "엄마가 허락하지 않을 거예요."

"그럼 좋아하는 사람은 있어? 남자든 여자든?"

내가 좀 더 파고들자 엘리너는 금세 벽을 세운다. "이젠 없어요."

그런 다음 쿠키를 입에 넣는다.

"이젠 없다니? 그럼 이전에는 있었다는 뜻이야?"

번개가 번쩍이자 엘리너의 얼굴이 잠시 환하게 빛난다.

"그 얘긴 더 이상 하고 싶지 않아요."

"그래도……."

"싫다고 했잖아요." 엘리너가 쏘아붙이는 순간 천둥소리가 요란하게 울려 퍼진다. 폭풍우가 지척에 와있다는 뜻이다.

엘리너는 시선을 피하지 않고 나를 노려본다. 더는 엄마나 남자친구에 대해 물어보기 힘들 것 같다. 아직 알고 싶은 게 많은데.

"내일 내가 차를 태워줄게. 어디에 내려주면 될까?"

"아뇨, 괜찮아요. 거의 다 왔어요."

이상한 말이다. 거의 다 왔다니? 히치하이킹을 했더라도 큰길에서 한참 떨어진 숲에 내려줄 리 없다. 분명 무언가를, 혹은 누군가를 찾아 여기에 온 것이다.

틀림없이 어른에게 크게 덴 경험이 있는 아이다. 믿었던 어른에게 상처받은 아이는 쉽게 마음을 열지 않는다.

"네가 원하지 않는다면 아무에게도 말하지 않을게. 네가 여기 있었다는 것도, 어디로 갔는지도."

엘리너가 코웃음을 친다.

빗소리가 창문을 두드리는 가운데 나는 손끝으로 식탁을 톡톡 두들긴다. "어렸을 때 아빠와 '무한맹세'를 하곤 했어."

엘리너는 뚱한 표정이지만 살짝 흥미를 느끼는 기색이다. "그게 뭔데요?"

"무한맹세란 어떤 상황에서도 절대 깨뜨릴 수 없는 약속이야."

"그런 약속은 없어요."

"난 서른다섯 해를 살면서 단 한 번도 무한맹세를 깬 적이 없어."

엘리너의 얼굴에 얼핏 간절한 바람이 비친다. 내 말을 믿고 싶다는 뜻이다. 주변에 믿고 기댈 만한 어른이 하나만 있어도 아이의 세상은 달라질 수 있다.

엘리너가 머뭇거리다 묻는다. "무한맹세를 어기면 어떻게 되는데요?"

"글쎄, 단 한 번도 어겨본 적이 없어 모르겠지만 아마 비참

한 죽음을 맞게 될 거야."

엘리너가 한쪽 눈을 치켜뜨고 묻는다. "어떻게 죽는데요?"

"아빠에게 들었는데 이질에 걸릴 수 있다고 했어."

"이질이 뭔데요?"

"죽을 때까지 설사가 멎지 않는 병."

놀랍게도, 엘리너가 웃는다. 아이들이 몇 살이 되어야 똥 얘기에 웃지 않는지 모르지만 엘리너에게는 아직 통해서 다행이다. 무엇보다 아이의 눈빛에서 작은 신뢰의 불꽃이 스친다.

"그럼 내가 여기 있다는 걸 아무에게도 말하지 않겠다고 무한맹세해줄 수 있어요?"

"네 허락 없이는 결코 아무에게도 말하지 않겠다고 약속할게. 만약 내가 무한맹세를 어긴다면 이질에 걸려 죽을 거야."

엘리너가 작게 고개를 끄덕인다. 내 착각일지 몰라도 칼을 쥔 손의 힘도 살짝 풀린 것 같다. 이제 조금이나마 나를 믿기 시작했다는 뜻이다. 나는 지금껏 단 한 번도 무한맹세를 깬 적이 없고, 오늘 밤에도 깰 생각이 없다. 무슨 일이 있더라도.

19장

🧑‍🤝‍🧑

엘라

과거

나는 과학 수업이 싫다. 공부를 하면 성적은 그럭저럭 나오지만 내가 제일 싫어하는 과목이다. 특히 요즘 배우는 지구과학은 지루하기 짝이 없다. 우리가 배우는 건 암석이다. 말 그대로 돌.

부시 선생님은 지금 암석을 분류하는 과제에 대해 설명하고 있다. 이미 흥미를 잃은 나는 한쪽 귀로 듣고 한쪽 귀로 흘리는데, 요점은 결국 암석의 특징을 비교 설명하라는 거다. 게다가 조별 과제란다. 혼자서도 충분히 암석의 특징을 비교할 수 있을 텐데 조별 과제라니?

선생님이 짝을 정해주겠다고 하자 교실 여기저기서 구시렁대는 소리가 들린다. 난 직접 짝을 고르는 것보다는 선생님이 정해주는 게 낫다. 학생들이 직접 짝을 선택하게 할 경우 나는 늘 마지막까지 남게 되고, 결국 선생님이 억지로 짝을 찾아주는 경우가 많아 창피하다.

이번에는 알파벳순으로 짝을 정하기로 했다. 선생님이 출석부를 보며 한 사람씩 이름을 부른다.

마침내 내 차례가 된다. "엘라, 넌 브리트니랑 같은 조다."

안도의 한숨이 절로 나온다. 반에서 제일 인기 많고 똑똑한 브리트니가 내 짝이다. 분명 좋은 일이다. 브리트니는 전 과목 A를 받는 우등생이다. 책상 위에 잡동사니 하나 없고, 저녁마다 벽장에 갇히지 않는다면 숙제가 그리 어렵지 않을 것이다.

브리트니는 나와 짝이 된 걸 그리 달가워하지 않는 눈치다. 마치 썩은 복숭아에서 기어 나온 벌레와 짝이 된 것처럼 코를 찡그리더니 손을 번쩍 든다.

"부시 선생님, 저랑 크리스털은 방과 후에 차를 같이 타고 다니고, 숙제도 늘 같이하거든요. 조별 과제도 같이 하면 안 될까요?"

그야말로 터무니없는 주장이다. 만약 다른 아이가 그런 부탁을 했다가는 즉시 거절당했어야 마땅하다. 브리트니는 선생님들의 사랑을 독차지하는 학생이다. 부시 선생님은 잠시 배정표를 내려다보더니 빨간 펜을 꺼내 든다.

차일드 후더

"엘라, 그럼 넌 크리스털의 짝인 앤턴과 조별 과제를 해라."

앤턴 피터슨이 내 짝이라고? 이보다 더 나쁠 수는 없다. 녀석은 늘 나를 '스멜라'라고 부른다. 성적도 반에서 꼴찌라 조별 과제 따위는 신경 쓰지 않을 것이다. 교실 반대편에 앉은 앤턴을 힐끔 쳐다본다. 녀석도 나만큼이나 불만이 많은 얼굴이다.

앤턴이 손을 번쩍 든다.

"부시 선생님, 저도 엘라와 짝하기 싫어요."

부시 선생님이 돋보기안경 너머로 앤턴을 바라본다.

"이유가 뭐지?"

앤턴은 갈색 눈을 동그랗게 뜨고 자못 진지하게 말한다.

"여기서도 냄새가 나서 토할 것 같아요."

몇몇 아이들이 킥킥거리며 웃어 대지만 부시 선생님은 앤턴을 꾸짖거나 짝을 다시 정해주지 않는다. 우리가 서로 얼마나 싫어하는지 뻔히 보일 텐데 그냥 무시하고 넘어간다.

수업 종이 울리자마자 나는 앤턴의 자리로 간다. 녀석은 마치 시간이 남아도는 사람처럼 느릿느릿 짐을 챙긴다. 다음 수업에 늦는 걸 신경 쓰지 않는다. 오늘따라 초록색 머리가 유난히 짙어 보인다. 스프레이를 한 겹 더 뿌렸다는 뜻이다. 이제는 원래 머리 색이 무엇이었는지 기억조차 나지 않는다.

"앤턴, 이 조별 과제 언제 만나서 할까?"

앤턴이 바인더를 가방 안에 던져 넣는다. 가방 모서리에 구멍이 났는지 바인더가 삐죽 튀어나온다.

"아예 안 하는 건 어때?"

나는 이를 악물고 소리친다. "네가 게을러터졌다고 나까지 낙제하고 싶진 않거든."

앤턴이 어깨를 으쓱한다. "좋아, 그럼 그 빌어먹을 조별 과제 너 혼자서 다 해."

앤턴은 너무 기가 차서 말문이 막힌 나를 내버려둔 채 가방을 둘러메고 교실 밖으로 나가버린다.

그래, 저 멍청이랑 시간을 낭비하느니 혼자가 낫다. 익숙하니까.

20장

학교에서 집까지 걸어가려면 20분쯤 걸린다. 예전에는 자전거를 타고 다녔는데 체인이 망가져 어쩔 수 없이 걸어 다닌다. 엄마에게 몇 번이나 새 자전거를 사달라고 했지만 돌아오는 대답은 한결같았다.

"아직 쓸 만하던데 뭘 또 사?"

고장 난 세탁기, 건조기, 그리고 다른 가전제품들처럼 자전거도 누군가 고쳐주길 바라며 지하실에 처박혀 있다. 엄마에게 손재주 좋은 남자친구가 생기지 않는 한 고칠 방법이 없다. 당분간 걸어 다닐 수밖에.

학교와 집 중간쯤에 있는 공원을 가로지르면 좀 더 빨리 갈 수 있다. 걷는 게 싫지만은 않다. 신선한 공기를 마셔서 좋고, 앤턴이 냄새난다고 놀린 일도 더는 신경 쓰지 않고 바람에 날려버린다. 이제 봄이라 날씨가 춥지도 않다.

엄마가 쉬지 않고 피워대는 담배 냄새와 썩은 복숭아 냄새가 진동하는 집보다는 공원이 백배는 낫다. 봄이 되면 공원엔 예쁜 꽃이 핀다. 예전에 도서관에서 식물도감을 빌려와 꽃 이름을 찾아본 적 있는데 제법 재미있었던 기억이 난다.

이제 더는 도서관에서 책을 빌릴 수 없게 되었다. 분실한 책이 너무 많다는 이유로. 내 잘못은 아니다. 난 책들을 잘 간수하는데 엄마가 내 방에 온갖 잡동사니를 쏟아붓고 가면 어디에 두었는지 찾아내기 힘들다.

공원 끝자락에 다다랐을 무렵 나무와 덤불이 우거진 숲 쪽에서 이상한 소리가 들린다. 가끔 아이들이 숨어서 담배를 피우는 장소다. 누군가 끙끙거리는 소리와 함께 가끔 둔탁한 소리가 난다. 나는 집에 급히 갈 이유도 없을뿐더러 잔뜩 호기심이 일어 소리가 나는 쪽으로 살금살금 다가간다. 혹시 십 대 커플이 몰래 섹스라도 하나 싶었는데 전혀 아니었다. 남자애 둘이 싸우는데 한 아이가 다른 아이를 흠씬 두들겨 패고 있다. 둘 다 우리 반 아이들이라 금세 알아봤다. 일방적으로 때리는 아이는 데빈, 땅바닥에 쓰러져 일방적으로 얻어맞는 아이는 앤턴이다.

앤턴이 얻어맞는 모습을 보니 속이 시원하다. 그동안 앤턴이 나에게 가했던 개망나니 짓을 생각하니 코피가 줄줄 흐르고, 입술이 터져 피를 머금고 있는 모습이 더없이 통쾌하다.

앤턴이 싸움을 훨씬 잘하는 데빈을 왜 건드렸는지 모르겠지만 대가를 톡톡히 치르고 있다. 데빈이 배를 힘껏 걷어차자 앤턴이 맥없이 고꾸라진다. 그 모습을 보니 절로 웃음이 나온다. 나를 놀려대던 녀석이 실컷 얻어터져 고통받는 모습을 지켜보는 재미가 쏠쏠하다.

쌤통이다.

데빈의 다음 행동이 나를 놀라게 한다. 데빈이 헐렁한 청바지 주머니에서 스위스 아미 나이프를 꺼낸 것이다.

칼이라니?

데빈이 칼날을 펼치자 한쪽 눈이 부어서 감긴 앤턴의 남은 눈이 휘둥그레진다. 한 발짝 더 다가서자 앤턴의 눈이 더 크게 벌어진다.

정말 칼로 찌르겠다고?

"그만해!" 앤턴의 숨소리가 가쁘게 끊기며 입가에서 피가 흘러내린다. 평소엔 세상 다 산 것처럼 거들먹거리더니 지금은 완전히 겁에 질린 얼굴이다. "젠장! 그만두라니까, 제발!"

나는 그 자리에 붙박여 두 아이를 바라보다가 공평하지 않다는 생각이 든다. 데빈은 칼을 쥐고 있고, 앤턴은 맨손이니 불공평한 상황이다. 둘에서 하나를 공격하는 것만큼이나 비열하다. 앤턴이 남의 기분을 상하게 하는 데 선수인 건 분명하지만 도가 지나쳐 보인다.

 나는 생각할 겨를도 없이 바닥에서 큼지막한 돌멩이를 집어 든다. 적당한 무게다. 데빈 뒤로 조심스레 다가간 나는 그의 뒤통수를 돌로 힘껏 내리찍는다. 데빈은 맥없이 고꾸라진다. 너무 쉽게 쓰러진 탓에 나도 놀랐다. 데빈은 흙바닥에 널브러져 있고, 앤턴은 숨을 헐떡이며 몸을 일으킨다. 데빈은 눈을 감은 채 꿈쩍도 하지 않는다. 정말이지 눈곱만큼도 움직이지 않는다.

 "미치겠네." 앤턴이 옷소매로 얼굴에 묻은 피를 훔치며 말한다. "엘라, 네가 애를 죽였어."

21장

안 돼. *안 돼.* 내가 사람을 죽이다니? 그럴 리 없어.

피가 흥건한 데빈의 머리를 보자 심장이 쿵쿵 뛴다. 그때, 데빈이 신음을 흘리며 몸을 살짝 뒤튼다.

"젠장! 아직 살아있네."

앤턴이 실망스럽다는 듯이 말하더니 발로 데빈의 옆구리를 걷어찬다. 데빈이 크게 신음을 터뜨린다.

앤턴이 재촉한다. "자, 빨리 자릴 뜨자."

"데빈과 싸운 건 너야."

앤턴이 눈알을 굴린다. "돌로 후려친 건 너야. 얘가 나중에 깨어나 너에게 고맙다고 인사하길 기대하는 거야?"

내가 그 자리에 가만히 서 있자 앤턴이 내 팔을 잡아끌고 달리기 시작한다. 우리는 공원을 벗어난 이후로도 한참 동안 달린다. 앤턴의 말대로 도망치길 잘했다. 지금쯤 데빈이 단단히 화나 있을 테고, 칼을 가지고 있으니까.

앤턴이 가쁜 숨을 몰아쉬다가 옆구리를 부여잡고 인상을 찌푸린다. 생각보다 녀석의 상태가 심각하다. 오른쪽 눈은 통통 부어 있고, 코는 주먹코가 되었다. 코피도 나고, 찢어진 입술에서도 피가 흘러나와 턱을 타고 흘러내리다가 회색 티셔츠를 적신다.

앤턴이 검지를 입 안에 넣고 우물거리더니 소리친다. "빌어먹을! 이빨 하나가 흔들려."

"그것 참 안됐네." 내가 말하자 앤턴이 피 묻은 이를 드러내고 씩 웃는다. 찢어진 입술 때문에 웃는 모습이 기괴해 보인다.

"진짜 대박이었어. 고마워, 엘라."

앤턴이 내 이름을 그대로 부른 건 오늘이 처음이다.

내가 당연한 일이라는 듯이 말한다. "너무 불공평하잖아. 데빈은 칼을 들었는데 넌 맨손이었으니까."

"넌 잘 모르겠지만 그 자식은 완전 사이코야. 네가 돌로 머리를 까지 않았더라면 난 지금쯤 칼에 찔려 죽었을지도 몰라." 앤턴이 몸을 부르르 떨며 옷소매로 코피를 훔친다. "젠장! 얼굴이 완전 엉망이 됐네. 당장 씻어야겠어. 너, 이 근처에 살지?"

"응." 나는 무심코 대답하고는 입을 다문다.

"좋아, 가자."

"어딜?"

"너희 집 세면대 좀 쓰려고."

나는 잠시 망설인다. 앤턴을 우리 집에 들일 수는 없다. 어느 누구도 안 되지만 특히 앤턴은 더더욱 곤란하다.

"미안하지만 우리 집엔 갈 수 없어."

앤턴이 인상을 구기며 말한다. "아빠가 이 꼴을 보면 죽이려 할 거야. 딱 2분 동안만 세면대를 쓸게."

괜한 엄살은 아닌 듯하다. 저런 몰골로 집에 갔다가 아빠에게 들키면 무슨 일이 벌어질지 충분히 예상된다.

"대신 세면대만 쓰고 곧장 가야 해, 알겠지?"

"그래 알았어."

앤턴이 내 옆에서 나란히 걷는다. 집까지 걸어가는 동안 마음이 점점 더 불편해진다.

이 녀석이 우리 집을 보면 또 뭐라고 놀려댈까?

내 몸에서 이상한 냄새가 난다고 놀려대던 놈이다. 우리 집을 보고 나서 뭐라고 떠들어댈지 상상만으로도 눈앞이 캄캄해진다.

집에 들어가자마자 화장실로 들어가게 하고, 씻고 나오자마자 곧장 밖으로 내보내는 거야.

눈이 멀었거나 바보가 아니라면 우리 집이 얼마나 더러운지 놓칠 리 없다.

차라리 그냥 칼에 찔리든지 말든지 내버려둘 걸 그랬나?

마침내 우리 동네에 도착했다. 잠시 후 앤턴이 우리 집을 보게 된다고 생각하자 손바닥에 땀이 고인다. 앤턴의 코와 입술에서 아직도 피가 흐르고 있다. 이대로 돌려보낼 수는 없다.

플레밍 부인 집 앞을 지나면서 보니 집이 고요하다. 내가 쓰레기를 버려주고 나서 며칠 뒤 플레밍 부인은 한밤중에 넘어져 머리를 심하게 다쳤다. 병원에 실려 갔는데 회복할 수 있을지 불투명하다는 말을 들었다. 나는 그 주 내내 점심을 사 먹을 수 있었다.

"다 왔어."

우리 집은 저소득층 대상 임대주택이라 다른 집들보다 작다. 엄마가 이웃 사람들 눈치를 보느라 밖에까지 물건을 쌓아두진 않았지만 동네 사람들은 우리 집 사정을 알 만큼 안다.

앤턴이 나를 따라 계단을 올라온다. 눈을 감으라고 하고 싶지만 녀석이 내 말을 순순히 들어줄 리 없다. 얼른 화장실로 떠밀었다가 내보내는 게 낫다. 엄마가 집에 있을 시간이 아니라서 다행이지만 지금은 차라리 집에 있는 게 나을 뻔했다. 엄마 핑계를 대고 앤턴을 돌려보낼 수 있을 테니까.

나는 열쇠를 돌려 문을 연다. 문 바로 뒤에 페트병을 가득 담아놓은 쓰레기봉투가 있어 문이 절반밖에 열리지 않는다. 앤턴은 현관 안으로 들어서자마자 우뚝 멈춰서더니 놀란 눈으로 집 안을 둘러본다. 매트리스 두 개를 이용해 만든 간이 소파, 바닥과 계단에 가득 쌓인 서류 더미와 책자들, 화장실 옆에 쌓아둔 두루마리 휴지, 테이블 위에 놓아둔 스무 개의 연필꽂이와 그 안에 빽빽하게 든 펜과 연필, 재떨이 여덟 개, 아직 개봉조차 하지 않은 밀폐 용기 박스 네 개까지.

속이 타들어 가는 기분이다.

"화장실은 저쪽이야." 나는 대충 방향을 가리킨다.

"비누는 있어?"

나는 헛웃음을 삼키고 고개를 끄덕인다. 우리 집에는 평생 쓰고도 남을 비누가 있지만 엄마는 일주일 안에 또 새 비누를 사 올 가능성이 크다. 화장실 수납장은 온갖 종류의 비누들로 가득 차 있다.

앤턴은 신문지와 잡동사니들을 쌓아둔 좁은 통로를 따라 발걸음을 옮긴다. 우리 집에는 잡다한 물건들을 잔뜩 쌓아둔 통로가 몇 군데 더 있다. 앤턴은 벽 근처 옷걸이에 걸려 넘어질 뻔했지만 화장실 문 앞에 무사히 도착한다.

화장실 문이 닫히자 나는 그제야 안도의 한숨을 내쉰다. 안에서 앤턴이 세수하는 소리가 들려온다. 옷에 묻은 피를 비누로 지울 수 없을 거라는 생각이 든다. 갈아입을 옷을 주고 싶지만 우리 집에 있는 옷들은 죄다 앤턴의 몸에 작다. 혹시 지하실 어딘가에 칩 아저씨가 두고 간 옷이 있을지도 모른다. 엄마가 옷을 버릴 리 없으니까.

갈아입을 옷을 가져다주고 앤턴을 최대한 빨리 밖으로 내보내야 한다. 나는 엉망진창인 거실을 지나 지하실로 향한다. 세탁기가 고장 난 뒤로 지하실에는 처음 내려가본다.

지하실 문을 살짝 열자 예상대로 눈앞이 암담해진다. 세탁기가 망가진 이후 엄마는 빨랫감을 죄다 지하실에 쏟아붓고 있다. 지하실 바닥은 한 치의 틈도 없이 세탁해야 할 옷가지가 나뒹굴고 있고, 계단 위까지 수북이 쌓여 있다.

이 난장판 속에서 칩 아저씨의 티셔츠를 찾을 수 있을까?

일단 시도는 해봐야 한다.

나는 바닥에 수북이 쌓인 옷가지를 헤치며 안쪽으로 나아간다. 대부분 엄마 옷이지만 내 옷도 조금 섞여 있다. 세탁기를 고치더라도 이 많은 옷을 다 세탁하려면 백 년은 걸릴 것 같다.

나는 가끔 지하실 악몽을 꾼다. 옷더미에 파묻힌 나는 발목에 천이 감긴 상태로 허우적대다가 결국 더러운 빨래의 바다에 빠져 죽는 꿈. 내 악몽의 주요 배경인 지하실이 정말 싫다.

포기하고 돌아가려는 순간 흰색 무지 티셔츠가 눈에 띈다. 앤턴이 입기에도 사이즈가 넉넉해 보이고, 냄새도 그럭저럭 맡을 만하다. 나는 옷더미를 헤치며 계단을 오른다.

마침 화장실을 나서는 앤턴이 눈에 들어온다.

"내 얼굴 상태가 많이 심각해 보여?"

얼굴과 목에 묻은 핏자국은 다 씻어냈다. 눈과 코의 부기도 조금은 가라앉았지만 찢어진 입술은 보기에도 아파 보인다. 앤턴은 성격이 더러워서 그렇지 다른 아이들에 비해 피부도 깨끗하고, 제법 괜찮게 생긴 녀석이다. 초록색 머리도 나름 잘 어울린다.

나는 티셔츠를 던져주며 말한다. "자, 옷을 갈아입어."

앤턴은 티셔츠를 펼쳐보며 고개를 끄덕인다. "아빠 셔츠야?"

그냥 그렇다고 하려다가 굳이 숨길 필요는 없다는 생각이 든다.

"아니, 난 아빠가 누군지도 몰라."

앤턴은 피 묻은 티셔츠를 벗느라 바쁘다. 벗은 몸을 보니 나만큼이나 말랐다. 갈비뼈가 빠짐없이 다 보일 정도로. 깨끗한 옷으로 갈아입은 앤턴이 나를 똑바로 쳐다본다.

"우리 아빠는 차라리 없는 게 나아."

어떤 아빠이기에 그러는지 모르지만 나는 앤턴의 말에 쉽게 동의할 수 없다.

이제 얼굴도 씻고 옷을 갈아입었으니 집으로 돌아가야 마땅한데 앤턴은 느긋하게 거실을 둘러보기 시작한다. 나는 온몸이 화끈거린다. 우리 집이 어떤 상태인지 두 눈으로 똑똑히 보았으니 내일 학교에서 무슨 말을 떠벌릴지 심히 걱정된다. 퀴퀴한 냄새, 곰팡이로 얼룩진 매트리스, 쓰레기 더미처럼 쌓아둔 온갖 잡동사니들에 대해.

앤턴이 묻는다. "저거, 소파야?"

앤턴이 매트리스 두 장으로 만든 간이 소파를 가리킨다. 나는 쥐구멍이라도 찾고 싶다. "그런 셈이지."

예상과 전혀 다른 반응이 돌아온다. "와우, 멋진데!"

앤턴이 매트리스에 털썩 앉는다. 표면에 곰팡이가 덕지덕지한데 전혀 아랑곳하지 않는다. 앤턴이 서류 더미를 옆으로 밀어내 빈자리를 만들고는 나를 바라본다. 앉으라는 뜻인 것 같아 쭈뼛쭈뼛 다가가 앉는다.

앤턴의 시선이 커피 테이블 위 재떨이에 꽂힌다. 우리 집에서 가장 역겨운 물건 중 하나다. 그 안엔 길이가 제각각인 담배꽁초가 최소 오십 개는 들어 있다. 우리 엄마는 항상 피다 만 담배를 재떨이에 놓아둔다.

"누구 재떨이야?"

"엄마."

앤턴이 재떨이 안에서 제일 길쭉한 꽁초 하나를 집어 들더니 호주머니에서 라이터를 꺼낸다. "담배가 다 떨어졌거든."

앤턴이 엄마의 담배꽁초에 불을 붙인다. 그 모습이 더럽게 느껴지면서도 제법 흥미롭다.

앤턴이 담배를 내민다. "너도 한 모금 빨아볼래?"

나는 고개를 젓는다. 생각만 해도 속이 메슥거린다.

찢어진 입술이 벌어질 때마다 앤턴이 얼굴을 찡그리며 묻는다. "조별 과제는 어떻게 할 건데?"

"나 혼자 하라며?"

"농담이었어."

"농담 아니었잖아?"

"엘라, 넌 문제가 뭔지 알아?" 앤턴이 담배 연기로 고리를 만들어 보인다. "농담을 농담으로 받아들이지 못한다는 거야."

나는 앤턴을 빤히 바라본다.

"그래, 그동안 내가 좀 심하긴 했지. 이제부터 내가 널 도울게."

나는 온갖 잡동사니로 뒤덮인 거실을 둘러본다. 여기서 조별 과제 계획을 세우려니 진저리가 난다. 앤턴이 지금은 제법 호의적으로 굴지만 빨리 밖으로 나갔으면 좋겠다.

"너희 집에서 하자."

"우리 집도 별로 나을 건 없어. 동생이 엄청 귀찮게 굴거든."

"아무튼 우리 집은 안 돼."

내 단호한 태도에 앤턴은 눈치껏 꼬리를 내린다. "알았어. 그럼 우리 집에서 하든지."

앤턴이 다시 말을 꺼내려는 순간 현관문에서 열쇠 돌아가는 소리가 들려온다.

엄마가 한 시간 뒤에나 올 줄 알았는데 왜 벌써 왔지?

이제 정말 큰일이다.

22장

"엘라?"

현관 쪽에서 엄마 목소리가 들려온다. 앤턴이 내 당황한 표정을 읽고 입 모양으로 묻는다.

'뒷문이 어디야?'

나는 재빨리 주방 쪽을 가리킨다. 앤턴은 매트리스 소파에서 벌떡 일어나 거실의 난장판을 가뿐히 헤치고 주방을 지나 뒷문으로 사라진다. 문이 쾅 닫히는 소리와 거의 동시에 엄마가 거실 안으로 들어선다.

우리 집엔 불문율이 하나 있다. 손님을 집에 데려오면 절대로 안 된다. 엄마가 초록 머리에 멍투성이 얼굴을 한 남자애가 매트리스에 앉아 담배 피우는 걸 봤다면 어떻게 됐을지 생각만 해도 아찔하다.

엄마는 잔뜩 찡그린 얼굴로 거실로 들어온다. 나는 아무 일도 없었다는 듯이 시치미를 뗀다. 엄마는 마트 유니폼 차림이다. 촌스러운 녹색 블라우스에 베이지색 바지. 한 손엔 쇼핑백을 들고 있다. 중고 가게에서 어김없이 뭘 사 왔다는 뜻이다. 누군가 그 가게에 불이라도 질러버렸으면 좋겠다.

"엘라!"

날 선 목소리에 가슴이 철렁 내려앉는다.

"너, 뭐하고 있었어?"

나는 본능적으로 뒷문 쪽을 힐끗 본다. 설마 뒷문으로 나가는 앤턴을 본 건가? 피 묻은 옷도 챙겨 갔고, 흔적도 남기지 않았는데.

오, 이런. 담배.

재떨이에 놓인 담배꽁초에서 아직도 연기가 하늘하늘 피어오르고 있다.

엄마가 악을 쓰듯 다그친다. "너, 담배 피웠어?"

설령 피웠다고 한들 그렇게 화를 낼 일인지 의문이다. 엄마는 평소 담배를 입에 물고 살면서. 내가 피우진 않았지만 진실을 밝히면 일만 더 커질 뿐이다.

"그냥 호기심에 한 번."

엄마가 쇼핑백을 바닥에 툭 던진다.

"맛이 어땠어?"

"별로였어. 다시는 안 피울게."

엄마는 아직도 연기가 나는 담배꽁초를 집어 든다.

"담배는 어른들이나 피우는 거야."

"알아. 잘못했어."

"다시는 피우지 마." 엄마 눈이 번뜩인다. "절대로."

나를 걱정해서 하는 말이지만 엄마의 표정이 무섭다.

"알았어. 맹세할게."

"내가 오늘 담배 맛을 확실히 가르쳐줄게."

엄마가 갑자기 내 팔을 움켜쥔다. 나는 벗어나려 몸부림을 치지만 역부족이다.

엄마가 단호하게 말한다. "네가 앞으로 절대로 담배를 피우지 못하도록 해줄 테니까 가만있어."

엄마는 담뱃불을 내 팔 안쪽에 대고 가차 없이 꾹 누른다. 눈앞이 아찔하도록 아린 통증이 밀려든다. 엄마는 내가 팔을 빼내려고 발버둥 쳐도 아랑곳하지 않고 내 팔을 담뱃불로 한참 동안 지지고 나서야 나를 놓아준다. 팔 안쪽이 타들어 가듯이 아파 눈물이 절로 흐른다.

"다음에 또 담배를 피우면 팔이 아니라 얼굴을 지져줄 테니까 그리 알아."

엄마라면 능히 내 얼굴을 지질 수 있다. 딸의 얼굴이야 어찌되든 말든. 엄마는 한계를 모르니까.

23장

케이시

현재

쿠키를 여섯 개나 먹은 엘리너가 묻는다. "TV는 어디 있어요?"

"없어."

아이가 경악한 표정을 짓는다. 내가 아이 입장이었더라도 비슷하게 반응했을 거다. TV 없이 사는 게 얼마나 홀가분한지 알기 힘든 나이고, 우리가 20세기 발명품에 얼마나 의존하고 있는지 모르니까.

"TV가 없어도 심심할 겨를이 없어. 난 할 일이 많으니까."

엘리너는 도저히 믿을 수 없다는 표정이다. TV가 없다고 하면 다들 놀란다. 리 역시 믿기 힘들어했다.

"카드 게임 할래?"

엘리너가 코끝을 찡그린다. 몸이 앙상하게 말랐지만 예쁜 아이다. "카드 게임이요?"

"그동안 카드놀이를 하고 싶었는데 같이 할 사람이 없어서 못했거든."

"그래요, 그럼."

"네가 좋아하는 게임을 골라."

"로블록스, 마인크래프트, 포트나이트."

"인터넷 게임 말고 카드 게임 말이야."

"아." 엘리너는 손등으로 코를 문지른다.

"'고 피시'는 어때?"

적어도 서로 소통하면서 하는 게임이라 대화가 가능하다.

"대충 알아요."

자리에서 일어난 나는 거실 서랍을 뒤져 카드 한 벌을 꺼낸다. 그사이 거실 등이 잠깐 나갔다가 돌아온다. 정전이 아니라서 다행이다.

아빠에게 물려받은 카드다. 포커 실력이 뛰어났던 아빠는 아는 게임 전부를 나에게 전수했다. 우리는 주로 텍사스 홀덤을 하며 많은 시간을 보냈다.

아빠는 장난스럽게 웃으며 말했다. *"포커를 배워두면 돈이 떨어졌을 때 유용하게 써먹을 수 있단다."* 그런 다음 곧 덧붙였다. *"포커에서 이기려면 언제 블러핑해야 할지를 알아야 해."*

블러핑은 생각보다 어렵다. 상대가 확실히 폴드할 거라는 확신이 들 때 해야 한다. 끝까지 버티는 상대라면 블러핑은 아무 의미가 없다.

카드를 꺼내 들며 나는 엘리너의 배낭을 힐끔 본다. 핏자국이 더 번지지는 않아 다행이다. 배낭 안에 무엇이 들어있을지 궁금하다. 당장 배낭을 열어 확인하고 싶지만 이제 막 쌓이기 시작한 신뢰를 무너뜨릴 순 없다. 조금 돌아가더라도 서두르다 일을 그르치는 것보단 낫다.

카드를 들고 돌아오며 묻는다. "쿠키 더 먹을래?"

엘리너가 곁눈질로 내 몸을 훑는다. "아뇨, 뚱뚱해지고 싶지 않아요."

기껏 잘 먹어놓고 너무하네?

나는 못 들은 척 쿠키 통을 팬트리에 다시 넣고 나서 행주로 식탁을 닦은 다음 자리에 앉는다. 카드를 섞어 둘로 나누고 엘리너에게 반을 내민다.

"먼저 할래?"

"아뇨, 먼저 하세요."

나는 게임에 집중하려 애쓰며 내 카드를 슬쩍 훑는다.

"7 있어?"

"고 피시."

카드를 한 장 뽑으며 묻는다. "그나저나 몇 살이야?"

엘리너의 창백한 얼굴을 바라보며 대답을 기다리는 사이 천장에 매달린 전등이 다시 한번 깜빡인다.

엘리너는 손에 든 카드를 내려다볼 뿐 눈을 들지 않는다.

"잭 있어요?"

나는 잭 한 장을 건넨다. "9 있어?"

"고 피시."

"열두 살이니?"

"'고 피시'라고 했잖아요."

"그럼 열세 살?"

엘리너는 카드를 탁 내려놓고 입술을 깨문다. "왜 자꾸 나이를 물어요?"

"얼마 전까지 학교 선생님이었어. 네 또래 아이들을 가르쳤거든."

"지금은 아니고요?"

"잠깐 쉬는 중이야."

"왜요?"

내가 엘리너에게 브리검 초등학교에 다시는 돌아갈 수 없는 이유를 일일이 설명해줄 수는 없다. 학교에서의 마지막 날, 교장실에 앉아 있던 순간이 떠오른다.

교장이 반달 안경 너머로 나를 쏘아보며 물었다.

"케이시, 어떻게 그런 짓을 할 수 있죠?"

"죄송합니다, 저도 모르게 감정이 격해져서."

"당신은 좋은 선생님이 분명하고, 얼마나 화가 나면 그랬을지 짐작하지만 교칙을 어긴 행위를 감싸줄 수는 없어요. 오늘부로 해고입니다."

무릎이라도 꿇고 빌고 싶었다. 한순간의 실수로 내 인생의 전부나 다름없는 교직에서 물러나야 한다는 게 너무 억울했다. 다만 내가 저지른 짓을 생각하면 해고를 받아들일 수밖에 없었다. 교장도 나를 구제해주고 싶었겠지만 딱히 좋은 방법이 없었을 것이다.

"얘기하자면 사정이 좀 복잡해."

엘리너가 눈을 깜빡인다. "왜요?" 마침 번개가 번쩍 치며 아이의 앳된 얼굴이 환하게 드러난다. "잘렸어요?"

나는 거짓말한다. "그건 아니고."

"어떤 선생님이었어요?"

아이 앞에서 굳이 자랑하고 싶지는 않지만 올해의 교사상을 세 번이나 받을 만큼 평판이 좋았다.

"제법 괜찮은 선생님이었다고 생각해."

"근데 왜 잘려요?"

"안 잘렸다니까."

엘리너의 눈썹이 위로 확 올라간다. "혹시 정신질환이 있어요? 왜 숲속 오두막에서 혼자 살아요?"

*어느 정도*는 그렇다고 말하고 싶지만 진실을 다 털어놓았다간 아이가 어떻게 반응할지 모른다.

"네가 성을 말해주면 나도 왜 교사를 그만뒀는지 말해줄게."

엘리너가 경계하는 표정을 지으며 칼을 다시 움켜쥔다. "그런 거래는 싫어요."

이 아이가 정말 나를 해칠 마음이 있는지 모르지만 피를 뒤집어쓴 모습을 보았을 때 어리다고 마냥 안심할 수 있을지 의문이다. 팔에 남은 흉터들을 보면 피를 흘린 상대가 결국 응당한 대가를 치른 걸지도 모른다.

"안심해. 너를 절대로 해치지 않을 테니까."

"그걸 어떻게 알아요?"

"무한맹세할게."

엘리너는 여전히 칼을 꽉 쥔 채 나를 노려본다. "약속을 너무 쉽게 하네요. 내가 그 말을 어떻게 믿죠?"

"진심이야." 나는 가슴에 손을 얹는다. "널 다치게 할 이유가 없잖아."

엘리너가 나지막이 말한다. "걱정해야 할 사람은 내가 아니라 당신일지도 몰라요."

나는 한 번 더 엘리너가 손에 쥔 칼을 내려다본다. 아이의 손톱 밑에는 여전히 말라붙은 핏자국이 남아 있다. 그 순간, 천장 조명이 다시 한번 깜빡이더니 완전히 나가버린다.

24장

엘라

과거

 사물함 자물쇠 번호를 맞추고 있는데 앤턴이 껄렁한 걸음걸이로 다가온다.

 아침부터 마음이 불안했다. 앤턴이 우리 집 얘기를 퍼뜨려 애들이 놀리거나 수군거릴 줄 알았는데 의외로 잠잠하다. 아무도 날 힐끔 쳐다보며 키득거리지 않는다. 앤턴이 아무 말도 안 했다고 단정하기에는 이르다. 아직 소문이 퍼지지 않은 것일 수도 있으니까.

 앤턴은 어제보다 상태가 좀 나아지긴 했지만 여전히 흠씬 얻어맞은 티가 난다. 한쪽 눈은 시퍼렇게 멍들었고, 입술은 살짝만 웃어도 터질 듯 부풀어 있다.

 앤턴이 내 어깨를 툭 치더니 반으로 접힌 종잇조각을 내민다. 펴보니 휘갈긴 글씨로 쓴 주소가 적혀 있다. "우리 집 주소야."

"아."

"조별 과제를 같이하기로 했잖아. 우리 집에서."

나는 눈을 찡그리며 쪽지를 내려다본다. "24번지야, 29번지야? 글씨를 똑바로 써야 알아볼 수 있지."

앤턴이 살짝 인상을 구기며 말한다. "29야. 글씨가 엉망이라 미안. 오늘 방과 후에 내가 우리 집 가는 길을 알려줄게. 지름길이 있거든."

"그래."

앤턴은 흙 묻은 운동화로 바닥을 툭 찬다. "그럼 3시 15분에 학교 뒤에서 보자."

앤턴은 그 말을 하고 나서 뒤돌아 성큼성큼 걸어간다.

"저기!" 내가 앤턴을 불러 세운다.

"왜, 문제 있어?"

나는 조심스럽게 팔뚝을 문지른다. 엄마가 담뱃불로 지진 자국이 부풀어 올라 수포가 되어 있다. 흉터가 남을 것이다. 지난번처럼. "혹시 아이들에게 우리 집 얘기하지 않았지?"

앤턴은 잠시 나를 바라보다가 어깨를 으쓱한다. "얘기할 게 뭐가 있다고?"

나는 앤턴이 멀어지는 뒷모습을 한참 동안 바라본다. 가슴

깊은 곳에서 안도감과 놀라움이 동시에 피어오른다. 앤턴 피터슨이 내 비밀을 지켜주다니?

25장

앤턴을 만나러 가기 전에 화장실에 들렀다. 비누로 손을 씻으며 거울에 비친 얼굴을 본다. 어젯밤 샤워를 해서 머리카락이 기름져 보이지는 않는다. 이마에 여드름이 몇 개 났지만 눈에 띌 정도로 심하지는 않다. 예쁜 엄마와 달리 내 얼굴은 그냥 평범하다. 청바지처럼 파란 눈만 빼면.

아빠도 나처럼 파란 눈이겠지? 내 존재를 알기는 할까?

아빠에 대해 물을 때마다 엄마는 화만 낸다. *그 인간이 왜 궁금한데?*

언젠가는 반드시 아빠를 찾아가 만날 것이다. 그럼 모든 게 달라질 수도 있으니까.

화장실을 나와 교정 뒤편으로 향한다. 앤턴이 눈에 안 띄게 벽에 기대 담배를 피우고 있다.

담배 냄새는 질색이다. 앤턴에게서 나는 담배 냄새를 맡으며 걸을 생각을 하니 벌써부터 머리가 지끈거린다. 다행히 앤턴이 담배를 바닥에 비벼 끄더니 가방에서 스프레이를 꺼내 몸에 뿌린다. 섬유유연제 같은 향이 난다.

"가자."

나란히 걷는데 생각보다 어색하지 않다. 우리는 같이 듣는 수업도 많고 선생님들도 겹친다. 내가 커티스 선생님과 팩슨 선생님이 사귄다는 소문을 들었다고 하자 앤턴이 웃음을 터뜨린다. 두 사람 다 학교에서 제일 징그러운 선생님들로 통한다. 어떤 애가 둘이 차 안에서 키스하는 모습을 봤다고 했다.

앤턴이 그리 재미있게 웃는 건 처음 봤다. 그 웃음소리를 다시 듣고 싶다.

앤턴이 사는 집도 우리 집처럼 저소득층을 위해 지은 공공 주택이다. 다만 우리 집은 단독 주택, 앤턴의 집은 아파트다. 크기는 비슷해도 느낌은 제법 다르다. 앤턴네 집은 평범하다. 칙칙한 흰 벽, 낡은 가구, 바랜 카펫.

거실 소파엔 앤턴의 엄마로 보이는 여자가 잠들어 있다. 안으로 더 들어가자 여덟 살쯤 되어 보이는 아이가 앤턴을 발견하고 달려온다. 앤턴을 빼닮았고, 키가 한 뼘 정도 작은 아이다.

"형, 게임하자!"

앤턴이 짜증스럽게 말한다. "브래드, 형이 친구를 데려왔잖아. 우린 숙제해야 하니까 넌 딴 데 가서 놀아."

꼬마는 나를 힐끔 쳐다보고 나서 입을 삐죽거린다. "집에 오면 나랑 게임 하기로 했잖아."

"나중에." 앤턴은 아이를 살짝 밀친다. "이따가 저녁 먹고 놀아줄게."

브래드는 여전히 미련이 남은 듯 우리를 졸졸 따라오다가 방 앞에서 걸음을 멈춘다. 앤턴이 문을 닫고 나서 나에게 말한다. "미안."

"괜찮아." 나도 브래드 같은 동생이 있었으면 좋겠다.

앤턴의 방은 작지만 내 방보다 훨씬 낫다. 바닥에 옷가지가 흩어져 있긴 해도 발 디딜 공간은 충분하고, 책을 꺼내놓고 공부할 수 있는 책상도 있다. 담배 냄새가 날까봐 걱정했는데 전혀 안 난다.

앤턴이 나에게 책상을 양보하고 자신은 침대에 걸터앉는다.

"자, 이제 역할 분담을 하자."

나는 가방에서 바인더와 필기구를 꺼내 책상 위에 펼친다. 내 방 침대에 엎드려 책을 볼 때와는 비교도 안 될 만큼 편하다.

"각자 암석을 한 종류씩 조사한 다음 서로 비교하자."

"좋아."

앤턴이 손목시계를 내려다본다. "한 시간 안에 끝내자. 우리 아빠 오기 전에 떠나는 게 좋을 거야. 못 볼 꼴을 보게 될 수도 있으니까. 우리 아빠는 술을 마시면 개가 되거든."

앤턴의 표정이 어두워진다. 의도치 않게 너무 많은 걸 말해버렸다는 듯이.

나는 펜 끝으로 노트를 툭툭 두드리며 말한다. "술을 못 마시게 하는 방법을 알려줄까? 나도 엄마한테 써먹었는데 효과 만점이었어."

앤턴이 눈을 크게 뜬다. "어떤 방법인데?"

다른 사람에게 한 번도 말한 적 없는 얘기를 앤턴에게 처음으로 털어놓게 될 줄은 미처 몰랐다.

"옆집 할머니 집 청소를 해주다가 우연히 '이페칵'이란 약을 발견했어. 인터넷으로 검색해보니 먹으면 저절로 토하게 만드는 약인 거야. 엄마가 마시다 남겨둔 술병마다 약을 몇 방울씩 섞어두었지."

앤턴의 입이 떡 벌어진다. "그랬더니?"

"엄마가 술을 끊었어. 술을 마실 때마다 토하니까 끊을 수밖에."

"작전 성공이네."

"약이 아직 좀 남았어. 원한다면 줄게."

앤턴이 씩 웃다가 부풀어 오른 입가를 만지며 눈살을 찡그린다.

"엘라, 너 정말 괜찮은 아이구나."

나는 눈을 찡긋하며 쏘아붙인다. "이제 알았어?"

"진작부터 알고 있었어."

뻥 치시네. "그럼 왜 나를 스멜라라고 부르면서 놀렸는데?"

"'엘라'와 '스멜라'는 운율이 잘 맞잖아." 앤턴이 시선을 떨어뜨리더니 침대보에 난 구멍을 손가락으로 후빈다. "넌 누가 시비를 걸어도 무덤덤하게 반응하잖아. 그런데 내가 '스멜라'라고 부르면 얼굴이 확 빨개지더라고. 네 머리 색처럼."

말문이 막힌다. 반박할 수 없다. 다른 아이들이 놀리면 무시하고 넘어가는데 왠지 앤턴이 놀리면 발끈하게 된다.

앤턴이 고개를 들며 말한다. "그래, 내 잘못이야. 미안, 사과할게."

시퍼렇게 멍든 앤턴의 오른쪽 눈가가 살짝 떨린다. "다시는 놀리지 않겠다고 약속할게. 진심이야."

앤턴의 말을 곧이곧대로 믿을 수 있을지 모르겠지만 사과받으니 기분이 좋다. 부디 앤턴의 아빠가 '이페칵'을 탄 술을 마시고 더는 술주정을 부리지 않으면 좋겠다. 플레밍 부인은 이제 그 약을 쓸 일이 없다. 사고 이후 아직 의식을 회복하지 못하고 줄곧 병원에 누워 있으니까. 만약 깨어났다면 경찰이 진작 우리 집에 찾아왔겠지.

노트에 조별 과제에 대한 대략적인 계획을 써 내려간다. 어느 틈엔가 옷소매가 위로 올라가 팔 안쪽이 드러난다. 벌겋게 부풀어 오른 물집도.

앤턴이 내 팔의 벌건 물집을 발견하고 움찔 놀란다.

"무슨 자국이야?"

"아무것도 아니야."

"화상 같은데."

"아무것도 아니라니까. 신경 쓰지 마."

앤턴은 뭔가 더 말하려다가 조용히 입을 다문다. 다행이다. 나는 오늘 너무 많은 걸 털어놨다.

26장

케이시

현재

전기가 나가자 오두막 안은 순식간에 암흑천지가 된다. 예상했던 일이지만 막상 정전이 되자 덜컥 겁이 난다. 나는 이런 순간이 오면 이불 속에서 등을 켜고 책을 읽다 잠들 줄 알았다. 현실은 캄캄한 주방에서 낯선 아이와 마주 앉아 있다. 몇 시간 전에 누군가를 죽였거나 심각하게 다치게 했을지도 모를 아이와 단둘이. 게다가 아이는 지금 잔뜩 날이 서 있다.

바람이 창문 틈을 파고들며 낮게 울부짖는다.

짙은 어둠 속에서 엘리너가 조심스레 나를 부른다. "케이시?" 의외로 떨리는 목소리다. "너무 어두워요."

나는 달래듯이 침착하게 말한다. "촛불을 켤 테니까 잠시 기다려."

손전등을 거실에 두고 온 게 후회된다. 조리대를 더듬으며 서랍을 찾고 있는데 갑자기 시야가 밝아진다. 돌아보니 엘리너가 손전등을 들고 있다. 창고에서 봤던 바로 그 불빛이다.

나는 서랍에서 라이터를 꺼내 촛불을 켠다. 엘리너도 초록색 라이터를 꺼내 들고 거실 쪽으로 간다. 아이가 라이터로 차례차례 불을 붙이는 모습을 보고 있자니 왠지 불길하다.

엘리너가 혹시 내 집에 불을 내기라도 한다면?

양초의 은은한 불빛이 방 안을 덮자 그나마 긴장이 조금 풀린다.

나는 짐짓 명랑하게 말한다. "그럼 게임을 계속할까?"

"사실 좀 피곤한데 자도 될까요?"

나라도 피곤했을 것이다. 무슨 일을 겪었는지 몰라도 옷이 피투성이가 되어 나타난 걸 보면 심상찮은 사건이 벌어진 게 틀림없다. 엘리너가 누군가를 죽였을 거라 생각하진 않는다. 다만 옷에 묻은 피에 대한 의문은 여전하다.

"당연하지. 침실에서 자."

엘리너의 눈이 휘둥그레진다. "침실에서요?"

"난 소파에서 자면 되니까."

"그냥 내가 소파에서 자도 되는데."

"넌 침대에서 자. 소파보다 훨씬 편할 거야."

엘리너는 침실과 나를 번갈아 쳐다보며 눈치를 살피다가

고개를 끄덕인다. "고마워요."

그 한마디가 이리 감동적일 줄이야.

엘리너는 화장실에 가면서 거실에 놓아둔 배낭을 챙겨 든다. 배낭을 손길이 닿는 곳에 두려면 침실로 가져가야 할 테니까.

배낭에 묻은 피가 눈에 들어온다. 사람 머리 정도는 거뜬히 넣을 수 있는 배낭이다. 팔이나 다리도.

배낭을 여는 순간 초점을 잃은 두 눈이 나를 바라볼 수도 있다는 생각을 하자 소름 돋는다. 물론 배낭 안에 평범한 옷가지가 들어있을 수도 있다. 책이나 공책 혹은 마약이 들어있을 수도 있다. 그저 내 상상이 터무니없길 바란다.

엘리너가 화장실에 들어간 사이 나는 벽난로에 불을 붙인다. 내가 엘리너 또래였을 때 아빠에게 벽난로에 불을 지피는 방법을 배웠다. 먼저 불쏘시개에 불을 붙이고 나서 마른 장작을 얹고, 바람이 잘 통하도록 장작의 위치와 각도를 조절해주면 된다. 내가 능숙하게 불을 지피는 모습을 봤다면 아빠가 몹시 흐뭇해할 텐데. 하지만 내가 학교에서 해고당한 사실을 알았다면 크게 실망할 것이다.

젠장! 아직도 믿기지 않는다. 어쩌다 일을 그 지경으로 망쳐버렸는지.

벽난로에 넣은 장작을 뒤적이다가 바닥에 떨어진 종이 한 장을 발견했다.

뭐지?

나는 웬만해서는 집에 뭔가를 흘리고 다니지 않는다. 엘리너의 주머니에서 떨어진 종이가 분명하다.

아이가 여전히 화장실에 있는 걸 확인하고 나서 재빨리 종이를 집어 든다. 노트에서 찢어낸 한 페이지다. 빗물에 젖어 글씨가 조금 번졌지만 알아보는 데 문제는 없다.

글을 읽는 순간 내 입이 저절로 떡 벌어진다.

생각보다 훨씬 심각한 일이다.

27장

엘라

과거

 우리 집 냉장고에 당장 먹을 수 있는 음식은 없지만 식재료는 넘쳐난다. 대부분 갈색으로 변질되었거나 곤죽처럼 흐물흐물해져 있다는 게 문제다. 양념이나 소스를 담아놓은 용기도 수십 개나 되는데 뚜껑이 끈적거려 열기조차 힘들다. 배달 음식에 딸려온 일회용 소스들도 여기저기 어지럽게 방치되어 있다. 냉동실은 더욱 심각하다. 정체불명의 회색빛 고깃덩이들이 한데 엉겨 붙어 꽝꽝 얼어 있다.

 우리 집 냉장고에는 요구르트가 넘쳐난다. 엄마는 요구르트를 좋아해 스무 개를 한꺼번에 사 온다. 뚜껑이 부풀지 않는 이상 유통기한이 아무리 지나도 그냥 마신다. 내가 맛이 이상하다고 고개를 갸웃거리면 유난 떨지 말라고 윽박지른다. 하긴 엄마도 늘 마시는데 아무 탈 없이 멀쩡하다.

배가 많이 고픈데 뭘 먹어야 할지 고민된다. 유통기한이 훌쩍 지난 요구르트는 내키지 않고, 팬트리에 들어 있는 마른 식재료는 요리를 해먹을 수 없다. 엄마가 가스레인지 위에 무거운 물건들을 잔뜩 올려놓아 조리를 할 수 없으니까.

음식을 시켜 먹을까?

그때 엄마가 주방으로 들어온다. 화장을 진하게 하고 짧은 꽃무늬 원피스를 챙겨 입은 걸 보면 데이트가 있다는 뜻이다. 지난번에 데이트한 남자를 또 만나는 거라면 좋겠다. 나는 늘 엄마가 연애를 했으면 한다. 칩 아저씨와 함께 살 때만 해도 엄마는 무척이나 행복해 보였으니까. 나도 그 시절이 좋았다. 칩 아저씨가 떠난 후 엄마는 한 달 내내 눈물을 흘렸다. 엄마는 울적한 기분을 달래려고 쇼핑에 집착하게 되었다.

"나갔다 올게."

긴장되는 순간이다. 엄마가 또 나를 벽장 안에 가둘 가능성이 크다. 나를 가두지 않으면 엄마가 쟁여둔 물건들을 버릴 테니까. 지난번에는 엄마가 소중히 모아둔 페트병들을 버리려다 들켰으니까. 엄마는 데이트 상대에게 내 존재를 숨기고 싶어 한다. 애 딸린 여자를 만나고 싶어 하는 남자는 없다면서. 상대 남자와 친밀한 사이가 되고 나서 말해도 늦지 않다면서.

"지난번에 만났던 사람이야?"

내가 묻자 엄마 얼굴이 환해진다. 원래도 예쁘지만 기분이 좋을 때면 엄마 얼굴은 더욱 화사해 보인다.

"응, 맞아. 이름이 하비인데 정말 괜찮은 사람이야. 너의 새 아빠가 될 수도 있어."

엄마는 자주 그런 말을 하지만 나는 친아빠가 누군지도 모르기에 새 아빠라는 말이 별로 와닿지 않는다. 엄마 기분이 무척 좋아 보여 내친김에 나는 요즘 머릿속을 맴도는 질문을 꺼낼 기회를 엿본다. 운동화 앞코로 바닥을 툭툭 차며 망설이던 나는 결국 입을 연다.

"엄마."

"응?"

"내 친아빠가 누군지 알려주면 안 될까?"

엄마의 얼굴에서 웃음기가 가신다. "왜 그걸 알고 싶은데?"

"그냥, 내 아빠잖아."

아빠도 나처럼 파란 눈이고, 땅콩버터와 초콜릿, 솔방울 냄새를 좋아하는지 궁금하다.

"아빠가 나를 만나면 혹시 생활비를 보태줄 수도 있잖아. 그럼 엄마가 돈 때문에 속을 끓이지 않아도 될 텐데."

"나 혼자서도 널 충분히 부양할 수 있어. 냉장고 안에 언제나 먹을거리가 잔뜩 들어 있잖아. 그 인간은 무능하기 짝이 없어서 나한테 빌붙으려 할 거야."

"그럼 이름이라도 알려주면 안 돼?"

"그 인간이 얼마나 한심한지 말했잖아. 어차피 우리와 엮이고 싶어 하지도 않으니까 차라리 없는 게 나아."

아빠에 대해 물을 때마다 엄마는 늘 냉정하고 단호한 태도로 일관한다. 그래도 언젠가는 알아낼 거다. 아빠의 이름이 뭔지, 어디에 사는지.

"냉장고 문 닫아." 엄마의 목소리가 냉랭하게 가라앉아 있다. "전기 아깝잖아."

"먹을 만한 게 없어."

엄마의 눈썹이 위로 치켜 올라간다. "먹을 만한 게 없다니?"

피자 한 판 시켜 먹었으면 좋겠다. 바삭한 도우와 쭉쭉 늘어나는 치즈를 상상하자 군침이 돈다.

엄마가 팬트리로 가더니 에너지바 상자를 들고 돌아온다.

"나 없는 동안 벽장에 들어가 있어. 배고프면 에너지바 먹고."

나는 본능적으로 뒷걸음질 친다. 이대로 도망쳐 집을 나가면 엄마가 어떻게 나올까? 경찰에 신고해 나를 찾으려고 할까?

아마도 엄마는 경찰에 알리지 않을 것이다. 경찰이 집 안을 들여다보는 걸 결코 원하지 않을 테니까.

집을 나가면 어디로 갈까? 잠시 신세를 질 친구도 없다.

게다가 지금은 비가 내리고 있다.

엄마가 재촉한다. "엘라, 시간 없어. 얼른 들어가."

벽장에 다시는 들어가고 싶지 않다. 구더기가 들끓는 복숭아는 버렸지만 고약한 냄새가 좀처럼 가시지 않는다. 게다가 지나치게 어둡고, 편히 앉아 쉴 공간이 없다.

엄마가 다그친다. "얼른 들어가라니까."

나는 한 발짝 뒤로 물러선다. "엄마, 아무것도 안 버릴 테니까 그냥 내 방에 있게 해줘."

엄마는 에너지바 상자를 흔들며 최후통첩을 한다. "에너지바를 들고 벽장에 들어가든지, 아니면 빈손으로 들어가든지 선택해."

배에서 꼬르륵 소리가 난다. 아무것도 먹지 못하고 벽장 안에 갇혀 있을 생각을 하니 끔찍하다.

만약 아빠가 있었다면 에너지바 대신 치즈가 듬뿍 들어간 피자를 시켜주었을 것이다.

"엘라." 엄마가 엄하게 말한다. "당장 이리 와."

결국 나는 엄마 말을 따른다. 앞으로 5년 뒤 열여덟 살이 되면 엄마는 나를 벽장에 가둘 수 없다. 아니, 그 이전에 내가 아빠를 찾아낼 수도 있다. 아빠가 이 지긋지긋한 날들을 끝내줄 거라 믿는다.

28장

 방과 후에 학교 후문에서 앤턴을 만나기로 했다. 앤턴은 언제나 그랬듯이 후문 근처 건물 벽에 기대 서 있다. 웬일로 입에 담배를 물고 있지 않다.

 "담배 떨어졌어?"

 설마 또 엄마 담배를 슬쩍 해달라고 하지는 않겠지?

 앤턴이 갈색 눈으로 나를 쳐다본다. 시퍼렇게 물들었던 눈두덩 멍 자국은 며칠 새 많이 옅어졌다. 데빈은 일주일 내내 학교에 나오지 않았다. 내가 돌로 머리를 내리쳤다는 말은 일절 들리지 않고 자전거를 타다 넘어져 뇌진탕을 일으켰다는 소문이 나돌았다.

 "아니, 끊었어."

 "정말?"

 앤턴이 초록빛 머리를 쓸어 넘긴다. "기침도 많이 나고, 옷에 냄새가 배서." 그 말을 하면서 내 팔을 힐끔 본다. 담뱃불로 지진 자국이 있는 팔.

"끊기 힘들지 않았어?"

엄마도 금연을 시도한 적 있다. 며칠 끊더니 금단 증상 때문에 예민해져 평소보다 더 심하게 짜증을 부렸다. 담배 냄새도 싫지만 금연한답시고 신경이 더욱 날카로워진 엄마가 더욱 싫었다.

"조금 힘들긴 했어." 앤턴이 멋쩍게 웃으며 바지 주머니에 손을 넣더니 초록색 라이터를 꺼낸다.

"이 라이터 좀 맡아줄래? 금연하려면 없는 게 나을 것 같아서."

나는 라이터를 받아 주머니에 집어넣는다.

우리는 인도에 그어진 라인과 라인 사이를 뛰어넘는 게임을 하면서 집을 향해 걷는다. 나보다 다리가 긴 앤턴이 훨씬 게임을 잘하지만 경쟁이 아니라 심심풀이 놀이일 뿐이라 상관없다.

앤턴의 집까지 몇 블록 안 남았을 때 내가 묻는다. "그때, 데빈은 왜 그리 열받았던 거야?"

앤턴이 반가운 질문이라도 들은 듯 빙긋 웃는다. "내가 체육 시간에 걔 가방을 거꾸로 들고 탈탈 털었거든."

"그게 다야?"

"내가 데빈의 과제물을 짓밟고, 엄마가 못생겼다고 놀려대기도 했지."

그 말에 나도 모르게 쓴웃음이 나온다. "왜 그런 짓을 했는데?"

앤턴은 어깨를 으쓱한다. "그냥 그 자식이 재수 없어서. 엿이라도 먹이면 기분이 좀 나아질 것 같았거든."

나로서는 도무지 이해되지 않는 말이다. 덩치도 크고 싸움도 잘하는 아이에게 별 이유도 없이 시비를 걸다니?

앤턴은 충동을 억제할 수 없는 아이로 보인다. 나는 누군가가 나를 괴롭히지 않는 한 웬만해서는 나서지 않는데.

오늘따라 앤턴의 집이 조용하다. 엄마도 남동생도 보이지 않는다. 방에 들어서자 바닥에 놓인 덤벨이 눈에 들어온다. 앤턴은 또래 아이들보다 키도 작고 말랐지만 근육이 제법 발달한 편이다.

"너, 요즘 운동해?"

"열심히 해보려고."

앤턴이 10킬로그램 덤벨을 들어 올린다. "앞으로 아빠가 나와 내 동생을 때리면 가만두지 않을 거야."

앤턴은 결코 허투루 말하는 아이는 아니다.

이번에도 앤턴은 책상을 나에게 양보한다. 내가 준비해온 자료를 펼치는 동안 앤턴이 가방을 뒤져 꺼낸 종이 한 장을 나에게 건넨다. 화성암에 대해 조사한 자료다.

글씨도 맞춤법도 엉망이라 무슨 내용인지 알아보기 힘들다. 마치 초등학교 2학년이 쓴 글 같다.

나는 앤턴을 힐끗 쳐다본다.

"엉터리지? 나도 알아." 앤턴이 멋쩍은 얼굴로 침대에 털썩 드러눕는다. "난 공부랑 궁합이 안 맞는다니까."

단순히 궁합이 안 맞는다는 말로는 부족해 보인다. 심지어 거꾸로 쓴 글자도 있다. 아무리 공부를 싫어한다 해도 R이 어느 방향인지 모른다면 심각하다. 그나마 노력의 흔적이 보인다. 백지 한 장을 채우느라 얼마나 많은 노력을 기울였을지 짐작된다.

"괜찮아. 내가 다시 정리하면 되니까."

앤턴이 조사해온 자료에서 쓸 만한 부분을 추려내고, 더 조사할 내용이 뭔지 알려주었다. 내가 내일 도서관에 함께 가자고 제안하자 앤턴이 기꺼이 동의한다. 앤턴은 나와 달리 책을 대출할 수 있다.

"엘라, 넌 설명을 참 잘해."

"고마워."

조별 과제를 진지하게 생각해주는 앤턴의 태도가 마음에 든다.

앤턴이 덧붙인다. "넌 정말 똑똑해."

학교에서 나름 좋은 성적을 받고 있지만 진심으로 나를 칭찬해준 사람은 앤턴이 처음이다.

"너도 똑똑해."

"난 그런 말을 들을 자격이 없어." 앤턴이 내 시선을 피한다.

"사람마다 머리 쓰는 방식이 다르대. 선생님들이 너의 방식에 맞게 설명해줘야 하는데 그러지 않았을 뿐이야. 결코 네 머리가 나쁜 게 아니야."

앤턴은 아무 말도 하지 않았지만 입꼬리가 살짝 올라간다. 나는 앤턴에게 뭔가 가르쳐주기보다는 웃게 해주는 편이 좋다.

우리가 함께 공부를 시작한 지 한 시간쯤 지났을 때 누군가가 문을 두드린다. 앤턴의 아빠면 어쩌나 해서 가슴이 철렁했는데 문 너머에서 어린아이 목소리가 들린다.

"형아?"

앤턴이 눈을 굴린다. "형은 지금 공부 중이니까 나중에 놀자."

그 말이 끝나기 무섭게 문이 벌컥 열리더니 지난번에 봤던 아이가 방 안으로 달려든다. 브래드가 앤턴을 보자마자 활짝 웃으며 재빨리 침대로 뛰어오른다.

앤턴이 동생을 어른다. "형은 지금 공부 중이니까 나가 있어."

브래드가 나를 곁눈질로 살피더니 킥킥 웃는다. "형, 여자친구야?"

앤턴의 벌게진 얼굴이 초록색 머리와 대비돼 마치 크리스마스트리 같다. "너, 계속 말을 안 듣겠다 이거지."

앤턴이 동생을 침대에서 번쩍 들어 올리더니 그대로 벽장 안에 밀어 넣고 문을 닫는다. 그런 다음 책상에 놓아둔 열쇠로 벽장문을 잠근다.

앤턴이 닫힌 문에 대고 말한다. "형의 공부를 방해한 벌이야."

나는 자리에서 벌떡 일어선다. 가슴이 벌렁거리고, 발밑이 꺼지는 느낌이 든다. 칠흑처럼 어두운 벽장 안에서 손으로 허공을 더듬고 있을 브래드의 모습이 눈에 선해 이마에 식은땀이 난다.

"뭐하는 짓이야?"

내가 흥분해 소리치자 앤턴이 얼떨떨한 표정으로 나를 바라본다. 나는 벽장 문고리를 힘껏 잡아당긴다. 문은 단단히 잠겨 있어 좀처럼 열리지 않는다. 나는 열쇠를 빼앗으려고 앤턴의 팔을 잡는다.

"당장 벽장문을 열어!"

"엘라, 왜 그렇게 흥분해?"

나는 열쇠를 쥔 앤턴의 손가락을 강제로 벌리려 하지만 역부족이다. 앤턴은 열쇠를 번쩍 치켜들더니 다른 손으로 내 어깨를 토닥거린다. "별일 아니니까 진정해."

"별일 아니라고? 저 안에서 브래드가 얼마나 무서울지 생각해봤어?"

"브래드와 나만의 놀이야." 앤턴이 턱짓으로 벽장을 가리킨다. "내가 동생에게 자물쇠 따는 방법을 가르쳐줬거든. 브래드는 마음만 먹으면 언제든지 벽장에서 탈출할 수 있어."

"정말이야?"

앤턴이 어깨를 으쓱한다. "그렇다니까."

그 말이 떨어지기 무섭게 벽장문이 열리더니 브래드가 의기양양한 모습으로 튀어나온다. 앤턴과 브래드가 신나게 하이파이브를 나눈다. 앤턴은 나중에 게임을 같이 하기로 약속하고 브래드를 밖으로 내보낸다.

나는 여전히 심장이 쿵쿵 뛰고 몸이 떨린다. 브래드가 벽장 안에 갇히는 순간 나도 모르게 흥분했다. 내가 갑자기 발작하듯 소리를 질렀으니 앤턴이 크게 당황했을 것이다.

그런데 자꾸만 머릿속에서 맴도는 말이 있다.

"너, 자물쇠 따는 방법을 알아?"

"물론이지."

"나한테도 가르쳐줄래?"

29장

앤턴은 한껏 들떠 있다.

"클립 하나면 있으면 돼. 구형 자물쇠일수록 더 쉽게 딸 수 있어." 앤턴이 클립을 펴 보인다. "클립을 다 펴지 말고 끝을 살짝 구부려. 그래야 바인딩 핀을 누를 수 있거든."

"바인딩 핀?"

"자물쇠가 돌아가지 않도록 막고 있는 핀이야."

앤턴이 자물쇠의 구조와 작동 원리를 차근차근 설명해준다. 듣다 보니, 화성암에 대해 엉망으로 조사해온 애가 맞나 싶다. 앤턴이 새삼 똑똑한 아이라는 생각이 든다.

"자, 이제 한번 해볼래?"

"좋아."

앤턴이 벽장문을 열어둔 채로 자물쇠를 잠그더니 먼저 시범을 보여준다. 클립을 펴 끝을 구부린 철사를 열쇠 구멍에 집어넣고 돌리자 몇 초도 안 돼 자물쇠가 딸깍 열린다. 하지만 막상 내가 해보니 그리 쉽지 않다.

앤턴이 옆에서 지켜보다가 말한다. "철사를 열쇠 구멍에 넣고 살살 움직이다가 핀이 걸리면 살짝 눌러."

앤턴은 계속해서 '핀을 느껴야 한다'고 말하는데, 그게 무슨 의미인지 전혀 감이 오지 않는다. 점점 짜증이 나서 포기하려던 찰나 경쾌한 소리와 함께 자물쇠가 열린다.

"잘했어!"

우리는 하이파이브를 한다.

"자, 다시 한번 해봐."

몇 번 해보니 정말 감이 잡힌다. 세 번째 시도에서 5분 만에 열었을 땐, 마치 마법이라도 부린 기분이 든다.

"이번엔 문 닫고 해보자. 닫힌 상태에서는 느낌이 또 다르거든."

나도 모르게 클립을 쥔 손에 힘이 들어간다. "어떻게?"

"내가 벽장문을 잠글 테니까 네가 안에서 열고 나오는 거야."

나는 고개를 절레절레 젓는다. "벽장 안에 들어가는 건 싫어."

"방금 잘 해냈잖아."

"아니, 하기 싫어."

앤턴이 턱을 문지르며 생각에 잠긴다. "그럼 내가 같이 들어가 줄게. 브래드한테 밖에서 문을 잠그라고 하면 되니까."

"네 동생한테?"

"브래드가 곧바로 도와줄 거야. 너한테 홀딱 반한 것 같던데."

여전히 썩 내키지는 않지만 앤턴의 말에도 일리가 있다. 열려 있는 문의 자물쇠만 열 수 있다면 반쪽짜리 기술일 뿐이다.

"좋아, 네가 옆에 있어 준다면 해볼게."

브래드를 불러 문을 잠가 달라고 말한 뒤 나는 앤턴과 함께 벽장 안으로 들어간다. 우리 집 벽장처럼 끈을 당겨 켜는 전등이 있다. 앤턴이 전등을 켰지만 그리 밝지 않다. 이 집 벽장 안에는 옷가지와 신발만 있다. 썩은 복숭아 냄새 대신 섬유유연제 향이 난다.

철컥, 문이 잠기는 소리에 심장이 덜컥 내려앉는다. 나는 잔뜩 긴장해 축축해진 손으로 클립을 자물쇠 구멍에 넣으려다 그만 떨어뜨린다.

"미안, 떨어뜨렸어." 나는 중얼거리며 바닥을 더듬는다.

앤턴이 같이 찾아준다. 좁은 공간이라 우리의 팔과 무릎이 계속 스친다. 앤턴이 클립을 찾아 손에 들고 희미한 불빛 아래에 비춰본 뒤 나에게 건넨다. "자, 아까처럼 침착하게 해봐."

손에 땀이 차서 클립을 또 떨어뜨릴까봐 걱정된다. 겨우 자물쇠 구멍을 찾아 클립을 넣긴 했지만 심장이 미친 듯이 뛰고 정신이 하나도 없다. 그때 어디선가 달착지근하면서도 썩은 냄새가 풍겨온다. 이 벽장에 썩은 복숭아는 없다. 그저 내 상상이 만들어낸 냄새라는 걸 알면서도 현실처럼 생생하게 느껴진다. 썩은 복숭아가 바로 눈앞에 있는 것처럼 역겨운 냄새가 코를 찌른다. 벽장에 갇힐 때마다 느꼈던 공포감이 밀려든다. 마음을 차분하게 가라앉히려고 애쓰지만 점점 더 숨이 가빠진다.

"못 하겠어." 나는 축축한 손바닥을 바지에 문지른다. "네가 대신 열어줘."

앤턴이 내 어깨를 감싸 쥔다. "엘라, 넌 할 수 있어. 이미 세 번이나 성공했잖아."

"아니, 못 하겠어."

"해낼 수 있다니까. 넌 데빈을 쓰러뜨리고 날 구해준 애야. 네가 준 약 덕분에 우리 아빠는 일주일 내내 토하다가 결국 집에 있던 술을 싱크대에 다 쏟아부었어. 넌 뭐든 해낼 수 있는 애야."

앤턴의 말대로 나는 뭐든 해냈고, 지금도 할 수 있다. 우선 나 자신부터 구해야 한다.

다시 클립을 구멍에 끼우고 조심스레 돌린다. 일 분쯤 지났을 때 마침내 딸깍 소리가 나며 벽장문이 열린다.

앤턴이 환호한다. "거봐! 내가 잘 해낼 거라 했잖아."

내가 다시 한번 하이파이브를 하려고 손을 드는 순간 앤턴이 갑자기 두 팔을 벌려 나를 껴안는다. 나는 너무 놀라 그대로 얼어붙는다. 누군가의 품에 안긴 게 너무 오랜만이라 어색하고 낯설다. 엄마가 나를 마지막으로 안아준 게 언제였는지 기억조차 나지 않는다. 앤턴네 집에서는 포옹이 자연스러운 일상일 수도 있다. 내가 보고 들은 바로는 그런 분위기는 아니었지만 말이다.

앤턴도 오버한 걸 깨달은 듯 황급히 몸을 떼어낸다. 얼굴이 붉게 물들어 있다.

"미안, 놀랐지?"

"아니, 괜찮아."

앤턴이 뒷덜미를 긁적거린다. "아무튼 정말 잘했어."

나도 모르게 웃음이 흘러나온다. "네 덕분이야. 고마워."

내가 진짜 자물쇠를 따본 건 난생처음이다. 내 인생에서 꼭 필요한 기술이다. 이제 더는 벽장에 갇혀 있지 않을 것이다.

30장

케이시

현재

거친 솜씨로 그리긴 했지만 지도가 분명하다. 엘리너가 그린 지도. 도로명을 일일이 적어 넣은 걸 보면 대충 그린 지도는 아니다. 내 오두막이 별표로 표시해둔 엘리너의 목적지다. 엘리너는 길을 잃고 헤매다가 우연히 이 오두막에 온 게 아니다. 온몸에 피를 뒤집어쓰고, 손에 칼을 쥐고, 직접 그린 지도를 참고해가며 오두막에 왔다.

도대체 무슨 목적으로?

"케이시?"

화장실에서 엘리너의 목소리가 들려온다. 나는 재빨리 지도를 주머니에 구겨 넣는다. 엘리너가 문가에 모습을 드러낸다. "남는 칫솔 있어요?"

오늘 밤, 나를 죽이지 않으면 줄게.

바로 그때 집 밖에서 이상한 소리가 들려온다. 엘리너도 들었는지 눈을 동그랗게 뜨고 나를 바라본다.

"무슨 소리죠?"

나는 짐짓 태연하게 미소를 지어 보인다. 폭풍이 몰아치기 시작하면서 간간이 이상한 소리가 들려오긴 했지만 방금 들은 소리는 뭔가 다르다. 무언가가 집 안으로 기어들려고 기를 쓰는 소리처럼 들린다.

나는 손전등을 집어 들고 현관문으로 향한다. 문을 열자마자 세찬 바람이 안으로 들이친다. 문고리를 놓으면 문짝이 통째로 날아가 버릴 것 같다. 나는 어둠이 짙게 깔린 마당을 향해 손전등을 비춘다.

집 옆의 나무가 심하게 기울어져 있다. 하필이면 집이 있는 방향이다.

눈을 동그랗게 뜬 엘리너가 나무를 쳐다보며 걱정스레 말한다. "나무가 지붕 위로 쓰러지면 어쩌죠?"

나는 일단 아이를 안심시킨다. "그런 일은 없을 테니까 걱정하지 마."

엘리너가 몸을 움츠리며 묻는다. "무한맹세할 수 있어요?"

잠시 말이 막힌다. 오늘 밤, 나무가 쓰러질 가능성이 제로라고 하면 거짓말이다. 여태껏 한 번도 어긴 적 없는 무한맹세를 지금은 할 수 없다.

"바람이 지금보다 더 세게 불면 쓰러질 수도 있어."

엘리너의 얼굴이 순식간에 어두워진다. 차라리 거짓말을 할 걸 그랬다고 후회된다. 엘리너는 아직 어린아이다. 지금 이 아이에게 필요한 건 진실보다 '괜찮을 거야'라는 한마디 위안이었을지도 모른다.

"내가 창문을 통해 계속 지켜볼게. 나무가 쓰러질 듯이 보이면 널 깨울게. 쓰러지지 않을 거라 보지만."

엘리너가 작은 목소리로 묻는다. "밤새 자지 않고 지켜볼 거예요?"

"응, 꼭 그럴게."

"그러다가 나무가 진짜 쓰러지면 어쩌려고요?"

선뜻 대답할 말이 떠오르지 않는다. 나무가 어느 쪽으로 넘어지느냐에 따라 결과는 완전히 달라질 수 있다. 마당 쪽이라면 조금 번거로운 일로 마무리되겠지만 집 쪽이면 우리를 덮칠 수도 있다. 게다가 지금 나무는 이미 집 쪽으로 많이 기울어져 있다.

"침대 밑에 숨으면 괜찮을 거야."

확신할 수 없는 말이다. 나는 겉으로는 침착한 척하지만 속으로는 불안해 미칠 것 같다. 리가 같이 가자고 했을 때 왜 거절했는지 모르겠다. 그때 리를 따라갔다면 지금쯤 따뜻한 거실에서 편히 쉬고 있었을 텐데.

만약 내가 리를 따라갔다면 엘리너는 차갑고 축축한 창고에서 혼자 쭈그려 앉아 있었을 것이다.

"들어가자."

어차피 나무가 오두막 위로 쓰러진다 해도 도망칠 곳은 없다. 이 폭풍 속을 뚫고 리의 집까지 가는 건 오히려 더 위험하다.

"담요를 좀 더 가져다줄게. 난방이 꺼져 점점 더 추워질 거야."

엘리너가 속삭이듯이 말한다. "고마워요."

나는 복도에 있는 벽장으로 가 담요를 꺼낸다. 엘리너는 내일 아침 일찍 떠날 거라 했지만 이제 그 말을 믿을 수 없다. 지도에 내 집을 목적지로 표시해두고 찾아온 아이다. 우연히 찾아온 게 아니다. 분명 나를 찾아온 이유가 있겠지만 아직은 무엇인지 모른다.

31장

 엘리너에게 내 티셔츠를 건넨다. 피로 얼룩진 후드티를 입고 잘 수는 없으니까. 내가 입기에도 조금 넉넉한 사이즈인데, 엘리너가 입으니 마치 헐렁한 잠옷 같다. 아이의 다리가 측은할 만큼 앙상하다. 아까 파스타 먹는 걸 보니 일부러 굶었을 리 없다. 결국 보호자가 제대로 먹이지 않았다고 볼 수밖에 없다.

 엘리너는 도대체 무슨 일을 겪었기에 이 오두막까지 오게 되었을까? 나를 믿고 이유를 말해주면 정말 좋을 텐데.

 엘리너가 다시 화장실로 들어간다. 배낭은 침실에 두고.

 지금이 절호의 기회다.

 나는 발소리를 죽이며 침실로 향한다. 침대 옆에 아이의 배낭이 놓여 있다. 피로 얼룩진 배낭이다. 화장실에서 샤워기 물소리가 들려온다. 적어도 몇 분 동안은 나오지 않을 것으로 보인다.

한시바삐 배낭을 열어봐야 한다는 생각이 들면서도 선뜻 손이 가지 않는다. 혹시 안에 감당하기 힘들 만큼 끔찍한 뭔가가 들어있을까봐. 만약 목을 자른 머리 같은 걸 본다면 평생 악몽에 시달리게 될지도 모른다. 게다가 나는 지금껏 엘리너의 신뢰를 얻고자 애썼다. 내가 몰래 배낭을 뒤진 걸 알게 될 경우 엘리너는 나를 배신자로 취급할 것이다.

배낭 안에 위험한 무언가가 있다고 가정한다면 당장 열어봐야 한다. 그래야만 폭풍이 지나간 뒤 엘리너가 바른길을 갈 수 있도록 도울 수 있다. 배낭을 열어보지 않고는 아무것도 할 수 없다.

나는 화장실 쪽을 다시 한번 흘끗 본다. 지금이 아니면 기회는 없다.

조심스레 배낭을 향해 손을 뻗어 큰 지퍼를 연다. 안에는 옷가지가 가득하다. 순간 안도감이 밀려온다. 하지만 손을 더 깊이 넣자 손끝이 점점 축축해진다.

작은 수건 하나가 피에 흠뻑 젖어 있다.

엘리너가 왜 이곳에 왔는지 모르지만 뭔가 끔찍한 일을 겪은 게 분명하다.

손에 피가 묻지 않게 조심하며 지퍼를 닫고 나서 배낭의 앞주머니를 연다. 손에 잡힌 건 엘리너가 촛불을 켤 때 사용한 라이터다. 내 주머니에 넣고 싶은 마음이 굴뚝같지만 엘리너가 라이터로 불을 지를 것 같지는 않다. 내가 꼭 빼앗고 싶은 건 엘리너가 손에 쥐고 다니는 스위치블레이드다. 칼에도 피가 묻어 있는지 확인하고 싶지만 배낭 안에는 없다. 화장실에 갈 때 칼을 지참하고 갔다는 뜻이다.

앞주머니에 남은 물건은 초록색 노트뿐이다. 노트를 꺼내 펼치려는데 화장실에서 엘리너가 부르는 소리가 들린다.

나는 서둘러 배낭 지퍼를 닫고, 거실로 가서 소파 쿠션 밑에 노트를 끼워 넣는다. 때마침 엘리너가 화장실에서 고개를 내민다.

"케이시?"

나는 쿵쾅거리는 심장을 부여안고 휙 돌아선다. "응?"

엘리너가 화장실에서 걸어 나온다. 가냘픈 몸에 걸친 내 반소매 티셔츠가 지나치게 커 보인다. 반소매가 거의 손목까지 내려온다.

"반창고 있어요?"

"당연히 있지. 잠깐만 기다려."

나는 부엌 싱크대로 달려가 손에 묻은 피를 씻어낸다. 엘리너가 내 손에 피가 묻어있는 걸 보면 몰래 배낭을 뒤졌다는 걸 알아챌 수도 있으니까.

손을 씻고 나서 싱크대 아래 선반에서 구급상자를 꺼낸다.

"어딜 다쳤는데?"

"팔에 자그마한 상처가 났어요."

"어디 내가 한번 볼게. 아이들 상처를 많이 치료해봤거든."

엘리너가 미간을 찌푸린다. "나 혼자 할 수 있어요."

"그러지 말고 나한테 맡겨. 내가 그 정도는 도울 수 있잖아."

엘리너가 나를 빤히 쳐다보더니 마지못해 티셔츠 소매를 걷어 올린다. 왼쪽 팔꿈치가 심하게 까져 피가 맺혀 있다. 어디선가 넘어질 때 긁힌 상처가 분명하다. 상처 부위가 넓어 반창고 하나로는 어림도 없어 보인다.

내가 구급상자를 열면서 묻는다. "많이 아프지?"

엘리너가 말없이 고개를 끄덕인다.

상처 부위를 자세히 보려고 소매를 더 걷어 올리는 순간 숨이 턱 막힌다. 팔 위쪽에 시퍼런 멍 자국이 있다. 누군가가 팔을 세게 움켜쥐었던 흔적이다.

분노가 치밀어 오른다. 아이를 굶긴 것도 모자라 담뱃불로 지지고, 팔에 멍까지 들게 하다니? 내가 가르치는 아이였다면 곧바로 아동보호기관에 신고했을 것이다.

"널 아프게 하는 사람 곁에 남아있을 필요는 없어."

엘리너가 싸늘한 눈빛으로 나를 바라본다. "그래요?"

세상을 너무 일찍 알아버린 아이의 냉소적인 표정을 보는 순간 마음이 아프다. "지금은 보이지 않겠지만 찾아보면 길은 반드시 있어. 내가 장담해."

엘리너는 대답 없이 욕실 벽에 걸린 그림을 바라본다. 새장과 새 두 마리를 그린 그림. 큰 새는 새장에서 날아오르려 하고, 작은 새는 바깥에서 기다리고 있다. 솜씨는 서툴지만 볼 때마다 마음을 편안하게 해주는 그림이다.

"그림이 마음에 들어요."

"아빠가 그려준 그림이야."

내가 교사로 임용돼 발령지로 떠나던 날 아빠가 직접 그려 선물한 그림이다.

멋진 선생님이 되길 바란다. 가끔 아빠가 생각나면 이 그림을 봐.

상처에 소독약을 바르자 엘리너가 얼굴을 찌푸린다.

"아빠와 사이가 좋은가봐요?"

"좋았었는데 작년에 돌아가셨어."

"슬펐겠네요."

"아주 많이."

엄마가 세상을 떠난 뒤 나에게 남은 가족은 아빠가 유일했다. 아빠는 완벽한 사람은 아니었지만 나에게는 언제나 든

든한 존재였다. 아빠가 곁에 있었다면 내 삶이 이렇게 나락으로 떨어지는 일은 없었을 것이다. 여전히 직장에 잘 다니고, 폭풍에 무너질지도 모르는 숲속 오두막에서 불안에 떨고 있지도 않았을 것이다. 지금 이 상황도 어떻게 해야 할지 묻고 싶지만 더는 아빠의 조언을 들을 수 없다는 게 마음 아프다.

엘리너가 불쑥 말한다. "난 아빠가 누군지도 몰라요. 한 번도 만난 적 없거든요."

아이가 처음으로 털어놓은 개인 정보다. 그 덕분에 나도 울적한 상념에서 빠져나온다.

"내가 태어나기도 전에 엄마를 버리고 떠났대요. 형편없는 인간이죠."

"한 번도 만난 적 없다면서 형편없는 인간인지 어떻게 알아?"

"딸을 버리고 도망갔으면 말 다한 거죠."

"혹시 무슨 사정이 있었을 수도 있잖아?"

아이의 얼굴이 표나게 굳어지더니 목소리에 독기가 묻어난다. "그런 사정 따위는 개나 줘버리라고 하세요. 세상에는 그저 나쁜 인간들이 많을 뿐이에요."

나는 잠자코 입을 다문다. 아이 몸에 남은 상처와 멍을 떠올리자 더는 반박할 수 없다. 아이한테 그런 짓을 하는 사람이면 부모 자격이 없다. 그런 사람에게 아이를 맡기고 떠난 아빠도 책임으로부터 자유롭지 못하다.

"나쁜 짓을 한 사람은 결국 벌을 받는다고 믿어요."

나는 아이의 팔에 난 상처에 신중하게 반창고를 붙인다.

엘리너가 고개를 돌려 나를 빤히 바라본다. "당신은 그렇게 믿지 않아요?"

"뭐?"

엘리너의 파란 눈이 날 꿰뚫듯이 바라본다. "나쁜 짓을 한 사람은 결국 벌을 받는다는 사실을 믿지 않아요?"

엘리너의 눈빛을 접하는 순간 등골이 서늘해진다. 이 아이는 피범벅이 된 옷을 입고, 손수 그린 지도를 들고 이 오두막을 찾아왔다.

문득 내 대답에 따라 운명이 결정될 수도 있다는 생각이 뇌리를 스친다.

"나는 결국 일어날 일은 일어난다고 믿어."

엘리너는 눈도 깜빡이지 않고 되묻는다. "정말요?"

"그렇다니까."

"정말이지 멍청하네요."

엘리너는 그 말을 남기고 날 밀치듯 지나쳐 화장실을 나선다. 그런 다음 침실로 들어가 문을 닫아버린다.

32장

🚸

엘라

과거

학교에서 돌아와 내 방으로 가는데 또 그 냄새가 난다. 엄마가 퇴근하고 집에 오려면 한 시간 남았다. 몇 번인가 엄마가 없는 틈에 쓰레기봉투를 한가득 채워 다른 동네 쓰레기 컨테이너에 버리고 온 적이 있다. 한 번은 책가방에 쓰레기를 몰래 넣고 학교에 가서 버렸는데, 하필 어떤 애한테 들키는 바람에 놀림을 당하기도 했다.

오늘은 숙제가 많아 쓰레기를 버리고 올 엄두가 나지 않는다. 좁고 불편한 침대 위에서 숙제를 하면 책상에서 할 때보다 시간이 두 배는 더 걸린다. 게다가 냄새 때문에 도무지 집중이 안 된다.

요즘 들어 냄새가 점점 심해지고 있다. 정확히 말하면 집 전체가 불쾌한 냄새로 뒤덮여 있다. 특히 아래층엔 담배 냄새가 가득하고, 집 안 어디에 있든 퀴퀴하고 시큼한 냄새가 따라온다. 혹시 내 몸에서도 냄새가 날까봐 늘 신경이 곤두선다. 앤턴은 내 몸에서 좋은 냄새가 난다고 우기지만 그 말을 믿기는 힘들다.

몇 주 전부터 나던 냄새가 오늘따라 유난히 심하다. 복도를 지날 땐 정말이지 코를 찌르는 것 같다. 이제는 방 안에서도 느껴질 정도라 입으로 숨을 쉬며 버티다 결국 책을 덮고 냄새의 근원을 찾아 나선다. 냄새는 복도를 지날 때 가장 심하고, 화장실에 들어가면 조금 덜하다. 내 방이나 화장실이 원인은 아니라는 뜻이다. 복도엔 종이가 잔뜩 쌓여 있을 뿐 냄새를 풍길 만한 게 보이지 않는다. 그렇다면 남은 곳은 한 군데뿐이다.

엄마 방.

엄마는 절대 자기 방에 못 들어오게 하면서도 문을 잠그고 다니지는 않는다. 더는 이 역겨운 냄새를 참기 힘들다. 현관문을 여는 소리가 들리면 곧바로 도망칠 생각으로 조심스럽게 방문을 연다.

엄마 방은 예상대로 엉망진창이다. 엄마는 침대 대신 더블 매트리스를 쓰는데, 절반은 종이와 골판지로 덮여 있다. 말 그대로 엄마는 쓰레기 더미 위에서 잠을 자는 셈이다. 접이식 테이블 위에도 서류들이 산더미처럼 쌓여 있고, 대여섯 개나 되는 빨래 바구니에는 옷과 온갖 잡동사니가 뒤섞여 있다. 그냥 더럽다는 말로는 부족하다. 온갖 잡동사니를 보고 있자니 마음이 서글퍼진다.

지독한 냄새의 발원지도 분명 엄마 방이다. 틀림없다.

그나마 침대 프레임이 없어 침대 밑에 뭔가 감춰둘 수 없어서 다행이다.

나는 엄마가 오늘따라 일찍 퇴근하지 않길 바라며 방 안으로 들어선다. 도대체 이런 공간에서 어떻게 잠을 잘 수 있는지 이해 불가다. 콧속을 파고든 악취가 머리로 스며드는 기분이다. 정말이지 이 방 어딘가에 썩어가는 시체를 숨겨둔 건 아닌지 의심스럽다.

혹시 엄마가 아빠를 살해하고, 시체를 이 방 어딘가에 숨겨둔 건 아니겠지?

빨래 바구니를 뒤져봐도 냄새의 원인이 눈에 띄지 않는다. 아마 벽장에서 나는 것 같다. 나는 최대한 숨을 참으며 조심스럽게 벽장문을 연다. 엄마가 알면 죽일지도 모르지만 그 전에 이 지독한 냄새가 나를 먼저 죽일 수도 있는 만큼 내 몸을 지키는 자기방어 행위다.

엄마 방 벽장은 옷으로 가득 차 있다. 옷걸이에 옷이 빽빽하게 걸려 있다. 엄마는 이 많은 옷들 중에서 어떤 방법으로 입고 나갈 옷을 찾아 입는지 궁금하다. 하긴 엄마는 유니폼만 입고 다니니까 전혀 문제되지 않을 수도 있다. 방바닥에도 옷가지와 신발이 여기저기 널려 있다.

그리고 한 가지가 더 있다.

작년 10월에 엄마는 마트에서 호박을 싸게 판다면서 두 덩이를 사 왔다. 호박으로 핼러윈 잭오랜턴을 만들자면서. 나는 다섯 살 꼬마가 아니라 핼러윈에 별 관심이 없었고, 엄마도 어느새 흥미를 잃었는지 다시는 그 말을 꺼내지 않았다. 그 후 나는 호박의 존재에 대해 까마득히 잊었고, 어디에 보관하고 있는지도 몰랐다. 이 지경으로 썩어 문드러지도록.

엄마가 호박을 사 온 지 적어도 다섯 달은 지났다. 설마 벽장에서 썩고 있을 줄은 몰랐다. 도대체 왜 썩어가는 호박을 치우지도 않고 그냥 방치해두었는지, 이리 냄새가 심한데 어떻게 수수방관할 수 있는지 이해하기 힘들다.

나는 손으로 입을 틀어막고 화장실로 달려가 그대로 토한다. 내가 맡아본 냄새 중에서 단연 최악이다.

내가 저 썩은 호박을 치워야 한다. 엄마가 치울 리 없으니까. 그냥 놔두면 상황은 점점 더 끔찍해질 수밖에 없다.

엄마는 내가 방 근처에서 기웃거리는 걸 싫어한다. 호박을 치워야 한다는 걸 인정하더라도 자기 방식대로 하겠다면서 시간을 질질 끌 수도 있다. 당장 없애버리는 게 최선이다.

나는 구역질을 참아가며 아래층으로 내려가 쓰레기봉투와 고무장갑을 챙긴다. 마스크가 있으면 좋겠지만 눈에 띄지 않아 포기하고 다시 엄마 방으로 올라간다.

벽장 바닥에서 썩어 문드러진 호박을 쓰레기봉투에 옮겨 담는다. 호박은 흐물흐물하다 못해 거의 액체 상태가 되어 있다. 마치 주황색과 검은색이 섞인 죽 같다. 냄새가 어찌나 지독한지 거의 맛이 느껴질 지경이다.

이제 뒷정리를 어떻게 해야 할지 고민이다. 썩은 호박이 닿은 엄마 옷도 죄다 버리고 싶지만 내 마음대로 할 수는 없다. 호박 아래 깔려 있던 서류 뭉치를 어떻게 처리해야 할지도 고민이다. 종이가 너덜너덜해지고, 인쇄가 번져 글씨를 알아볼 수 없게 되었다.

나는 서류 뭉치를 한 움큼씩 집어 쓰레기봉투에 쑤셔 넣었다. 엄마가 있었으면 서류를 한 장씩 일일이 확인하느라 몇 시간, 아니 며칠은 걸렸을 일이다. 어차피 알아볼 수 없을 정도로 글씨가 지워진 문서들이니 볼 필요도 없다.

호박과 그 아래 깔린 서류 뭉치들을 치우고 나니 누런 서류 봉투 하나가 눈에 들어온다.

엘라

내 이름이 적힌 봉투다. 이제껏 한 번도 본 적 없고, 안에 뭐가 들어있는지도 모르겠다.

시계를 보니 엄마가 돌아오려면 아직 15분쯤 남았다. 봉투의 클립을 열어보니 서너 장의 서류가 들어있다.

맨 앞 장을 꺼내 보니 내 출생증명서다. 아빠 이름이 적혀 있다.

33장

째깍거리는 시계 소리도, 호박 냄새도 멀어지는 느낌이다. 난 이제 아빠가 누군지 안다.

존 카터.

아빠는 내 존재를 알고 있었을 것이다. 아빠 이름이 본인의 동의도 없이 출생증명서에 적힐 수는 없을 테니까. 적어도 나는 그렇게 알고 있다. 그렇다면 아빠는 나의 존재를 알면서도 내 앞에 단 한 번도 나타나지 않은 것이다.

존 카터.

아빠 이름이 머릿속을 맴돈다. 시간이 촉박하다는 건 알지만 당장 확인하고 싶은 게 있다. 나는 일단 출생증명서를 다시 봉투에 넣어 벽장 깊숙한 곳에 밀어 넣고, 썩은 호박이 든 쓰레기봉투의 끈을 바짝 조여 내 방으로 질질 끌고 간다.

방으로 돌아온 나는 문을 닫고 침대에 앉는다. 가방에서 바인더를 꺼내 8학년 학급 명단을 찾아낸다. 학생 이름, 학부모 이름, 전화번호, 집 주소가 적힌 목록이다. 내 이름 아래에는 엄마 이름과 전화번호만 있을 뿐 주소는 없다. 엄마가 학교에 주소를 공개하길 원하지 않았기 때문이다.

나는 지금 내 이름을 찾고 있지 않다. 내가 찾는 이름은 브리트니 카터다. 손가락으로 학생 명단을 짚어가다가 브리트니의 학부모 정보를 확인한다.

내 기억이 맞았다.

엄마 이름은 버네사 카터, 아빠 이름은 존 카터.

존 카터.

브리트니의 아빠.

어쩌면 나의 아빠이기도 한 사람.

비록 외모는 닮지 않았지만 내 눈은 브리트니와 같은 밝은 파란색이다. 4학년 때 브리트니가 생일 파티를 연 적이 있다. 그때 유독 나만 빼고 반 아이들을 모두 초대했다. 정말 속상한 일이었는데 브리트니가 왜 그런 선택을 할 수밖에 없었는지 이제야 이해된다. 딸 생일 파티에 혼외 자식을 초대할 부모는 없을 테니까.

"엘라?"

나는 바인더를 탁 덮는다. 심장이 미친 듯이 뛴다. 엄마에게 왜 아빠가 누구이고 어디에 사는지 알면서도 철저히 숨겼는지 따져 묻고 싶지만 그럴 수 없다. 내가 몰래 벽장을 뒤진 사실을 알게 되면 엄마는 그야말로 대폭발할 테니까. 어떤 일이 벌어질지 상상하고 싶지 않다. 일단 엄마 앞에서는 입을 꾹 다물고 내가 직접 진실을 알아내는 게 더 나은 선택이 될 수 있다.

"엘라!"

계단 쪽에서 엄마 목소리가 들려온다. 잔뜩 화난 목소리다. 황급히 기억을 더듬는다.

혹시 내가 썩은 호박이 든 쓰레기봉투를 들고 나오면서 뭔가 흔적을 남겼나?

쓰레기봉투를 숨기려던 바로 그 순간 엄마가 문을 벌컥 열고 안으로 들이닥친다. 엄마의 눈은 매섭게 번뜩이고, 입술에는 립스틱이 조금 번져 있다.

엄마가 다그치듯이 묻는다. "엘라, 내 방에 들어갔었지?"

나는 부인하려다가 고개를 끄덕인다. "아주 잠깐."

엄마의 시선이 쓰레기봉투에 꽂히는 순간 심장이 덜컥 내려앉는다.

설마 썩은 호박이 든 쓰레기봉투를 다시 가져가려는 건 아니겠지?

"저 봉투에 든 건 뭐니?"

"썩은 호박이야. 냄새가 심하게 나서 버리려고."

엄마가 쓰레기봉투를 낚아챈다. 그 안에서 얼마나 고약한 냄새가 나는지 생각만으로도 숨이 턱 막힌다.

엄마가 쓰레기봉투를 묶은 끈을 푼다. 봉투가 열리자 코를 후벼 파는 냄새에 놀랐는지 엄마도 움찔한다. 하지만 이내 다시 싸늘한 표정으로 되돌아간다.

"누가 내 물건을 허락도 없이 가져가래?"

"미, 미안해."

엄마는 입술을 일그러뜨린다. 립스틱이 번진 탓에 얼핏 비웃는 것처럼 보인다. 나는 입술을 깨물며 엄마의 결정을 기다린다.

제발, 제발 그냥 버리게 해줘. 다시는 지독한 냄새에 시달리고 싶지 않아.

엄마가 쓰레기봉투를 거꾸로 뒤집는다.

심하게 부패해 액체가 되다시피 한 호박이 내 방바닥에 쏟아진다. 질퍽한 호박의 과육이 내 옷가지, 바닥에 널린 종이, 심지어 마룻바닥으로 스며든다.

나는 간신히 구역질을 참는다. 그나마 속이 비어 다행이다.

"이 호박이 그렇게 갖고 싶었어? 그럼 가져."

엄마는 문을 쾅 닫고 나가버린다. 이제 내 방은 역겨운 냄새로 가득하다. 아무리 치우고 닦아내도 사라질 것 같지 않다. 정말이지 쓰레기장이나 다름없는 집에서 고약한 냄새에 시달리며 살고 싶지 않다.

브리트니 카터의 방은 깔끔하겠지? 아빠가 대학교수니까. 썩은 호박, 물고기 없는 어항, 곰팡이, 미납 고지서가 쌓여 있지 않은 방에서 지내겠지? 브리트니는 아빠도 있고, 원하는 걸 다 가질 수 있고, 디즈니 공주처럼 예쁘기까지 하니 정말이지 불공평하다. 존 카터는 내 아빠이기도 한데 브리트니와 나는 왜 이리 다른 삶을 살고 있는지 이해할 수 없다. 아빠가 브리트니의 엄마와 결혼했다는 이유만으로 그 애는 모든 걸 누리고, 나는 쓰레기 더미에서 살아야 한다는 게 너무나 억울하다.

지금 이대로 살 수는 없다.

34장

케이시

현재

나는 엘리너가 완전히 잠들 때까지 기다린다.

어젯밤에 악몽을 꾸는 바람에 잠을 설쳐 몹시 피곤하지만 오늘 밤에도 편히 잠들 수는 없을 것 같다. 혹시 지붕이 날아가거나 나무가 쓰러지며 집을 덮치면 신속하게 대처해야 하기에 잠옷으로 갈아입지도 않았다. 잠자리에 눕는다고 잠이 올 것 같지도 않다. 낯선 아이를 도우려고 집 안에 들였는데, 정작 누군가의 도움이 절실히 필요한 사람은 나라는 생각이 든다.

학교에서 해고되던 날의 기억이 떠오른다. 오두막에 온 뒤로 가능한 한 떠올리지 않으려 했는데 엘리너에게 침대를 양보하고 딱딱한 소파에 누워 있으려니 자꾸만 생각난다.

카리사 해럴. 그 아이에게는 아무런 잘못이 없었다. 나는 그 아이를 학교 밖으로 데리고 나갔고, 정신을 차려 보니…….

내가 손에 쥐었던 야구방망이의 감각이 아직도 생생하다. 사방으로 튀던 유리 파편, 고막을 때리듯이 울려 퍼지던 비명도. 아무리 많은 시간이 흘러도 그날의 기억을 잊지 못할 것이다.

나는 소파에서 한 시간쯤 잠을 이루지 못하고 몸을 뒤척이다 일어나 앉는다. 침실은 고요하지만 엘리너가 잠이 들었다고 확신할 수는 없다. 어쩌면 나처럼 모로 누워 생각에 잠겨 있을 수도 있다.

살금살금 침실 문으로 다가가 귀를 기울인다. 숨소리가 일정한 걸 보면 깊이 잠든 것 같다. 나는 소파로 돌아와 쿠션 밑에 숨겨둔 초록색 노트를 꺼낸다. 촛불은 그다지 밝지 않지만 벽난로에서 흘러나오는 불빛 덕분에 내용은 확인 가능하다. 초록색 표지에 아까 내가 만졌을 때 묻은 핏자국이 희미하게 남아 있다. 아이 이름이나 전화번호도 적혀 있지 않다.

첫 장을 펼치려는데 침실 쪽에서 바스락거리는 소리가 들려온다. 나는 황급히 노트를 다시 쿠션 밑으로 밀어 넣는다. 그와 동시에 방문이 열린다.

"케이시?"

엘리너가 문간에 서서 졸린 눈을 비빈다. 방 안이 너무 추운 탓에 내 티셔츠와 스웨터, 바지까지 껴입은 모습이다.

나는 내심 뜨끔했지만 당황한 기색을 애써 숨기며 묻는다.

"무슨 일이야?"

"잠이 안 와요."

잠이 오지 않는다고 나를 찾아 나선 걸 보면 아직 어린아이가 분명하다. 어른이라면 침대에 누워 불면증과 불안한 생각을 떨쳐버리려고 몸을 뒤척이고 있을 테니까.

"추워서 잠이 안 와?"

엘리너가 어깨를 으쓱한다.

아이를 따라 침실로 들어간다. 방이 제법 쌀쌀하지만 견딜 수 없을 만큼 차지는 않다. 바깥에서 퍼붓는 비가 눈으로 바뀌지도 않았다. 엘리너가 편히 잠들지 못하는 건 창틀을 흔들어대는 바람 소리 때문일 수도 있고, 낯선 환경과 익숙하지 않은 침대 탓일 수도 있다.

"담요를 하나 더 가져다줄까?"

엘리너는 고개를 젓는다. "지금도 다섯 겹은 되잖아요. 담요 하나를 더 얹었다가는 깔려 죽을지도 몰라요."

"그럼 우유를 가져다줄까?"

"우유를 마시면 잠이 잘 와요?"

아이를 키워본 적도 없고, 앞으로도 없겠지만 따뜻한 우유가 수면에 도움이 된다는 얘기를 들은 적이 있다. 다만 지금 이 오두막에서는 우유를 데울 방법이 없다.

"내 옆에 잠시 있어 줄 수 있어요?"

아이가 망설이다 어렵게 꺼낸 말이라는 게 느껴져 마음이 찡하다. 나 역시 어른도 아니고 아이라고 하기에도 어정쩡한 시기를 지나왔다.

"물론이지."

엘리너는 다시 다섯 겹 이불 속으로 파고든다. 나도 스웨터 위에 담요 한 장을 두르고 싶었지만 괜히 자리를 비웠다가 아이의 마음이 바뀔까봐 슬며시 침대 가장자리에 걸터앉는다. 팔다리에 소름이 돋을 만큼 공기가 차다.

엘리너가 턱까지 이불을 끌어올린다. 촛불 아래로 드러난 아이의 얼굴이 작고 말갛다. 흐릿한 불빛에 콧잔등의 주근깨가 더욱 또렷이 보인다.

"케이시, 재밌는 이야기 하나만 들려줘요."

학교에서 아이들에게 책을 읽어주던 기억이 난다. 나는 학생들에게 제법 인기가 좋았다.

"책을 읽어줄까?"

"책 말고, 지어낸 이야기가 더 재미있어요."

지어낸 이야기라? 나는 그다지 상상력이 풍부한 사람이

아니다. 내가 지어내는 이야기는 그동안 읽어온 책들을 짜깁기한 것일 가능성이 크다.

"좋아."

엘리너가 눈을 반짝이며 기다린다.

"옛날 옛적에, 아주 먼 왕국에 공주가 살았는데……."

엘리너가 코를 찡그린다. "공주 얘기는 너무 지겨워요."

"지겨워? 왜?"

"다섯 살 어린애나 좋아하는 얘기죠."

"그럼 어떤 이야기를 듣고 싶은데?"

엘리너가 잠시 고민한다. "무서운 얘기."

나는 피식 웃는다. "그럼 무서워서 잠이 더욱 안 올 텐데?"

"괜찮아요. 난 무서운 얘길 좋아해요."

좋아, 그럼.

나는 머릿속을 더듬어 지금까지 들었던 무서운 이야기들을 떠올려본다. 이번에도 아이를 만족시킬 자신이 없지만 일단 시도해볼 수밖에 없다.

"옛날 옛적에……."

"무서운 얘기는 '옛날 옛적에'로 시작하지 않아요."

"내가 들려주려는 얘기는 그렇게 시작해." 나는 소매의 풀린 실밥을 만지작거리며 말을 잇는다. "옛날 옛적에 어느 커

플이 드라이브를 하다가 갑자기 차가 고장 나는 바람에 갓길에 멈춰 세웠어. 남자가 근처 자동차 정비소로 도움을 청하러 간 사이 여자는 차 안에 혼자 남게 되었지."

엘리너는 파란 눈을 크게 뜨고 내 얘기를 귀 기울여 듣고 있다. 아직 졸린 기색은 없다.

"여자 혼자 차에 남아 남자가 오길 기다리는데, 갑자기 차 지붕을 긁는 소리가 들려왔어. 여자는 잔뜩 겁이 나 운전석으로 자리를 옮긴 다음 급히 시동을 걸고 도망치기 시작했지."

엘리너가 날카롭게 지적한다. "잠깐만요, 고장 난 차라면서요?"

"잠시 시동을 꺼놓은 상태로 두었더니 과열되었던 엔진이 식으면서 문제가 해결돼 차가 다시 작동할 수 있게 되었나 봐."

"차에 대해 잘 모르죠?"

열일곱 살에 아빠에게 배워 손수 엔진오일도 갈고, 타이어도 교체할 수 있을 만큼 차에 대해 잘 알지만 아이에게 따지고 싶지 않다.

"어쨌든 여자가 차를 몰고 도망치자 트럭 한 대가 뒤에서 따라오기 시작했어. 범퍼가 닿을 듯이 밀착된 상태로 상향등을 계속 번쩍이면서. 겁에 질린 여자는 미친 듯이 액셀을 밟아 집까지 달렸는데 트럭이 끝까지 따라온 거야."

엘리너가 비로소 흥미로운 얼굴로 숨을 죽인다.

"여자가 차를 세우고 내리자 트럭 기사도 급히 따라 내리더니 갑자기 총을 쏘았어. 여자가 아니라 뒤에 숨어 있던 다른 남자를 향해. 알고 보니 그 남자는 갈고리 손을 가진 연쇄살인범이었고, 트럭 기사는 계속 뒤에서 지켜보면서 갈고리 손이 여자를 공격하려 할 때마다 상향등을 깜빡여 방해했던 거야."

"그럼 정비소에 갔다는 남자친구는 어떻게 됐어요?"

나는 재빨리 머리를 굴린다. "여자가 처음에 차를 세워두었던 곳으로 돌아가보니 남자는 이미 살해당한 채 나무에 매달려 있었어. 여자가 차에 혼자 남아 있을 때 차 지붕을 긁는 소리가 들려왔다고 했잖아. 나무에 매달린 남자의 시신이 이리저리 흔들릴 때마다 운동화가 차 지붕을 스치는 소리였던 거야. 남자의 목을 맨 넥타이를 풀자……."

내가 갑자기 말을 멈추자 엘리너가 눈을 크게 뜬다.

"그랬더니요?"

"머리가 바닥으로 툭 떨어졌어. 목이 넥타이에 겨우 매달려 있었던 거야."

엘리너가 나를 빤히 바라본다. "황당한 이야기네요."

나는 피식 웃으며 말한다. "아니, 왜? 제법 괜찮지 않았어?"

"아뇨. 캠프파이어용 괴담 몇 개를 아무렇게나 섞어놓은 것 같았어요."

반박하기 어려운 지적이다.

"그럼 이번에는 네가 지어낸 이야기를 들려줄래?"

"좋아요."

엘리너는 잠시 생각에 잠긴다. 아이가 어떤 이야기를 들려줄지 궁금하다. 내 경험상 아이들이 지어내는 이야기들은 대개 지나온 삶을 엿볼 수 있게 해주는 창이나 다름없었다. 아이들은 아는 세계를 토대로 이야기를 지어내니까.

"바람이 심하게 불고 비가 억수처럼 쏟아지던 밤이었어요." 엘리너가 이야기를 시작한다. "숲속 오두막에 캐시라는 여자가 혼자 살고 있었는데, 바깥에서 이상한 소리가 들려왔어요."

"좋은 시작이네." 나는 이야기가 어디로 흘러갈지 기대하며 몸을 앞으로 숙인다.

"알고 보니 창고에 여자아이 하나가 숨어 있었던 거예요."

"정말 흥미로운 시작이네."

엘리너가 눈살을 찌푸리며 나를 쏘아본다. "끼어들지 말아요. 내가 이야기하고 있잖아요."

"그래, 알았어." 나는 항복의 뜻으로 두 손을 들며 물러난다. 예전에 내가 가르쳤던 3학년 아이들이 그리워진다.

엘리너가 다시 이야기를 이어간다. "캐시는 그 아이가 어떻게 숲속까지 왔는지 알 수도 없을뿐더러 안 좋은 날씨 탓에 마음이 싱숭생숭했지만 폭풍우가 몰아쳐 집 안으로 들일 수밖에 없었어요." 엘리너가 잠시 얘기를 멈춘다. "캐시는 아이에게 친절을 베풀었어요. 저녁도 만들어주고, 사귈 생각 없는 남자가 준 쿠키도 나눠줬죠."

리와 연애할 마음이 없다는 말을 괜히 했나?

"캐시는 아이에게 무한맹세를 했어요. 절대 배신하지 않겠다고요. 아이는 오지랖 넓은 캐시가 질문을 너무 많이 하는 게 싫었어요." 엘리너는 또다시 말을 멈춘다. "게다가 캐시는 아이가 방심한 틈을 타 배낭을 뒤졌어요."

이런 젠장.

"그때부터 아이는 캐시를 믿을 수 없었어요. 무한맹세는 단지 신뢰를 얻으려고 지어낸 거짓말이었죠. 캐시는 폭풍이 지나면 아이가 오두막에 있다는 걸 다른 사람들에게 알릴 작정이었던 거예요. 배신하지 않겠다고 무한맹세를 했으면서."

입 안이 바짝 마른다. "그건 오해야."

엘리너는 눈을 부릅뜬다. "당신이 이야기할 때 내가 그렇게 자주 끼어들던가요?"

제법 많이 끼어들긴 했지만 지적할 분위기가 아니다.

"그날 밤, 캐시는 아이에게 침대를 내주고 거실에서 잠이 들었어요. 설핏 잠이 들었다 눈을 떠보니 아이가 머리맡에 서 있는 거예요." 촛불이 일렁이면서 엘리너의 얼굴을 기묘하게 비춘다. "아이는 캐시가 다른 사람들에게 입방정을 떨길 원치 않았어요. 그래서 어쩔 수 없이 캐시의 팔과 다리를 잘라내 꺼져가는 벽난로에 던져버렸죠."

숨이 턱 막힌다. 악몽 꾸기 딱 좋은 이야기다.

"그 팔다리 때문에 불길이 벽난로 밖으로 번졌어요. 아이는 도망쳤지만 캐시는 다리가 잘려 도망치지 못했고, 꼼짝없이 소파에 누워 피를 흘리다가 새벽녘에 불타 죽었어요. 결국 아무에게도 아이 얘기를 하지 않겠다는 약속을 지킨 셈이었죠."

입이 떡 벌어진다. 나는 불타 죽는 게 세상에서 제일 무섭다. 아니, 이질에 걸려 계속 설사하다 죽는 것보다는 나을 수도 있다.

엘리너가 묻는다. "내 이야기 어땠어요?"

나는 말없이 아이를 바라본다. 이제 아이를 눈에서 떼어놓아서는 안 된다는 생각뿐이다.

"내 이야기의 교훈이 뭔지 알겠어요?"

물론, 너무나 잘 알다마다.

엘리너가 크게 하품한다. "이제 졸려요. 다시 자볼게요."

엘리너는 이불을 턱까지 끌어올리며 돌아눕는다. 아이가 정말로 잠이 오지 않아 나를 찾아온 건지 의문이다. 처음부터 그 끔찍한 얘기를 해주려고 온 것 같다. 내가 다른 사람들에게 자신의 존재를 알리면 어떻게 되는지 경고하려고.

한 가지는 확실하다. 아이가 들려준 이야기 때문에 오늘 밤 나는 한숨도 잠을 이룰 수 없게 되었다.

35장

엘라

과거

"엘라, 너무 황당한 이야기잖아."

앤턴과 나는 조별 과제를 마쳤지만 자주 함께 어울린다. 앤턴이 방과 후에 뭘 할지 묻더니 서로의 집 중간쯤에 있는 놀이터에서 보자고 했다. 가끔 아이들 몇몇이 놀기도 하지만 자주 텅 비는 곳이다.

앤턴과 나는 그네에 나란히 앉아 바닥의 흙을 발로 툭툭 차면서 이야기를 나누고 있다. 조금 전 앤턴에게 브리트니와 내가 이복 자매일 가능성이 크다는 얘기를 들려주었다.

"뭐가 황당해? 딱 들어맞잖아."

흔들리는 그네에 앉은 앤턴의 초록색 머리가 바람에 나풀거린다. 요즘은 정말 담배를 끊었는지 냄새가 나지 않는다.

"브리트니의 아빠가 네 친아빠라면 네가 여태껏 몰랐을 리 없잖아?"

"아빠는 차라리 내가 모르길 바랐을 수도 있지. 그동안 엄마에게 양육비를 보냈을 수도 있고."

앤턴은 운동화 뒤꿈치로 바닥을 긁는다. "믿기 힘든 얘기야."

"출생증명서에 존 카터가 내 아빠라고 적혀 있다니까. 브리트니는 내 이복 자매야."

"그게 이상하다는 거야."

나는 얼굴을 찌푸린다. "내가 브리트니의 이복 자매라고 하기엔 급이 안 맞는다는 뜻이야?"

앤턴이 코웃음을 친다. "지금 장난해? 브리트니 카터는 완전 재수 없잖아. 그런 애랑 누가 엮이고 싶겠어?"

"우리 학교에서 제일 예쁜 애잖아."

"말도 안 돼." 앤턴이 그녀를 뒤로 밀며 흙바닥을 발로 긁는다. "브리트니는 흔해 빠진 얼굴이야. 자기가 공주인 줄 알지만 착각도 유분수지."

"그럼 우리 학교에서 브리트니보다 더 예쁜 애 있어?"

앤턴은 대답할 말이 궁한지 눈만 껌뻑인다. "아무튼 넌 브리트니에게 전혀 꿀릴 게 없으니까 기죽지 마."

"어쨌든 브리트니와 나는 이복 자매일 가능성이 크다니까."

"도저히 믿기지 않아서 그래."

"브리트니도 나처럼 파란 눈이잖아. 우리 엄마 눈은 갈색이야. 내가 누구 눈을 물려받았겠어?"

"우리 엄마 아빠는 둘 다 갈색인데 내 동생은 파란색이야." 나는 그녀를 멈춘다. "설마 브래드를 입양한 건 아니지?"

"그럴 리가."

미끄럼틀 쪽에서 유모차를 끌던 여자가 우리를 노려본다. 이 놀이터에서는 그녀에 얌전히 앉아만 있어도 곱지 않은 눈으로 쳐다보는 사람들이 제법 있다.

척 보기에도 우리가 문제아처럼 보이나?

여자가 우리를 향해 소리친다. "이 놀이터는 너희들처럼 다 큰 아이들이 노는 곳이 아니란다."

앤턴이 느긋하게 가운뎃손가락을 치켜든다. 나도 모르게 피식 웃음이 나온다.

"그 인간이 진짜 네 아빠면 어쩌려고?"

"어쩌다니, 뭘?"

"그러니까 넌 뭘 원해? 브리트니와 같은 집에서 살고 싶어?"

나는 엄지손톱을 깨문다. "적어도 엄마랑 사는 것보다는 낫지 않을까?"

"그 인간 대학교수라며? 그 인간과 지루하게 책이나 읽고 토론이나 하며 지내게?"

"다큐멘터리도 보겠지."

"해외 다큐?"

"자막 달린 다큐."

우리는 동시에 웃음을 터뜨린다.

솔직히 브리트니가 부럽다. 그 집 냉장고엔 상한 음식 따위는 없을 테니까.

정말 존 카터가 내 아빠라면 내 존재를 모른다는 게 이상한 일이긴 하다.

엄마가 나를 낳겠다고 했을 때 존 카터는 평생 상관없는 일로 해달라고 했을까? 내가 괜찮은 아이라는 걸 알게 되면 생각을 바꿀 수도 있지 않을까?

"만약 네가 진짜 브리트니와 이복 자매라고 하더라도 넌 제발 걔처럼 재수 없게 굴지는 마."

"당연하지." 사실 브리트니가 그리 나쁜 애로 보이진 않지만.

앤턴이 청바지 주머니를 뒤적인다. "너에게 줄 게 있어."

나는 놀란 기색을 감추며 묻는다. "선물이야?"

"아니, 그냥 지나는 길에 눈에 띄기에 네 생각이 나서 샀어."

그렇다면 선물과 뭐가 다르지? 제발 어딘가에서 훔친 물건만 아니었으면 좋겠다.

앤턴이 주머니에 은색 체인 목걸이를 꺼내 든다.

너무 예뻐서 감탄이 절로 나온다. "와!"

앤턴은 무심한 척하지만 눈빛만큼은 기대에 차 있다. "맘에 들어?"

"완전 맘에 들어."

나는 목걸이를 받아 든다. 지금껏 내가 가져본 액세서리 중에서 가장 예쁘다. 앤턴이 내 목에 목걸이를 걸어준다.

엄마가 보면 어디서 났는지 캐물으며 당장 빼앗으려 들 것이다.

티셔츠 안에 꼭꼭 숨기고 다녀야지.

앤턴이 이제 집에 가자며 그네에서 먼저 내려 내게 손을 내민다. 나는 앤턴의 손을 잡고 그네에서 내린다. 앤턴이 이토록 다정한 아이인 줄 예전에는 미처 몰랐다. 게다가 선물까지 주다니, 앤턴은 계속 나를 놀라게 한다.

"우리, 내일도 여기서 볼까?"

"그래, 좋아."

앤턴이 씩 웃는다. 요즘 웃는 얼굴을 자주 봐서 좋다. 웃을 때 눈가에 잡히는 주름과 싸우다 깨진 어금니도 보인다. 혹시 내가 브리트니와 같은 집에서 살게 되더라도 앤턴과는 계속 친구로 지내고 싶다.

36장

 브리트니에게서 눈을 뗄 수가 없다. 예쁘지, 옷 잘 입지, 공부 잘하지, 인기 많지.
 우리 반 아이들 누구나 브리트니 카터처럼 되고 싶어 한다.
 그런 브리트니가 내 이복 자매라니?
 집에서 먹을거리를 챙겨왔지만 점심시간이 되자마자 나는 급식 줄에 서 있다. 브리트니와 메러디스 바로 뒤에. 수업 시간에는 항상 멀찌감치 떨어져 앉기에 브리트니를 가까이에서 볼 기회가 없다. 브리트니의 머릿결은 윤기가 자르르 흐른다. 가까이 보니 검은색이 아니라 짙은 갈색이다. 이마에 여드름이 하나 나긴 했지만 피부가 깨끗하고 보송보송하다.
 비결이 뭔지 물어보면 알려줄까?
 브리트니가 고개를 돌려 나를 힐끔 쳐다본다. 맑고 선명한 푸른 빛 눈이다. 꼭 내 눈처럼. 심장이 쿵쿵 뛴다.
 내가 먼저 말을 건다. "안녕, 브리트니."

브리트니가 잠깐 망설이다가 인사를 받는다. "안녕."

내가 뭔가 더 말을 붙이기 전에 브리트니는 고개를 돌리더니 메러디스의 귀에 대고 뭐라 속삭인다. 두 아이가 키득거린다.

나에 대한 이야기를 주고받고 웃는 걸까?

배식 선반 앞에 다다르자 브리트니와 메러디스는 돈을 내고 식판을 받아 간다. 내 차례가 되자 글렌다 아주머니가 나를 쳐다본다.

나는 돈도 없으면서 주머니를 뒤적이는 시늉을 한다. "아, 사물함에 두고 왔나봐요."

브리트니와 메러디스가 나를 돌아보며 또다시 킥킥댄다. 나도 모르게 얼굴이 후끈 달아오른다.

나는 급식 줄에서 빠져나오면서 자책한다. 주머니에서 없던 돈이 마법처럼 생겨날 리 없는데 급식 줄에 선 건 망신을 자초한 짓이다.

브리트니가 나를 얼마나 한심하게 생각할까?

식당을 향해 터벅터벅 걸어가는데 앤턴이 나를 향해 손을 흔든다. 나는 앤턴의 맞은편 자리에 앉는다. 얼굴이 아직도 화끈거린다.

앤턴이 땅콩버터 샌드위치를 한입 베어 물면서 말한다.

"브리트니랑 그 집 생각은 그만해."

마치 내 머릿속을 들여다본 것 같은 말이다. 앤턴이 나를 지지해주지는 않지만 이런 이야기를 나눌 수 있는 상대가 있다는 것만으로도 다행이다.

"내 가족일지도 모르잖아."

앤턴이 고개를 젓는다. "브리트니도 그렇게 생각할까? 자꾸 신경 써봐야 너만 손해야."

점심으로 가져온 식빵을 꺼내 먹으려는데 곰팡이 자국이 눈에 띈다. 표면에 녹갈색 반점이 콕콕 박혀 있다.

젠장! 차라리 에너지바를 챙겨올걸.

배에서 마치 항의라도 하듯이 꼬르륵 소리가 난다. 배가 몹시 고픈데 오후 수업을 어떻게 버티지? 배가 너무 고파 내 몸이 나를 갉아 먹을 것 같다.

그때 앤턴이 샌드위치를 건넨다. 땅콩버터를 바른 샌드위치다.

"샌드위치가 하나 더 있으니까 이건 네가 먹어."

넙죽 받아 들고 우걱우걱 먹고 싶지만 동정받긴 싫다.

내 표정을 읽은 앤턴이 샌드위치를 내 쪽으로 밀어놓는다. "그냥 샌드위치일 뿐이야. 별거 아니니까 그냥 먹어."

그 한마디에 마음이 트인다. 나는 샌드위치를 집어 들고 천천히 먹기 시작한다.

"엘라, 오늘 학교 끝나고 영화 보러 갈래?"

나는 얼굴을 찌푸린다. "극장에 몰래 들어가는 건 싫어."

앤턴이 친구들과 함께 표를 사지 않고 극장에 몰래 들어가 영화를 봤다고 자랑하듯 떠들어 대는 말을 들은 적이 있다. 나는 그런 짓을 하다 걸리고 싶지 않다. 아빠가 알게 되면 날 문제아라고 생각할까봐 두렵다.

"누가 몰래 들어간대? 표 사서 보면 되지."

점심값도 없는 내가 표를 살 돈이 있을 리 만무다.

"나, 돈 없어."

"내가 낼게."

"갚을 자신도 없어."

"안 갚아도 돼."

나는 샌드위치를 한 입 더 베어 문다. 앤턴이 점심을 나눠 주었는데 극장표까지 부담하게 하고 싶지 않다.

"나, 오늘 영화 볼 기분이 아니야."

앤턴은 실망한 표정을 지으면서도 더는 밀어붙이지 않는다. 앤턴이나 다른 아이들은 적어도 자기 아빠가 누군지는 알고 있다. 앤턴은 지금 내 기분이 어떤지 모른다. 아무도 모른다.

37장

케이시

현재

잠을 자기는 완전히 글렀다. 내가 잠든 사이 엘리너가 내 팔다리를 잘라 벽난로에 집어넣을 가능성이 단 일 퍼센트라도 있다면 눈을 감을 수 없다.

소파 쿠션 밑에 숨겨둔 초록색 노트가 자꾸만 신경 쓰인다. 당장 펼쳐보고 싶지만 만약 들키기라도 하면 신뢰는 완전히 무너질 수밖에 없다. 엘리너는 이미 내가 배낭을 뒤졌다는 사실을 알고 있다. 다만 노트를 가져간 건 모를 수도 있다. 만약 알았다면 당장 내놓으라고 했을 테니까.

노트에 뭔가 중요한 실마리가 있다는 느낌이 든다. 엘리너가 가져온 건 옷가지 몇 개와 노트가 전부니까.

한 시간이 지난 뒤에야 나는 쿠션 밑에 숨겨둔 노트를 꺼낸다. 핏자국이 묻은 초록색 표지가 마치 나를 노려보는 느낌이 든다. 강한 호기심이 드는 한편 엘리너의 아이답지 않은 모습이 떠올라 잠시 망설여진다. 지금껏 눈으로 직접 대한 모습만으로도 불길한데 아이의 노트에는 어떤 내용이 들어있을지 자못 긴장된다.

나는 깊이 숨을 들이쉬고 나서 노트의 첫 장을 펼친다.

어슴푸레한 벽난로 불빛에 비춰 들여다보니 처음 몇 장은 그저 수학 문제 풀이다. X값을 구하는 방정식이 몇 개 있고, 특별히 흥미로운 내용은 없다. 엘리너는 수학을 꽤 잘하는 것으로 보인다.

페이지를 넘기면서 노트가 점점 엘리너의 예술적 표현 도구로 바뀌어간 흔적이 보인다. 빨강, 파랑, 검정 펜으로 그린 그림들이 빼곡한데, 하나같이 섬뜩하다.

모든 그림에 같은 인물이 등장한다. 단발머리, 다부진 체격, 각진 턱을 지닌 여자. 그 여자는 매번 끔찍한 고문을 당하고 있다.

칼에 찔리고,

목이 잘리고,

혀가 튀어나온 채 밧줄에 목이 매달린 모습까지.

벽난로의 장작이 타닥거리며 타는 동안 나는 계속 노트를 넘긴다. 속이 뒤틀리는 와중에도 점점 확신이 선다. 이 그림

속 여자는 바로 나라는 확신.

결국 엘리너는 나를 찾아 오두막에 온 것이다.

하지만 왜? 이 아이는 도대체 누구인데 나를 이토록 증오할까? 분명 오늘 처음 본 아이인데 나를 끔찍하게 죽이는 장면을 노트에 그려놓았다.

내가 정말 엘리너를 처음 보았을까?

초등학교 교사로 일하는 동안 수많은 아이들이 내 교실을 거쳐 갔다. 모든 아이를 기억한다고 자부하지만 엘리너는 얼굴과 이름이 모두 낯설다. 나는 주로 3학년을 가르쳤는데 엘리너는 7, 8학년쯤 되어 보인다. 내가 가르치던 당시와 외모가 많이 달라졌을 수도 있다.

만약 내가 엘리너의 선생님이었고, 아이가 집에서 학대당하는 걸 눈치채지 못한 건 아닐까? 그런 이유로 나를 죽이고 싶을 만큼 복수심에 불타고 있는 건 아닐까?

내가 생각하기에도 지나친 비약이다. 엘리너가 자신을 괴롭히거나 방치한 어른들을 찾아다니며 응징하고 있다는 추측은 현실성이 없어 보인다. 게다가 내가 가르치던 학생이 가정에서 학대당하고 있는데 내가 한 학기 내내 눈치채지 못한 경우는 없다. 그건 나답지 않다.

그렇다면 엘리너는 하필 폭풍우가 몰아치는 날에 이 깊은 숲속 오두막까지 왜 나를 찾아왔을까?

활활 타오르는 벽난로 앞에 앉아 있는데도 등골이 오싹한 한기가 스며든다.

그래, 그림은 그림일 뿐이야.

설령 엘리너가 정말로 나에게 해를 끼칠 의도가 있다 해도 내가 방심하지 않으면 된다. 내가 달리기도 훨씬 빠르고, 눈앞에 칼을 들이대더라도 충분히 제압할 수 있는 힘이 있다.

문득 소름 끼치는 생각이 뇌리를 스치면서 내가 얼마나 멍청했는지 깨닫는다. 아까 창고에 갈 때 총을 챙겨 들고 나갔다가 돌아와서 원래 있던 자리에 넣어두었다. 지금 엘리너가 잠들어 있는 침실 서랍장에.

38장

 아이가 있는 방에 장전된 총을 두고 나온 건 미친 짓이다. 엘리너가 날 해치려는 의도가 없다 해도 그건 명백한 실수다. 어쨌든 엘리너는 견디기 힘든 트라우마를 겪었고, 지금도 심리적으로 안정적인 상태가 아니다. 그런 아이 가까이에 총을 두고 왔다. 당장 가져와야 한다.

 총을 서랍 깊숙이 넣어두었으니 엘리너가 발견하지 못했을 가능성이 크지만 안심할 수 없다. 내가 총을 확보하기 전까진 마음을 놓을 수 없다.

 내 방이니 그냥 자연스럽게 문을 열고 들어가 총을 꺼내올 수도 있지만 이왕이면 엘리너가 알아채지 못하게 조용히 다녀오고 싶다. 괜한 오해를 살 수도 있으니까. 오늘 밤 나는 이미 많은 실수를 저질렀다. 더 이상 실수하면 안 된다.

 나는 소파 밑에 노트를 다시 밀어 넣고 나서 발소리가 나는 걸 최대한 억제하려고 슬리퍼를 벗는다. 그런 다음 거실을 가로질러 침실 문으로 다가간다.

살며시 손잡이를 돌리고 문을 미는 순간 경첩이 끼익 소리를 낸다. 내 귀에는 화재경보음 이상으로 시끄럽게 들린다. 나는 숨을 죽이고 침대 쪽을 살핀다. 엘리너가 덮은 이불이 일정하게 오르내린다. 엘리너는 곤히 잠들어 있다.

방은 하얀 입김이 나올 정도로 춥다. 두꺼운 이불을 덮어주긴 했지만 자다가 혹시 감기에 걸리는 건 아닌지 우려된다. 차라리 벽난로가 있는 거실에서 재울걸 그랬다. 어쨌든 지금은 아이를 걱정하고 있을 때가 아니다. 아이 몰래 총을 빼내와야 한다.

발을 내디딜 때마다 마루판이 삐걱거린다. 연신 침대 쪽을 힐끔거리지만 엘리너가 깨어날 기색은 없다. 서랍장에 다다라 조심스레 맨 위 서랍을 연다. 역시 삐걱거리는 소리가 나서 신경이 날카로워진다.

나는 겨우 손이 들어갈 만큼 서랍을 열고 안쪽을 더듬는다. 아무리 더듬어보아도 차갑고 단단한 금속의 감촉이 느껴지지 않는다. 서랍을 조금 더 열고, 최대한 깊숙이 손을 넣어 더듬는다. 그 어디에도 총이 없다. 그렇다면…….

"케이시, 총을 찾아요?"

휙 돌아보니 엘리너가 침대에서 몸을 일으키고 앉아 있다.

내 티셔츠와 스웨터에 청바지 차림이다. 조금 전까지 고른 숨을 내쉬며 잠들어 있던 아이가 지금은 나를 메마른 눈길로 바라보고 있다.

 내 머리를 향해 총을 겨누고.

39장

엘라

과거

 아무리 몸을 뒤척여봐도 좀처럼 잠이 오지 않는다. 비좁은 침대가 오늘따라 더욱 불편하게 느껴진다. 방 안에 아직 썩은 호박 냄새가 남아 있다. 아무리 닦아도 악취가 가시지 않는다. 한동안 잊고 지내다가도 어느 순간 기습적으로 냄새가 훅 끼쳐 든다. 어쩌면 평생 호박 썩은 냄새와 함께 살아야 할지도 모른다는 불길한 예감이 든다.
 침대에서 일어나 앉아 지금쯤 카터네 가족은 뭘 하고 있을지 떠올려본다. 브리트니는 자기 방에서 잠들어 있겠지? 존과 버네사는 침대에 나란히 누워 TV를 보고 있으려나?
 존이 내 아빠면 버네사는 계모다. 버네사는 우리 엄마를 몹시 싫어할 거라는 생각이 든다. 남편과 바람피운 상대를 좋아할 리 없으니까. 학교에서 바자회가 열렸을 때 딱 한 번

버네사를 본 적 있다. 짧은 금발에 인상이 푸근해 보였다. 늘 친절하게 웃는 사람 같았다.

혹시 나에게도 친절할까?

이 상태로는 도저히 잠이 올 것 같지 않아 청바지에 후드티를 걸치고, 침대 옆 서랍을 연다. 서랍 안에는 펜과 연필이 가득 들어 있다. 할인할 때마다 엄마가 한 다스씩 사들였다.

지금 내가 찾으려는 건 펜이 아니다. 엄마 눈에 띄지 않도록 서랍 안쪽 깊숙이 숨겨둔 공예용 접이식 칼이다. 미술 시간에 슬쩍했다. 선생님은 칼이 사라진 걸 모를 수도 있고, 문제 생길까봐 모른 척했을 수도 있다.

나는 칼을 후드티 주머니에 넣고 살금살금 복도로 나선다. 엄마는 깊이 잠들어 있을 시간이다.

나는 엄마 방 앞을 지나 계단으로 향한다. 계단은 어둡고 물건이 잔뜩 쌓여 있어 위험하기에 난간을 잡고 조심스레 내려간다. 아래층 좁은 통로를 지나 현관으로 걸어가 운동화를 신고 밖으로 나선다.

딱히 갈 곳을 정해둔 건 아니다. 그저 바람을 쐬며 머리를 식히고 싶다. 우리 동네는 비교적 안전한 편이고, 주머니에 칼도 있으니 그다지 겁나진 않는다.

밤공기가 제법 쌀쌀해 재킷을 걸치고 나오길 잘했다는 생각이 든다. 그냥 집 주변을 돌다가 다시 들어갈 생각이었는데 길모퉁이에 다다르자 발길이 엉뚱한 방향으로 향한다.

학교에서 본 브리트니의 집 주소를 기억하고 있다. 여기서 그리 멀지 않다. 왜 그리로 발길이 향하는지는 나도 잘 모르겠다. 머릿속에서 앤턴의 목소리가 들린다.

바보 같은 짓 하지 마. 카터 가족은 잊어.

하지만 잊을 수 없다. 아직 당당하게 인정받지 못했을 뿐 나도 그들의 가족이니까.

15분쯤 걷자 하얀 외벽에 파란 테두리를 두른 이층집이 눈에 들어온다. 우리 집보다 훨씬 크다. 대저택은 아니지만 흰 울타리가 둘러쳐진 아름다운 집이다.

대문이 열려 있기에 조심스럽게 안마당으로 들어선다. 내가 왜 이런 짓을 하는지 모르겠다. 지금은 한밤중이어서 누군가가 나를 안으로 맞아들여 쿠키를 내줄 리도 없다. 그냥 그들이 사는 집을 둘러보고 싶을 따름이다. 내가 존 카터의 합법적인 딸이었다면 어떤 삶을 살고 있을지 눈으로 확인하고 싶다.

집을 둘러보며 걷다 보니 뒷문이 눈에 들어온다. 머릿속에서 나를 말리는 앤턴의 목소리가 울려 퍼진다.

위험한 짓이야. 지금이라도 돌아가.

나는 주머니 속에 든 칼을 만지작거리며 계속 발걸음을 옮긴다.

40장

 뒷문은 주방으로 이어져 있다. 창문을 통해 안이 들여다보인다. 냉장고와 가스레인지가 눈에 띈다. 어두워서 자세히 보이지는 않지만 바닥이 끈적거리거나 플라스틱병이 널브러져 있지 않다는 걸 알 수 있다. 조리대는 넓고 깔끔하게 정리되어 있다.

 냉장고 안은 어떤 모습일까? 신선한 먹을거리가 가득하겠지?

 아침이면 버네사가 따뜻한 팬케이크를 구워줄지도 모른다. 블루베리나 초콜릿 칩으로 웃는 얼굴까지 그려 넣고. 초콜릿 칩이 입 안에서 사르르 녹는 상상을 하자 배에서 꼬르륵 소리가 난다. 나는 왼손으로 주머니 속 칼을 쥐고, 오른손으로 뒷문 손잡이를 잡는다. 잠겨 있을 줄 알았는데 의외로 문고리가 돌아간다.

 잠깐 둘러보는 건 괜찮지 않을까?

존 카터가 내 아빠라면 무단침입은 아니다. 브리트니 방이 어떻게 생겼을지 궁금하다. 침대는 매일 아침 엄마가 정리해 줄 테고, 서랍장에는 향긋한 섬유유연제 냄새가 나는 옷이 가지런히 들어있을 것이다. 책상 위에는 교과서 몇 권과 컴퓨터가 놓여 있겠지? 물고기도 없는 어항 따위는 당연히 없을 테고.

 갑자기 브리트니의 방이 보고 싶어 견딜 수 없다. 열려 있는 문을 열고 안으로 들어가 계단을 오르면 된다. 모두 깊이 잠들어 있을 시간이니 소리 내지 않고 둘러보면 들키지 않을 수 있다.

 혹시라도 브리트니가 잠에서 깨면? 그땐 칼을 꺼내 들면 된다. 겁을 줘서 소리를 지르지 못하게.

 문을 열자마자 개가 맹렬하게 짖어댄다. 너무 놀라 문을 쾅 닫아버렸다.

 브리트니가 개를 키운다는 말은 못 들었는데? 더구나 이빨을 드러내며 사납게 짖어대는 개를!

 당장 도망칠 수밖에 없다. 다행히 개는 집 안에 있고, 이제 문을 닫아버렸으니 쫓아오지 못한다. 나는 죽을힘을 다해 달린다. 카터 가족의 집에서 최대한 멀리. 뛰면서 뒤돌아보니 뒷마당이 내려다보이는 방에 불이 켜져 있다.

혹시 누가 나를 봤을까?

생각만으로도 다리에 힘이 풀린다. 만약 누군가에게 들켰다면 곤란한 상황이 벌어질 수도 있다.

도대체 무슨 생각으로 그 집에 갔지?

개한테 물릴 뻔했던 공포가 여전히 온몸을 휘감고 있다. 이대로는 다시 잠들 수 없을 것 같다. 시계를 보니 새벽 2시다. 내가 사라진 걸 엄마가 알면 걱정하겠지만 그럴 일은 없다. 엄마는 한번 잠이 들면 죽은 사람처럼 꼼짝하지 않고 잔다.

집으로 돌아가고 싶지 않아 정처 없이 걷다 보니 어느새 앤턴의 집 근처다. 늦은 시간이지만 앤턴은 아직 깨어 있을지도 모른다. 앤턴이 사는 아파트 단지는 쥐 죽은 듯이 고요하다. 그나마 칼이 있어 안심이다. 앤턴의 집은 2층이다. 앤턴의 방 창문이 어디인지 알아내기까지 시간이 좀 걸린다. 불은 꺼져 있지만 완전히 어둡지는 않다. 조약돌을 하나 집어 들고 앤턴의 창문을 향해 던진다. 반응이 없어 한 번 더 던진다. 그러자 방에 불이 켜지더니 앤턴의 얼굴이 창문 앞에 나타난다. 나를 발견한 앤턴이 창문을 열어젖힌다.

앤턴이 최대한 속삭이듯이 외친다. "엘라, 지금 거기서 뭐해?"

내가 미처 대답하기도 전에 앤턴이 말한다. "거기 그대로 있어. 내가 내려갈 테니까."

2분쯤 지나 후드티에 찢어진 청바지를 입은 앤턴이 늘어지게 하품하며 다가온다.

"이 시간에 무슨 일이야?"

그 순간, 카터네 집 밖에 서 있었던 기억이 떠오른다. 하마터면 칼을 손에 쥐고 안으로 들어갈 뻔했다. 만약 개가 짖지 않았더라면 기어이 안으로 들어가 브리트니의 방을 둘러보았을 것이다. 나는 갑자기 온몸이 떨려와 가슴을 끌어안는다.

앤턴이 눈살을 찌푸리며 묻는다. "엘라, 괜찮아?"

무슨 일이 있었는지 말하고 싶지만 앤턴이 내 마음을 이해해줄 것 같지 않다. 앤턴은 나와 달리 아빠도 있고 동생도 있다. 앤턴은 내가 카터 가족의 일원이 되고 싶어 하는 걸 탐탁지 않게 여긴다.

"괜찮아." 내가 겨우 대답한다. "깨워서 미안해."

앤턴이 헝클어진 머리를 긁적이며 말한다. "안 자고 있었어."

나는 발가락을 조여 오는 운동화를 내려다본다. 3년 전, 엄마는 마트에서 운동화를 싸게 판다며 다섯 켤레나 사 왔다. 한 치수 큰 운동화라 처음에는 헐렁했고, 이듬해에는 딱 맞았고, 지금은 작다. 엄마는 내가 새 신발을 사달라고 하면 아직 멀쩡하니까 더 신어야 한다며 윽박지른다.

"집까지 데려다줄게."

"괜찮아. 혼자 가도 돼."

"이 시간에 혼자 다니면 위험해."

"괜찮다니까." 나는 후드 주머니에서 칼을 꺼내 보여준다. "무기도 있거든."

"엘라!" 앤턴이 깜짝 놀라며 입을 크게 벌린다. "너, 항상 칼을 들고 다녀?"

"늘 그렇지는 않아."

"학교에는 가져오지 마. 걸리면 바로 퇴학이니까. 너 없는 학교는 재미없단 말이야."

"조심할게." 그 말은 진심이다.

"가자. 나도 좀 걷고 싶어."

나는 마지못해 고개를 끄덕인다. 우리는 말없이 걷는다. 앤턴은 졸려 보이고, 나도 수다 떨 기분은 아니지만 함께 걸으니 기분이 좋다. 걷다가 어깨가 살짝 부딪히자 앤턴이 나를 바라보며 슬며시 웃는다.

41장

 오늘 앤턴은 방과 후에 남아 반성문을 써야 한다. 나도 직접 봤는데 앤턴 잘못이 아니다. 분명 다른 아이가 먼저 주먹을 날렸고, 앤턴은 한 대 맞고도 참았다. 앤턴은 요즘 문제를 일으키지 않으려고 애쓴다. 그래야 하굣길에 나랑 어울려 놀 수 있으니까.

 앤턴 말로는 싸움을 피하기 쉽지 않다고 한다. '맥박 조절 장애'가 있기 때문이란다. 나는 정확히 무슨 뜻인지 모르겠는데, 앤턴도 딱히 잘 아는 것 같진 같다. 맥박이 심장 박동의 다른 말이니까 심장에 문제가 있다는 건가? 겉보기엔 멀쩡한데.

 앤턴이 이번에는 주먹질을 하지 않고 참았는데 이틀 동안 방과 후에 남아야 한다. 그나마 정학을 당하지 않아서 다행이다. 앤턴과 함께 시간을 보낼 수 없게 되어 그냥 집에 갈까 생각했다. 요즘 우리 집은 숨쉬기 힘들 만큼 담배 냄새가 심하다. 그 어디에 살아도 우리 집보다는 나을 것 같다.

엄마가 퇴근하려면 시간이 제법 많이 남아서 존 카터가 교수로 있는 대학교에 가보기로 했다. 브리트니가 언젠가 아빠가 사회학 교수라고 말한 적이 있다. 사회학이 뭔지 모르지만 끝에 '학'자가 붙으면 뭐든 그럴듯해 보인다. 동물학도 그렇고 점성학도 그렇고.

30분쯤 걸어 대학교에 도착했다. 두리번거리다가 지나가는 사람에게 물어 사회학부 건물을 찾아갔다. 5층짜리 하얀 벽돌 건물이다. 건물 출입문을 열려면 비밀번호가 있어야 하는데, 마침 누군가 안으로 들어가기에 뒤따라 들어갔다. 건물 안 안내판에 교수들 이름이 알파벳순으로 적혀 있었고, 3층에 있는 존 카터 교수의 연구실을 쉽게 찾을 수 있었다.

우리 아빠가 박사라니, 정말 멋지다. 엄마는 고등학교도 졸업하지 못했다. 물론 그 얘길 하면 엄마는 불같이 화를 낸다.

평소라면 여기까지 찾아올 엄두를 내지 못했을 것이다. 책가방에 들어 있는 작은 칼이 용기를 준다. 물론 칼을 사용하려는 건 아니다. 남들 앞에서 꺼낼 생각도 없다. 그냥 칼을 갖고 있으면 마음이 든든할 뿐이다.

나는 엘리베이터에 올라 3층 버튼을 누른다. 구체적인 계획이 있는 건 아니다. 그냥 아빠를 만나 내가 누군지 말하고 싶다. 지금까지 내 삶이 어땠는지 털어놓고 싶다. 내 얘기를 다 듣고 나면 분명 도와주고 싶은 마음이 생길 거라 본다. 아빠가 정말 나쁜 사람이 아니라면.

3층 복도를 따라 걷다가 존 카터 박사의 연구실 앞에 도착했다. 문에 금색 명패가 붙어 있다.

존 카터 박사, 사회학 교수.

우리 아빠가 교수라니, 지금껏 한 번도 느껴본 적 없는 자부심이 가슴을 채운다.

나는 잠시 망설이다가 문을 두드린다. 안에서 인기척이 들리는지 귀를 기울였지만 조용하다.

존 카터 박사는 지금 자리에 없는 걸까? 조금 더 기다려볼까?

"혹시 네가 브리트니니?"

나는 갑자기 들려온 여자 목소리에 놀라 고개를 번쩍 든다. 짧고 짙은 갈색 머리에 통통한 체형의 중년 여성이 나를 향해 다가오고 있다. 나는 깜짝 놀라 뒤로 한 발짝 물러선다.

"브리트니 맞지?" 여자가 활짝 웃는다. "세상에! 정말 오랜만이구나!"

여자는 나를 브리트니로 착각하고 있다. 브리트니의 얼굴을 제대로 본 적 없는 게 분명하다.

나는 조심스럽게 인사한다. "안녕하세요?"

"마지막으로 봤을 때가 다섯 살이었을 거야. 그때 넌 정말 귀여운 발레리나 복을 입고 있었지."

그랬겠지.

"난 베티나야. 몬로 박사님 비서고. 넌 내가 누군지 기억나지 않지?"

나는 고개를 끄덕인다.

"지금 몇 살이니? 열 살? 열한 살?"

"열세 살이요."

"벌써 열세 살이야?" 베티나가 깜짝 놀란 표정을 짓는다. "세상에! 어쩜 세월이 이토록 빨리 흐른다니? 넌 여전히 자그마하고 예쁘구나."

브리트니 카터는 키가 나보다 훨씬 크다. 영양가 있는 음식을 충분히 먹어서겠지.

"너, 공부 아주 잘한다며? 네 아빠가 자랑하더라."

내 성적이 아무리 좋아도 엄마는 결코 자랑하지 않는다.

"넌 어떤 과목을 좋아하니?"

"과학이요. 그중에서도 유전학이 흥미로워요."

베티나가 활짝 웃는다. "역시 똑똑하네."

브리트니는 이런 칭찬을 매일 듣고 살 텐데 지겨울까? 나는 전혀 지겨울 것 같지 않다.

"카터 박사님은 회의에 가셨어. 기다리는 동안 간식 좀 내올게."

며칠 전처럼 머릿속에서 앤턴의 목소리가 날 말린다. 지금이라도 도망치라고. 브리트니 카터인 척하는 건 위험하다고. 하지만 나는 지금 배가 너무 고프다.

"감사합니다."

베티나가 흐뭇한 표정을 짓는다. "예의 바르기도 하지. 정말 잘 자랐어."

42장

케이시

현재

엘리너가 총을 들고 있다.

세상에서 제일 멍청한 사람에게 주는 상이 있다면 살의를 품은 아이에게 총을 내어준 내가 받아야 할 것이다. 칼을 들고 온 아이가 내 덕분에 총까지 손에 넣게 되었다. 사람을 죽이려 한다면 칼보다 총이 훨씬 쉽다.

나는 천천히 두 손을 들어 올린다. "엘리너, 그건 내 총이야."

아이가 피식 웃는다. "그럼 돌려줄까요?"

강한 바람에 창틀이 덜컹거린다. 당장이라도 트럭을 몰고 이 오두막을 벗어나고 싶다. 엘리너가 나를 순순히 보내줄지 의문이지만.

"난 널 돕고 싶어. 나중에 후회할 일 만들지 말고 어서 총을 내려놔."

"내가 후회할 일을 만든다고요?" 희미한 불빛 속에서 엘리너가 한쪽 눈썹을 치켜올린다. "내가 뭘 하려는지도 모르면서."

아이의 의도를 대충은 짐작하고 있다. 노트에 그려놓은 그림들을 봤으니까.

"총을 쏠 줄은 아니?"

"방아쇠를 당기면 되는 거 아닌가요?"

하긴 그 정도야 알겠지.

어떻게든 이 상황에서 벗어나야 한다. 아이가 나에 대해 뭔가 오해하고 있다면 바로잡아야 한다. 오늘 처음 만난 나를 그렇게까지 증오할 이유는 없으니까.

"네가 원하는 게 뭔지 모르지만 일단 총을 내려놔."

내가 미처 말을 끝내기도 전에 엄청난 굉음이 울려 퍼진다. 집 전체가 흔들릴 만큼 큰 소리다.

총을 쥔 엘리너 역시 눈이 휘둥그레진다.

"방금, 무슨 소리죠?" 엘리너가 속삭인다. 겁먹은 아이 목소리다.

짐작 가능한 일이 있다.

"바깥에서 난 소리야. 당장 밖에 나가 확인해보는 게 좋겠어."

엘리너가 눈을 가늘게 뜨고 나를 노려본다. 나를 신뢰하지 않는 눈빛이다. 나는 재빨리 머리를 굴린다. 아이가 들고 있는 총을 내려놓게 할 방법이 필요하다.

엘리너가 총을 든 손을 흔들며 말한다. "앞장서요."

내가 손을 내리고 돌아서자 아이가 날카롭게 쏘아붙인다. "누가 손을 내리래요?"

나는 아이의 말을 잠자코 따를 수밖에 없다. 아이는 지금 몹시 겁에 질려 있다. 사람은 겁에 질리면 간혹 어처구니없는 실수를 저지른다. 깜짝 놀라 방아쇠를 당길 수도 있는 만큼 가능한 한 아이의 감정을 자극하지 말아야 한다.

엘리너가 침실 문을 나서는 나를 뒤따른다. 총구가 여전히 내 등을 겨누고 있다.

거실을 지날 때 소파의 쿠션이 비뚤어져 있는 모습이 눈에 들어온다. 혹시 엘리너가 쿠션 아래에 숨겨둔 초록색 노트를 볼까봐 긴장된다.

나는 현관을 향해 걸어간다. 우린 둘 다 외투를 입지 않았다. 나는 슬리퍼를 거실에 벗어두어서 맨발이다. 여전히 바깥에서는 세찬 비가 쏟아지고 있다.

내가 조심스럽게 묻는다. "부츠 좀 신어도 될까?"

엘리너가 잠시 생각하더니 단호하게 말한다. "아뇨."

아이는 굳이 총을 쏘지 않고도 나를 죽일 수 있다. 이 날

씨에 이렇게 허술한 차림으로 집 밖으로 내쫓긴다면 나는 이 밤을 넘기지 못할지도 모른다.

그런 상황이 닥친다면 리의 집을 찾아갈 수밖에 없다. 거리는 8백 미터 남짓이지만 온갖 잡목들과 풀로 뒤덮인 숲길이라 목숨을 걸고 이동해야 한다.

천둥소리가 다시 지축을 흔들며 울려 퍼진다.

엘리너가 총구로 내 등을 쿡 찌른다. "어서 문 열어요."

거센 바람이 몰아쳐서 문을 열기 버겁다. 온몸으로 밀어붙이자 꼼짝도 하지 않던 문틈이 겨우 벌어진다. 우리는 잠시 바람이 약해진 틈을 타 문을 열고 밖으로 나선다. 먹구름이 짙게 깔린 하늘에서 천둥에 이어 번개가 번쩍인다. 번갯불이 잠시 사위를 비추자 안에서 들은 굉음의 원인이 눈앞에 드러난다. 위태롭게 기울어져 있던 나무가 기어이 쓰러져 있다. 그나마 집이 아니라 창고를 덮쳐 다행이다.

엘리너는 비에 젖은 속눈썹을 깜빡이며 거대한 나무에 깔려 처참하게 주저앉은 창고를 바라본다. 큰 충격을 받은 얼굴이다. 만약 아이가 창고에 그대로 남아 있었더라면 목숨을 잃었을 가능성이 크다.

엘리너가 한숨 섞인 목소리로 말한다. "하마터면 죽을 뻔했어요."

나는 고개를 끄덕인다. "그래, 내가 위험하다고 했잖아."

엘리너는 한동안 나무에 깔린 창고를 바라보며 눈을 깜빡인다. 가만 보니 총을 쥔 손이 가늘게 떨린다. 추위 탓인지 충격 탓인지 모르겠다.

엘리너가 쉰 목소리로 말한다. "이제 안으로 들어가요."

엘리너의 노트를 펼쳐보았을 때부터 나는 이 아이를 집에 들인 걸 후회해왔다. 하지만 지금 이 순간만큼은 아니다. 이 아이는 창고에 있었다면 분명 목숨을 잃었을 것이다. 앞으로 어떤 일이 나에게 닥칠지 몰라도 도움이 필요한 아이를 도운 것만큼은 후회하지 않는다.

한두 시간 뒤에는 생각이 바뀔지도 모르지만.

43장

"팬트리에 가서 덕트테이프를 가져와요."

엘리너의 말에 다리 힘이 풀린다. 아이에게 덕트테이프를 가져다줘봐야 좋을 일이 없다. 아이가 덕트테이프가 있는지 물었다면 없다고 잡아뗐을 것이다. 엘리너는 이미 팬트리 안에 들어있는 덕트테이프를 봤다는 뜻이다.

숲속 오두막에 살려면 덕트테이프 하나쯤은 구비해두어야 한다. 여긴 베벌리힐스의 호화 주택이 아니니까.

나는 덕트테이프를 가져와 아이에게 건넨다. 나도 그다지 키가 큰 편이 아닌데 엘리너는 나보다 머리 하나가 더 작다. 나를 올려다보는 파란 눈이 유난히 도드라져 보인다. 하얀 피부에 깨를 뿌려놓은 듯 점점이 박힌 주근깨, 갸름한 턱, 오똑한 코를 보니 누군가를 죽이고 도망쳐온 살인자라기보다는 숲속에 사는 요정처럼 보인다. 애초 옷에 묻은 핏자국을 보지 않았더라면 파리 한 마리 죽이지 못할 아이로 보았을 텐데.

"식탁 의자에 앉아요."

아이의 말에 눈앞이 아득해진다. 나를 의자에 결박하겠다는 뜻이다.

엘리너가 그린 그림이 떠오른다. 의자에 꽁꽁 묶인 여자, 잘려 나간 귀, 입술을 타고 흐르는 피, 뻥 뚫린 오른쪽 눈.

내가 경솔하게 굴어 아이의 끔찍한 상상을 현실에서도 가능하게 만들어주었다는 자책감이 든다. 아이의 손에 총을 쥐어준 사람은 바로 나다.

나는 숨이 막혀와 힘겹게 말을 짜낸다. "어쩌려고? 제발 경솔한 짓은 하지 마."

엘리너가 가차 없이 내 얼굴을 향해 총구를 들이댄다. "잔말 말고 의자에 앉아요."

끔찍한 고문을 당하느니 차라리 총을 맞아 죽는 편이 나을 수도 있다. 하지만 몸이 따라주지 않는다. 나는 아이가 시키는 대로 식탁 의자에 앉는다. 지금은 시간을 벌 필요가 있다.

내가 두 손을 무릎 위에 올려놓자 아이가 고개를 젓는다. "손을 등 뒤로 해요."

젠장. 총이 내 머리를 겨누고 있는 이상 나에게는 선택권이 없다. 나는 두 손을 등 뒤로 한다. 혹시라도 나중에 손을 빼낼 수 있길 바라며 손과 손 사이를 살짝 띄운다.

어쩌면 지금이 유일한 기회일지도 모른다. 엘리너가 총을 든 채로 내 손을 결박하기는 쉽지 않을 테니까 기습적으로 몸을 비틀어 총을 빼앗을 수도 있다.

엘리너가 방아쇠를 먼저 당긴다면? 혹은 내가 실수로 엘리너를 쏴버리기라도 한다면?

내가 감당할 수 없는 위험이다.

양 손목에 테이프가 칭칭 감기자 무력감이 밀려든다. 이제 아이가 무슨 짓을 하든지 나는 저항조차 할 수 없다. 설상가상으로 엘리너는 내 발목까지 의자 다리에 단단히 고정시킨다. 마지막으로 내 가슴팍에도 테이프를 두른다. 나는 이제 의자와 하나가 되었다. 왜 하필 지난주에 덕트테이프를 사두었는지 원망스럽다. 뭐든 미리 준비해두어야 직성이 풀리는 내 성격이 마음에 들지 않는다.

그나마 입을 막지 않아 다행이지만 아무리 비명을 질러봐야 들어줄 사람이 없다. 가장 가까운 이웃인 리의 집까지 소리가 닿지 않을 테니까.

내 몸을 식탁 의자에 결박한 엘리너는 마치 예술 작품을 감상하듯 한 발 뒤로 물러서서 나를 바라본다.

"어디 한번 풀어봐요."

나는 눈을 부릅뜬다. "이렇게 감아놓으면 헤라클래스도

못 풀어."

 엘리너는 나를 유심히 살피더니 이내 고개를 끄덕이면서 총을 내린다. "좋아요."

 주방에 켜둔 양초는 이제 절반쯤 타들어간 상태다. 어림잡아 새벽 두세 시쯤 되어 보인다. 그림자에 반쯤 잠긴 엘리너의 얼굴이 섬뜩하다. 자꾸만 노트에서 본 그림이 떠오른다. 의자에 묶어놓은 상태로 귀를 자르고, 눈을 도려낸 여자. 피를 철철 흘리던 여자.

 노트에서 본 그림이 내 미래일 수도 있다는 생각에 몸서리쳐진다.

 이렇게 꽁꽁 묶여 있는 상태로는 아무것도 할 수 없다.

 "나에게 왜 이러니? 제발 풀어줘."

 엘리너가 내 앞에 서서 나를 내려다본다. "개인적인 감정은 없어요."

 개인적인 감정은 없다니? 나를 노리고 이 깊은 숲속 오두막까지 찾아왔으면서. 노트에 나를 끔찍하게 고문하고 죽이는 그림을 잔뜩 그려놓았으면서.

 "내가 너에게 잘못한 게 있으면 사과할게."

 "개인적인 감정이 아니라니까요."

 엘리너의 말투에 짜증이 묻어난다.

도무지 무슨 영문인지 모르겠다. 개인적인 감정이 아니라면 도대체 무슨 목적으로 이런 짓을 하는지 모르겠다. 누가 이 아이에게 청부 살인이라도 맡긴 건가?

"금방 올게요."

어딜 가려고?

혹시 칼을 가지러 가는 건가? 안 돼!

44장

엘라

과거

나는 쟁반 가득 담긴 치즈와 햄을 정신없이 먹고 있다. 이렇게 신선하고 맛있는 음식은 처음 먹어본다.

"배가 많이 고팠구나!" 베티나가 놀란 기색으로 말한다. "그렇게 잘 먹는데 어쩜 그리 말랐니?"

나는 팩에 든 사과주스를 빨대로 쭉 빨아들인다. "점심을 건너뛰었거든요."

그때 복도에서 사람들이 두런거리는 말소리가 들려온다.

"회의가 끝났나봐. 네 아빠도 곧 오실 거야. 네가 여기에 있다고 알려줄게."

갑자기 속이 울렁거린다. 내가 브리트니인 척하며 간식을 얻어먹은 걸 알게 되면 아빠가 불쾌하게 여길 수도 있다. 하지만 곰곰이 따져보면 내가 브리트니라고 주장한 적은 없다.

베티나가 멋대로 착각했을 뿐이다.

"따님이 휴게실에 와있어요." 바깥에서 베티나의 목소리가 들려온다. 방금 베티나가 한 말은 거짓이 아니다.

"브리트니가 여긴 왜 왔지?"

나는 입에 든 햄을 재빨리 삼키고 나서 허둥지둥 머리를 매만진다.

아빠의 발소리가 가까워진다. 나는 허리를 곧게 펴고 앉는다. 되도록 착한 아이로 보이고 싶다. 브리트니는 아빠의 연구실에 한 번도 찾아온 적이 없는 것 같다. 내가 바쁜 시간을 쪼개 연구실에 찾아왔다는 걸 아빠가 알아주었으면 하는 마음이다.

마침내 존 카터가 문을 열고 들어선다. 학교 행사 때 한두 번 본 적 있는 얼굴이다. 키가 크고, 이목구비가 또렷하고, 옆머리가 희끗희끗하고 수염을 기른 남자.

나를 본 그의 눈에 놀란 기색이 어린다. 내가 누군지 알아본 눈치다. 나는 뻣뻣해진 입꼬리를 억지로 끌어올려 미소 짓는다.

내 입에서 작고 가느다란 목소리가 흘러나온다. "안녕하세요?"

"네가 여긴 무슨 일로 왔니?" 전혀 달갑지 않은 말투다.

나는 손바닥이 축축해져 청바지에 땀을 문지른다. 이왕이면 옷을 신경 써서 입고 올 걸 그랬다. "할 말이 있어서요."

존 카터가 딱딱하게 굳은 얼굴로 말한다. "며칠 전, 한밤중에 우리 집을 기웃거린 아이가 너였구나. 버네사가 뒷문 열리는 소리가 들려 나가봤더니 웬 여자아이 하나가 뒷마당으로 달아나더라고 하던데."

버네사 카터도 나를 알고 있다면 오히려 일이 더 수월하게 풀릴 수도 있다. 다만 카터 가족이 내 존재에 대해 잘 알면서도 무시해왔다면 섭섭한 일이 아닐 수 없다.

브리트니와 나처럼 파란 존 카터의 눈에서 어두운 그림자가 일렁인다.

"베티나에게 네가 내 딸이라고 했다던데?"

네, 맞잖아요. 이렇게 말하고 싶은데 목이 바짝 말라 말이 나오지 않는다.

존 카터가 단호하게 말한다. "앞으로 우리 집 근처에는 얼씬도 하지 마라."

입술이 떨린다. 내가 무얼 기대하고 존 카터를 찾아왔는지 모르겠지만 그동안 나를 방치한 이유를 듣고 싶다. 왜 나를 딸로 인정하지 않는지 묻고 싶다.

존 카터의 어깨가 살짝 내려간다. "집에 데려다줄 테니 가자."

아직 다 못 먹은 음식에 미련이 남았지만 나는 존 카터를 따라 사회학과 건물을 나선다. 존 카터는 키도 크고 자세도 반듯하다. 나보다 앞서서 성큼성큼 걷지도 않는다. 그에게서 어른 남자들이 쓰는 향수 냄새가 난다.

건물 뒤 주차장에 이르자 그가 파란색 프리우스로 다가가 조수석 문을 열어준다.

나는 얌전히 차에 오른다.

존 카터가 말한다. "어디로 가면 되니?"

적어도 내가 어디에 사는지 정도는 알고 있을 줄 알았다. 멀리서나마 나를 지켜보고 있을 거라 생각했는데 실망이다. 나는 풀 죽은 목소리로 주소를 말해준다.

그가 메드퍼드에 있는 우리 집 방향으로 차를 달리며 말한다. "앞으로 다시는 이런 일이 없길 바란다."

나는 손가락으로 티셔츠에 난 구멍을 만지작거린다. "그냥, 얘기 좀 하고 싶었어요."

존 카터가 빨간 신호등 앞에서 차를 멈춰 세우더니 나를 흘긋 본다.

"나랑 무슨 얘기를 하고 싶은데?"

"그냥 이런저런 얘기요."

여태껏 왜 나를 외면해왔는지 궁금하다. 엄마와 함께하고 싶지 않은 마음은 이해한다. 나도 엄마와 살기 싫으니까. 다만 나는 그에게 아무런 잘못도 한 적이 없다. 그저 나를 딸로 인정해주길 바랄 뿐이다.

입을 열면 곧바로 울음이 터질 것 같아 아무 말도 할 수 없다. 나는 무릎 위에 올려놓은 책가방을 꼭 끌어안는다. 주머니에 넣어둔 칼의 윤곽이 느껴진다. 이상하게도 칼의 감촉이 위안을 준다.

내가 여기서 칼을 꺼내 들면 존 카터는 어떻게 반응할까? 지금처럼 딱딱하게 굴지는 않겠지?

결국 나는 물어보고 싶었던 말을 한마디도 꺼내지 못하고 집 앞에 도착한다. 존 카터가 나를 따라 차에서 내리는 걸 보자 덜컥 겁이 난다. 엄마가 알면 단단히 화를 낼 테니까.

존 카터는 말없이 현관문까지 따라온다. 나는 열쇠를 꺼내 자물쇠에 꽂는다. 문이 열리면 돌아가겠거니 했는데 그는 여전히 그 자리에 서 있다. 내가 집 안으로 들어설 때까지.

어쩌면 잘된 일일 수도 있다. 내가 어떤 환경에서 살고 있는지 그의 두 눈으로 직접 보면 안쓰러운 마음이 들 수도 있을 테니까. 그동안 소홀했던 아빠 역할을 제대로 해야겠다고 결심할 수도 있다.

엄마는 이미 집에 와 있다. 집 안에서 TV 소리가 흘러나온다.

현관문이 열리는 소리를 들었는지 엄마가 소리친다. "엘라, 피자 시켰어!"

하필이면 배가 하나도 고프지 않은 날에 피자를 시키다니?

존 카터는 집 안까지 따라 들어온다. 지저분한 거실을 두 눈으로 확인한 그의 얼굴이 일그러진다. 거의 토하기 직전처럼 보인다. 매트리스에 걸터앉아 담배를 피우던 엄마가 그를 보더니 화들짝 놀라 일어난다.

"엘라, 손님을 데리고 오려면 미리 말했어야지!"

존 카터가 뻣뻣한 자세로 서서 말한다. "데지레, 당신 딸과 관련해 할 말이 있어요."

당신 딸?

엄마는 유니폼 상의를 바지에 집어넣으며 말한다. "존, 정말 미안해요." 그러더니 나를 쏘아본다. "엘라가 무슨 실수라도 했나요?"

"이틀 전 한밤중에 우리 집에 무단 침입했고, 오늘은 내 딸인 척하면서 내 연구실에 찾아왔답니다."

엄마는 바지에 손바닥을 문지른다. "엘라, 도대체 무슨 생각으로 그런 짓을 했니?"

이제 더는 참을 수 없다. 거짓말, 무시, 회피로 이어지는 어른들의 태도가 정말이지 지긋지긋하다. 세 사람이 한자리에 모였으니 이제 진실을 마주할 필요가 있다.

칼을 꺼내 드는 한이 있더라도.

"존 카터 박사가 내 아빠라는 걸 알아요."

존 카터의 얼굴에서 핏기가 가신다. "뭐라고?"

엄마도 목소리를 높인다. "엘라, 어디서 그런 말도 안 되는 소리를 들었니?"

나는 턱을 치켜든다. "엄마가 숨겨둔 내 출생증명서를 봤어."

존 카터가 머리를 쓸어 올리며 중얼거린다. "맙소사!"

나는 두 사람을 번갈아 쳐다본다. 엄마와 아빠, 내가 한자리에 있는 건 상상 속에서나 가능했던 일이다. 그야말로 기적 같은 만남인데 엄마의 얼굴에는 분노, 존 카터의 얼굴에는 당혹감이 서려 있다.

엄마가 단호하게 말한다. "엘라, 존 카터 박사는 네 아빠가 아니야. 어쩌다 그런 착각을 하게 되었는지 모르지만."

내가 출생증명서를 두 눈으로 직접 확인하지 않았더라면 엄마의 말을 곧이곧대로 믿었을지도 모른다.

"출생증명서에 나온 내 아빠 이름이 분명 존 카터였어."

엄마가 체념한 듯 담배에 다시 불을 붙인다. "네 아빠와 존 카터 박사는 동명이인이야."

마치 뺨을 세게 얻어맞은 기분이다. 그러고 보니 존이라는 이름도 카터라는 성도 흔하긴 하다.

그렇다면 존 카터는 어떻게 피가 한 방울도 섞이지 않은 나를 알아봤을까? 사회학부 건물에서 나를 만나는 순간 존 카터는 분명 곤혹스러운 얼굴이었고, 표정이 딱딱하게 굳어 있었다. 내가 낯선 아이였다면 그냥 무시하고 지나쳐도 될 텐데 굳이 왜 집까지 차를 태워주었을까?

엄마가 존 카터에게 사과한다. "존, 정말이지 미안해요."

존 카터는 당장이라도 이 집에서 벗어나고 싶은 얼굴이다. 그의 표정을 보아하니 나를 이 집에서 구해주는 일은 절대로 없을 것 같다. 처음부터 나와 아무런 상관도 없는 사람이고, 앞으로도 엮이고 싶어 하지 않을 테니까.

현관문이 닫히자마자 엄마가 나를 돌아본다. 나를 벽장에 처박거나 심하면 뺨을 때릴지도 모른다. 나는 마음을 단단히 먹고 기다린다. 내 예상과 달리 엄마가 웃음을 터뜨린다.

"세상에!" 엄마가 숨을 몰아쉰다. "엘라, 카터 박사가 진짜 네 아빠라 믿었니? 네가 그런 아빠를 두었다면 지금 이 모양 이 꼴로 살고 있겠어?"

얼굴이 후끈 달아오른다. "존 카터는 나를 보자마자 알아 봤어. 엄마가 누군지도 알고 있었고."

"너, 기억 안 나?" 엄마는 여전히 웃으며 말한다. "4학년 때 네가 정글짐 꼭대기에서 카터 박사의 딸을 밀어뜨려 팔을 부러뜨렸잖아. 그때 학교에서 몇 번이나 대책 회의가 열렸지." 엄마는 고개를 절레절레 젓는다. "그런 짓을 저질러놓고도 넌 브리트니의 생일 파티에 초대받지 못했다고 속상해했지. 너 때문에 팔이 부러졌던 애가 왜 널 초대하겠어? 누가 널 부르고 싶어 하겠어?"

듣고 보니 어렴풋이 기억난다. 나 때문에 브리트니의 팔이 부러졌다는 말을 들었지만 그렇게 심각하게 느껴지지 않았다. 다친 팔에 깁스한 쪽은 내가 아니었으니까.

"그런 짓을 저질러놓고 브리트니의 아빠를 네 아빠라고 착각하다니, 정말이지 망상이 너무 지나친 거 아니니?"

엄마의 비웃음 소리가 뼛속까지 스민다. 차라리 평소처럼 길길이 날뛰며 화를 내거나 때렸더라면 이토록 울화가 치밀지는 않았을 텐데.

나는 주먹을 꽉 움켜쥔다. 정말이지 엄마를 주먹으로 한 대 치고 싶다.

"그럼 내 진짜 아빠는 누구야? 또 다른 존 카터는 누구냐고?"

엄마가 별안간 웃음을 멈추더니 진지한 표정으로 팔짱을 낀다.

"좋아, 너도 이제 열세 살이니 진실을 알아도 될 나이가 되었네."

가슴이 두근거린다. 이 순간이 오길 얼마나 기다려왔는지 모른다. 그런데 막상 아빠에 대해 들으려니 왠지 두려움이 앞선다.

"네 아빠는 네가 태어난 지 두 달 됐을 때 감옥에 갔어."

"감옥에?" 나는 숨을 들이켠다. "무슨 일로?"

"술집에서 사람을 때려 반신불수를 만들었거든." 엄마의 얼굴이 일그러진다. "여자 친구와 갓난아기를 나 몰라라 방치해두고 술이나 퍼마시고 주먹질이나 일삼고 다녔으니 그야말로 인간쓰레기였지. 충동 조절이 안 되는 건 너랑 판박이였어. 그 인간은 폭행죄로 감옥에 들어갔고, 출소 이후로는 우리를 아예 외면하고 떠나버렸지. 그동안 그 인간과 연락 한번 주고받지 않았고, 어디에 사는지도 몰라."

내 아빠는 대학교수는커녕 전과자였다. 엄마가 왜 그리 허탈하게 웃었는지 알 것 같다.

나는 겨우 묻는다. "아빠 사진을 볼 수 있어?"

엄마가 얼굴을 찌푸린다. "그 인간 사진을 봐서 뭐하게?"

"그냥, 내 아빠니까."

"진작 다 태워버렸어." 내가 실망한 기색을 보이자 엄마가 덧붙인다. "앞으로 마주칠 일도 없는 인간이야. 차라리 없는 게 나아."

"그래도 내 아빠잖아!" 눈물이 핑 돈다. "왜 엄마 마음대로 그런 결정을 내려!"

"그 빌어먹을 놈을 찾아가 만나고 싶으면 그렇게 해. 말리지 않을 테니까." 엄마가 차갑게 쏘아붙인다. "다만 그 인간이 아빠 노릇을 해줄 거라는 기대는 버리는 게 좋아. 이제 와서 누가 너 같은 짐을 떠안고 싶어 하겠니?"

이젠 정말이지 참을 수 없다.

너무 분해서 눈물이 핑 돌지만 엄마 앞에서는 울고 싶지 않다. 나는 엄마를 밀치듯 지나쳐 계단으로 향한다. 발끝에 힘을 주어 눈앞에 쌓인 빌어먹을 쓰레기들을 피해 계단을 뛰어오른다. 문을 박차고 내 방에 들어서자마자 침대에 몸을 던진 순간 참았던 눈물이 터져 나온다. 한동안 베개에 얼굴을 파묻고 숨죽여 흐느끼다가 까무룩 잠이 든다.

45장

케이시

현재

결박을 풀어야 한다.

엘리너는 침실에서 무얼 하는지 한참 동안 조용하다. 나는 의자에 단단히 묶인 채 언제 침실에서 튀어나와 나를 칼로 난도질할지 모르는 아이를 기다리고 있다. 심장이 미친 듯이 뛰어서 가슴이 아플 지경이다. 엘리너가 침실에서 나오기도 전에 심장마비로 죽을 것 같다.

주방 어딘가에 날카로운 모서리가 있다면 덕트테이프를 문질러 절단할 수 있을지도 모른다. 손만 자유로워지면 발은 금방 풀고 도망칠 수 있다.

의자에 온몸이 묶여 있어 옴짝달싹할 수 없다는 게 문제다. 발로 바닥을 힘껏 밀어보았지만 그저 의자가 뒤로 기울어질 뿐이다. 의자가 뒤로 쓰러지면 손목이 부러질 위험이 있다.

어린 시절에 아빠가 덕트테이프로 소파를 고치던 모습이 떠오른다. 아빠는 덕트테이프 신봉자였다. 그날도 아빠는 거실에서 덕트테이프를 자르며 말했다.

"덕트테이프로 손목이 묶였을 때 어떻게 푸는지 알려줄까?"

평범한 아빠였다면 딸에게 결박을 풀고 도망치는 요령을 가르쳐주지는 않을 것이다. 내 아빠는 평범한 아빠가 아니었다. 나는 의자에 앉았고, 아빠는 내 손목을 테이프로 단단히 감았다.

"자, 풀어봐."

나는 테이프를 끊으려고 손목을 의자에 비벼댔고, 5분쯤 지나자 손목 피부가 벗겨질 정도로 아렸다.

팔짱을 끼고 그 모습을 지켜보던 아빠가 말했다.

"케이시, 핵심은 가속도야. 양팔을 머리 위로 높이 들어 올렸다가 의자 모서리를 향해 최대한 빨리 내리쳐봐. 그럼 테이프가 끊어질 테니까."

열네 살이었던 나는 아빠가 가르쳐준 대로 테이프를 절단하는 데 성공했다.

지금은 손이 등 뒤로 묶여 있어 훨씬 더 까다롭긴 하지만 아빠가 가르쳐준 방법을 활용해볼 작정이다. 나는 숨을 깊이 들이쉬고 나서 팔을 등 뒤로 최대한 들어 올린다. 어깨가 빠질 것처럼 쑤신다.

케이시, 핵심은 가속도야.

나는 이를 악물고, 의자 등받이에 손목을 세게 내리친다. 손목을 타고 퍼지는 어마어마한 통증에 눈물이 핑 돈다. 잠시 숨을 고르며 마음을 진정시킨다.

아까보다 조금은 덕트테이프가 느슨해졌길 기대하며 손목을 움직여본다. 전혀 달라진 게 없어 짜증 섞인 눈물이 차오른다. 손이 앞으로 묶여 있으면 도전해볼 만했을 텐데, 엘리너는 아이답지 않게 빈틈을 전혀 허용하지 않았다.

엘리너는 보기보다 영리하고 잔인한 아이다. 아이의 가느다란 팔뚝에 난 담뱃불 자국과 멍 자국이 떠오른다. 처음에는 가정 폭력 피해자인지 알았는데 지금은 잘 모르겠다.

무슨 수를 써서라도 여길 벗어나야 한다.

46장

 나는 두 시간 넘게 묶여 있다.

 손목이 조금이라도 느슨해지길 바라며 덕트테이프와 사투를 벌였다. 오두막 안이 제법 추운데도 온몸에 땀이 배어나도록 몸을 버둥거렸다. 모두 헛수고였다. 결박은 처음 그대로 단단하다. 정말이지 야무지게도 감아두었다.

 이제 폭풍은 거의 잦아들었다. 여전히 빗소리가 들리지만 바람 소리는 멎었다. 아직 정전이고, 전화 역시 먹통일 것이다.

 엘리너가 나를 어떻게 하려는지 감이 오지 않는다.

 어느 정도 짐작은 가지만.

 오늘 오전 중에 리가 들를 가능성이 크다. 지붕이 날아갔거나 나무가 쓰러졌을까봐 걱정돼 확인하러 올 것이다.

 어젯밤 리가 자기 집에 가자고 했을 때 따라갔어야 한다. 그때만 해도 리가 의심스러웠지만 이 오두막에 더 큰 위험이 도사리고 있을 줄 미처 몰랐다. 하지만 내가 리의 집에 갔더라면 엘리너는 창고에서 밤을 보내다가 나무에 깔려 죽었을 것이다. 이 비참한 상황에서도 그런 비극이 발생하지 않아 다행이라는 생각이 든다.

새벽 5시라 동이 트지도 않았다. 리가 이 오두막에 오려면 적어도 대여섯 시간은 더 있어야 한다는 뜻이다.

그때 침실 문을 여는 소리가 들린다. 벽난로 불은 이미 꺼졌지만 여전히 촛불이 켜져 있고, 창밖 하늘이 희붐하게 밝아오고 있다. 엘리너가 방에서 나온다. 머리를 뒤로 묶고, 외투를 단단히 여미고, 어깨에 배낭까지 메고 있다. 오른손에는 칼날을 펼친 스위치블레이드를 들고 있다.

"케이시?"

나는 엘리너를 멍하니 바라본다. 밤새 날 묶어둔 것에 분노해야 할지 앞으로 벌어질 일에 대해 각오를 되새겨야 할지 모르겠다. 뒷덜미에 식은땀이 주르르 흘러내린다. 아무래도 두려움이 앞선다.

"내 총은 어디 있어?"

"내가 가지고 있어요. 미안하지만 꼭 필요해서요."

내게 총구를 겨누고 있지 않아서 다행이지만 오른손에 쥔 칼을 보니 몸이 얼어붙는다. 눈을 감으면 노트에서 본 끔찍한 그림들이 떠오른다. 의자에 묶여 사지가 잘려 나가는 여자의 모습.

내가 쉰 목소리로 묻는다. "이제 어쩔 셈이야?"

"내가 말했죠." 엘리너가 파란 눈으로 나를 쏘아본다. "나쁜 짓을 하면 벌을 받아야 한다고."

엘리너가 배낭을 바닥에 던지고 나를 향해 다가온다.

공포가 목을 옥죈다. "제발 이러지 마. 내가 무슨 짓을 했다고 그래?"

"내 노트, 어디 있어요?"

내가 배낭을 뒤진 걸 알고 있으니 노트가 사라진 걸 진작에 알았을 것이다. 지금 내가 할 수 있는 건 부인밖에 없다. 내가 무슨 잘못을 저질렀기에 복수의 대상이 되었는지 모르지만 아이의 분노에 불을 지피고 싶지 않다.

"노트라니?"

엘리너가 칼을 쥔 손을 앞세우고 한 걸음 더 다가온다. "내 배낭에 있던 노트."

입 안이 바싹 말라 말이 안 나온다. 나는 그저 황망히 고개를 저을 뿐이다. 심장이 빠르게 뛰면서 가슴이 욱신거린다. 본능적으로 그 노트를 아이에게 돌려주어서는 안 될 것 같다는 느낌이 든다.

엘리너가 한 걸음 더 다가온다. 일렁이는 촛불에 칼날이 번쩍인다. 차라리 기절이라도 하고 싶다.

저 예리한 칼날이 생살을 파고들 때 내가 과연 그 고통을 견딜 수 있을까?

"그럼 노트는 그냥 가져요. 상관없으니까."

엘리너는 이제 팔만 뻗으면 닿을 거리에 있다.

"내가 무슨 잘못을 했는지 모르지만 해명할 기회를 줘."

엘리너는 아무 말 없이 한 발 더 가까이 다가온다.

"나, 괜찮은 사람이야. 내가 아니었으면 넌 창고에 있다가 나무에 깔려 죽었을지도 몰라. 난 널 도왔는데 나에게 이러는 이유가 뭐야?"

나는 정말 괜찮은 사람이라고 자부한다. 물론 잘못된 선택을 한 적도 있고, 내 인생 전부를 망칠 만큼 큰 실수를 저지르기도 했다. 다만 언제나 내가 내린 모든 결정의 바탕이 선의였다는 건 분명하다.

엘리너는 이제 내 등 뒤에 서 있다. 바닥에 아이의 그림자가 드리워진다. 아이가 몸을 숙이자 뜨거운 숨결이 내 목덜미를 간질인다. 내 몸은 단단히 결박되어 있고, 아이가 무슨 짓을 하든 저항할 방법이 없다. 이렇게 무력한 기분을 맛보는 건 아주 오랜만이다.

나는 눈을 감는다.

이제 곧 예리한 칼날이 피부를 가르고, 살을 뚫고 들어와 근육과 뼈로 파고들겠지?

오싹한 공포감에 눈이 번쩍 뜨인다. 엘리너의 그림자가 칼을 들더니 아래로 내리긋는다.

47장

👫

엘라

과거

교내 식당은 앤턴에게 모든 이야기를 털어놓기에 적절한 장소가 아니었다. 그래서 방과 후 후문 근처 공터의 벤치에서 만나기로 했다. 앤턴은 요즘 싸움에 휘말리지 않고 얌전히 지내려고 애쓰고 있다. 맥박을 조절하는 연습을 하고 있다는데, 제발 효과가 있었으면 좋겠다. 앤턴에게 무슨 일이 생기면 나는 정말이지 견딜 수 없을 것이다. 앤턴은 내 유일한 친구니까.

후문 근처 공터로 가니 앤턴이 다리 사이에 가방을 끼우고 벤치에 앉아 나를 기다리고 있다.

나를 보자마자 환해졌던 앤턴의 표정이 이내 흐려진다.

"엘라, 무슨 일 있어?"

나는 벤치에 앉아 그동안 무슨 일이 있었는지 전부 털어놓았다. 한밤중에 브리트니네 집을 몰래 엿본 일, 존 카터 박사

연구실에 찾아갔던 일, 내 친아빠는 대학교수가 아니라 폭행을 저지르고 복역한 전과자라는 사실까지. 다 얘기하고 나니 후회가 밀려온다. 이런 이야기는 함부로 하는 게 아닌데. 내 걱정과 달리 앤턴은 오히려 속이 후련해 보이는 얼굴이다.

"차라리 난 카터 박사가 네 아빠가 아니라서 다행이라 생각해."

"왜?"

"브리트니를 보면 알잖아. 그런 인간들은 자기가 남들보다 우월한 존재인 줄 알고 더럽게 잘난 체하거든."

"아무리 그래도 전과자보다는 낫잖아." 나는 눈을 아래로 내리깐다. "우리 아빠가 그런 사람이었다니 너무 실망스러워. 제발 아무에게도 말하지 않겠다고 약속해줘."

앤턴이 가슴에 손을 얹고 말한다. "절대 말 안 할게. 맹세해."

"그래, 고마워."

나는 손톱으로 나무 벤치를 긁는다. 표면에 흠집이 날 만큼 세게. "너무 불공평해. 브리트니는 좋은 집에서 태어났다는 이유만으로 많은 걸 누리면서 살잖아."

앤턴이 순순히 인정한다. "그래, 매우 불공평한 일이지."

나는 이를 악문다. "우리가 다 같이 공평해지려면 어떻게 해야 할까?"

앤턴이 초록색 머리를 긁적인다. "브리트니가 사용하는 샴푸에 제모 크림이라도 넣을까? 머리카락이 몽땅 빠져버리게. 우리 집에 엄마가 사용하는 제모 크림이 있거든."

나는 잠시 머리가 다 빠진 브리트니의 모습을 상상하다가 고개를 절레절레 젓는다. "머리카락은 금방 다시 자라잖아. 난 그 애가 다시는 웃고 다니지 못하게 했으면 좋겠어."

앤턴이 눈썹을 치켜올린다. "앞으로 너에게 밉보이면 안 되겠구나. 뭐든 네 마음에 들도록 행동을 각별히 조심해야겠어."

"내 말은 이왕 혼내주려면 어설프게 하지 말고 제대로 본때를 보여주어야 한다는 뜻이야."

앤턴이 씩 웃는다. "브리트니는 그냥 잊어버리는 게 좋아. 상종할 가치도 없는 애야. 네가 개랑 아무런 관계도 아니라는 게 밝혀져서 다행이야. 덕분에 나는 네가 더 좋아졌어."

갑자기 기분이 누그러지며 웃음이 흘러나온다. 앤턴도 따라 웃는다. 언제나 전염성이 강한 웃음이다.

"내가 더 좋아졌다고?"

"그래, 원래도 좋았지만."

"진짜?"

내가 의아스럽다는 듯이 쳐다보자 앤턴은 오히려 놀란 눈치다. "넌 똑똑하고, 당차고, 어느 누구에게도 휘둘리지 않잖아. 내 눈에는 네가 이 학교에서 제일 예뻐 보여."

앤턴이 슬쩍 내 손을 잡는다. 그네에서 내려줄 때나 어디로 가자고 이끌 때 말고 이유 없이 내 손을 잡은 건 처음이다. 그리 싫지 않은 기분이다.

아니, 솔직히 좋다.

앤턴 말대로 아빠가 누군지는 중요하지 않다. 지금껏 아빠 없이 살아왔고, 애초부터 없었다고 치부하면 그만이다. 앞으로 브리트니 카터를 부러워하지 않을 것이다.

앤턴이 내 손을 잡은 채 가까이 다가앉는다. 맞잡은 손이 신경 쓰이지만 앤턴은 아무렇지 않은 눈치다. 앤턴이 조심스럽게 내게로 몸을 기울인다. 가슴이 콩닥콩닥 뛴다.

바로 그때 학교 뒷문이 활짝 열린다. 중요한 순간에 방해받아 짜증나는데 하필 그 훼방꾼이 브리트니 카터와 메러디스라니, 그야말로 최악이다.

"어머! 너희들 사귀니?" 브리트니가 눈을 동그랗게 뜨며 묻더니 메러디스와 눈을 마주치며 깔깔댄다. "제법인데?"

앤턴의 얼굴이 빨개진다. 나는 재빨리 손을 빼내 재킷 주머니에 집어넣는다. 브리트니가 내 하루를 처음부터 끝까지 망치고 있다.

제발 우리를 가만 내버려두고 당장 꺼져.

"아, 그건 그렇고." 브리트니가 말을 잇는다. "우리 아빠하고 있었던 일은 유감이야. 아빠가 엄마한테 얘기하는 걸 들었어. 너, 정말 많이 속상했겠다."

얼굴이 후끈 달아오른다. 속 시원하게 되받아치고 싶은데 적절한 말이 떠오르지 않는다. 무슨 말을 해야 브리트니에게 상처를 가할 수 있을지 알 수 없다.

앤턴이 대신 나선다.

"걱정 마. 엘라는 애초부터 재수 없는 너희 가족이랑 엮이고 싶은 생각이 없었으니까."

브리트니가 콧노래를 부르듯 말한다. "내가 들은 얘기와는 전혀 딴판인데?"

앤턴이 주먹을 말아 쥐는 게 보인다.

"어쨌든 엘라와 잘해봐. 너희들은 정말이지 잘 어울려."

나는 벌떡 일어나 브리트니를 노려본다. "무슨 뜻으로 한 말이야?"

브리트니가 어깨를 으쓱한다. "쟤네 아빠는 술주정뱅이고, 너네 엄마는 쓰레기 수집광이라며? 우리 아빠가 그러더라. 게다가 둘 다 가난하니까 천생연분이지."

쓰레기 수집광.

엄마가 그런 사람이란 건 나도 알고 있다. 하지만 다른 사람, 그것도 브리트니의 입에서 흘러나오는 말을 듣는다는 건 전혀 다른 문제다. 상상 이상으로 속이 쓰리다.

나는 브리트니에게 한 걸음 다가선다.

"그 말, 당장 취소해."

브리트니가 순진한 표정으로 눈을 깜빡인다.

"왜? 내가 없는 말 했어?"

나는 이를 악문다. "그래, 아니야."

"아니긴 뭐가?" 브리트니가 비웃듯이 말한다. "넌 매일 냄새나는 옷을 입고 다니잖아. 가끔 다른 아이 점심도 훔쳐 먹고."

울화가 치민다. 마지막 말은 사실이 아니다. 요즘은 거의 매일 앤턴이 가져다준 샌드위치를 먹는다. 내가 그 말에 반박하려고 입을 여는 순간 브리트니가 다시 말한다. "너, 샤워는 하고 다니니? 매일 머리는 감아?"

나는 매일 샤워를 하고, 우리 집에는 비누와 샴푸가 넘쳐난다.

앤턴이 불쑥 끼어든다. "얘 냄새 하나도 안 나거든! 그리고 엘라는 적어도 너처럼 재수 없게 굴지는 않아."

브리트니가 희고 가지런한 치아를 드러내며 웃는다.

"할 수 있는 말이 고작 그것뿐이야? 그러니까 전 과목 낙제지. 역시 끼리끼리 노네."

관자놀이가 빠르게 뛴다.

앤턴이 말한 맥박 조절 장애라는 게 이런 건가?

나도 모르게 브리트니의 가슴팍을 세게 밀친다. 그나마 칼을 집에 두고 와서 다행이다.

브리트니는 잠시 주춤하더니 자세를 바로잡으면서 나를 힘껏 밀친다. 브리트니보다 체구가 훨씬 작은 나는 그대로 땅바닥에 나동그라진다.

앤턴이 벌게진 얼굴로 브리트니를 노려본다. "무슨 짓이야?"

내가 재빨리 팔을 휘저으며 말한다. "난 괜찮아."

앤턴이 내 말을 들은 척도 하지 않고 브리트니에게로 다가간다. 앤턴의 핏발 선 두 눈이 브리트니에게 꽂혀 있다. "너, 죽고 싶어?"

"쟤가 먼저 밀었거든! 네 여친은 완전 사이코야!"

앤턴의 낯빛이 자주색으로 변한다. 맥박 조절에 실패한 것이다.

앤턴이 성큼성큼 브리트니에게로 다가가더니 얼굴을 향해 주먹을 날린다.

"재수 없는 년, 오늘 어디 죽어봐라."

브리트니가 바닥에 쓰러진다. 이쯤에서 끝났다면 그나마 다행이었을 것이다. 며칠 동안 브리트니는 눈가에 시퍼런 멍을 달고 다니고, 앤턴은 정학을 받았겠지만 얼마 안 가 모든 게 원래대로 돌아갔을 테니까. 앤턴이 이성을 잃지 않았더라면, 앞뒤를 재지 못할 만큼 분노에 휩쓸리지 않았더라면.

앤턴이 바닥에서 주먹만 한 돌을 집어 들고 머리 위로 치켜든다.

"넌 쓰레기 같은 년이야, 브리트니. 엘라가 너보다 훨씬 나아."

앤턴이 돌로 브리트니의 얼굴을 내리친다. 한 번, 또 한 번. 그리고 또 한 번.

메러디스는 비명을 지르며 발을 동동 구른다. 브리트니의 얼굴 뼈가 부서지고, 치아가 깨지는 소리가 울려 퍼진다.

"안 돼!"

내가 소리치며 말리려 하지만 앤턴은 내 손을 거칠게 뿌리친다. 마치 최면에 걸린 듯 기계적으로 돌을 휘두른다.

선생님 두 명이 달려와 앤턴을 억지로 뜯어말린다. 어느새 바닥에는 브리트니가 흘린 피가 흥건하다.

의식을 잃은 브리트니는 들것에 실려 구급차로 옮겨진다. 얼굴이 알아볼 수 없을 만큼 피투성이다.

앤턴은 선생님들에게 양팔을 붙들린 채 고개를 푹 숙이고 있다.

곧이어 경찰차가 도착하는 순간 나는 직감한다.

앤턴을 다시는 볼 수 없으리란 걸.

48장

케이시

현재

눈앞이 하얘지는 고통을 각오했다.

살을 파고드는 칼날의 섬뜩한 감촉과 목덜미를 타고 흐르는 피의 따뜻함까지. 지난 두 시간 동안 수없이 떠올린 장면이다. 그런데 막상 그 순간이 닥치자 아무런 느낌도 없다.

오히려 발목이 느슨하다. 엘리너가 내 다리와 몸통에 감겨 있던 덕트테이프를 칼로 잘라낸 것이다.

나는 안도감과 혼란이 뒤섞인 숨을 내쉰다. "나를 풀어주는 거야?"

내 덕분에 나무에 깔려 죽지 않았으니 고문을 취소하기로 마음을 바꾸었나?

엘리너가 나지막하게 말한다. "어차피 여긴 딱히 드나드는 사람도 없잖아요. 난 당신이 죽길 바라지 않아요. 팔은 스스로 풀 수 있을 거예요."

엘리너는 바닥에 던져둔 배낭을 메더니 거실을 한번 둘러보고 현관으로 향한다. 열린 창으로 밖을 내다보는 엘리너의 얼굴에 불안한 기색이 어린다. 폭풍으로 초토화된 오두막 주변을 확인한 듯하다.

"떠나려고?"

엘리너가 고개를 돌려 나를 노려본다. "보면 몰라요?"

나는 좀 전까지 엘리너가 나를 잔인하게 고문하려고 내 몸을 결박했다고 생각했다. 지난 두 시간 동안 아이가 그린 그림에서처럼 고통스럽게 죽어가는 내 모습을 상상했다. 그런데 정작 아이는 날 절반쯤 풀어주더니 혼자 떠나려 한다.

불과 몇 분 전만 해도 이 정도로 풀려날 수 있다면 무슨 짓이든 했을 거다. 그런데 막상 엘리너가 집을 나서는 걸 보니 내가 신뢰를 저버리고 또 한 번 아이를 위험한 세상에 던져버린 느낌이다.

아이가 앞으로 무슨 일을 겪을까? 저 여린 살에 담뱃불 흉터를 남긴 인간보다 더 끔찍한 누군가를 만나게 된다면?

"나랑 잠깐 얘기 좀 할래?"

엘리너가 어처구니없다는 듯이 나를 쳐다본다. "무슨 얘기요?"

총은 배낭 안에 넣어두었는지 아이는 손에 스위치블레이드를 단단히 쥐고 있다.

위험한 아이인 건 분명하지만 이대로 보낼 수는 없다.

"길이 엉망일 거야. 지금 네가 신고 있는 신발로는 걷기 힘들어."

엘리너는 잠시 주춤하더니 고개를 가로젓는다. "상관없어요."

"차라리 내 부츠를 신고 가."

엘리너가 내 맨발을 넌지시 바라본다. "너무 클 텐데요."

하긴 그럴 것이다. 그래도 아이의 마음이 조금 열린 느낌이다.

"아침이라도 먹고 가. 내가 빨리 준비해줄게."

"날 붙잡아두고 있다가 전화선이 복구되면 경찰을 부르려고 그러죠?"

"외부에 알리지 않겠다고 무한맹세를 했잖아."

"그깟 맹세 따위를 어떻게 믿어요."

엘리너는 말을 마치기 무섭게 현관문을 쾅 닫고 나가버린다.

젠장!

엘리너를 붙잡는 데 실패했다. 지금 이대로 떠나면 아이를 다시 만날 기회가 있을지 의문이다. 엘리너가 다음에 만날 사람이 최소한의 양심을 지닌 어른이길 바랄 뿐이다. 아이가 노트에 그린 그림들이 내포하고 있는 의미는 여전히 해독 불가다. 노트에 왜 그런 끔찍한 그림들을 그렸는지는 여전히 모르겠다. 어쨌거나 엘리너는 내 몸에 상처 하나 내지 않았다.

손목이 여전히 등 뒤로 묶인 상태라 나는 몸을 뒤틀다시피 해서 겨우 의자에서 일어선다. 주방 서랍을 열고 칼을 찾으려다가 그냥 날카로운 서랍 모서리에 손목을 감은 테이프를 문질러댔다. 이내 테이프가 헐거워진 느낌이 들어 양손을 옆으로 벌리면서 테이프를 힘껏 당기자 툭 끊어진다.

드디어 두 팔이 자유로워졌다. 테이프로 묶여 있던 손목과 팔에 피가 돌게 하려고 꾹꾹 눌러 문지른 뒤 손전등을 챙겨 들고 침실로 향한다.

침실 서랍장을 열고 뒤져봤으나 역시 총은 없다. 허탈하지만 아이가 총으로 나를 쏘지 않은 것만으로도 다행이라는 생각이 든다.

이제부터 뭘 해야 한담?

일단 침대 시트를 벗겨내 세탁 바구니에 던져 넣는다. 밖은 아직 어둡지만 폭풍은 한풀 꺾였고, 억수처럼 퍼붓던 장

대비는 어느새 가느다란 이슬비가 되어 있다. 일단 트럭을 몰고 경찰서를 찾아가 간밤에 무슨 일이 있었는지 알려야 한다. 아이에 대한 정보가 많이 없어서 아쉽다. 이름은 엘리너, 중학생쯤 된 여자아이. 빨간 머리고, 얼굴에 주근깨가 있고, 누군가에게 학대받은 흔적이 있고, 나를 총으로 위협해 결박해두고 새벽에 오두막을 떠났다. 이미 아동 실종 신고가 접수되어 있다면 이 정도 정보로도 충분히 가치가 있을 것이다.

전기는 여전히 안 들어온다. 수화기를 들어 귀에 대보니 전화 역시 불통이다. 나는 소파에 털썩 주저앉는다. 당장 벽난로에 다시 불을 지펴야 하는데 기운이 나지 않는다. 지금 이 자리에 누운 그대로 내일까지 잠을 잘 수 있을 만큼 피곤하다.

나는 소파 쿠션 밑에 숨겨둔 초록색 노트를 꺼내 손전등을 비추며 페이지를 다시 넘겨본다. 엘리너의 정신 상태가 정말이지 불안정해 보인다.

다행히 그림 속 끔찍한 장면들이 현실이 되지는 않았지만 의문은 여전하다.

엘리너는 왜 날 찾아왔을까? 내가 뭘 그리 잘못했을까?

그림을 들여다볼수록 내가 뭔가 잘못 짚었다는 느낌이 든다.

자세히보니 고문당하는 여자는 모두 까만 눈동자에 입술 아래 점이 있다.

속이 울렁거린다.

그림 속 여자는 내가 아니다.

내 눈은 파란색이다. 엘리너는 파란색 펜이 있었음에도 여자의 눈을 검게 칠했다. 게다가 내 입가에는 점이 없다. 내 코는 그림 속 여자처럼 오똑하지 않다. 나는 어젯밤 지레 겁에 질렸던 것이다.

엘리너가 원한 건 내 고통이나 죽음이 아니었다. 분노의 대상은 내가 아닌 다른 여자였다.

그렇다면 왜 지도에 이 오두막을 최종 목적지로 표시했을까?

손전등을 비추며 노트를 한 장씩 넘겨보다가 처음에 보지 않고 지나친 마지막 페이지에 이르렀다.

머리가 핑 돌고, 심장이 가파르게 뛴다. 이제야 모든 게 이해된다. 엘리너가 노트를 되찾으려 한 이유는 마지막으로 남은 한 장 때문이다.

이 한 장으로 모든 비밀이 풀린다.

49장

👫

엘라

과거

엄마가 나를 데려가려고 학교에 왔다.

내 남자친구로 알려진 아이가 다른 아이를 피투성이로 만들었기 때문이다. 메러디스는 내가 브리트니를 먼저 밀쳤고, 이성을 잃은 내 남자친구가 돌을 집어 들고 브리트니의 얼굴을 무자비하게 때렸다고 말했다. 내가 나서서 앤턴은 내 남자친구가 아니고 브리트니가 먼저 시비를 걸었다고 말했지만 아무도 내 말에 귀 기울이지 않았다.

앤턴은 이제 어떻게 되는 걸까? 아무리 물어도 대답해주는 사람이 없다.

교장실로 들어간 엄마는 가버와 한참 동안 이야기를 나누고 있다. 나는 교장실 밖 대기석에 앉아 기다린다. 여기서 보낸 시간이 많지만 오늘은 여느 때와 차원이 다르다. 그동안 내가 저질렀던 말썽들은 장난처럼 느껴질 만큼 심각한 상황이다.

엄마가 잔뜩 상기된 얼굴로 교장실을 나오자마자 내 팔을 잡아끈다. "엘라, 가자."

"교장이 뭐래?"

엄마의 손톱이 내 팔뚝을 파고든다. "얼른 집에 가자고."

더 물어봐야 소용없을 것 같다. 나는 잠자코 엄마를 따라 주차장으로 향한다. 엄마의 낡은 뷰익에 오를 때 문득 카터 박사가 타고 다니는 프리우스가 떠오른다.

나는 시동을 거는 엄마에게 조심스레 묻는다. "나, 감옥 가?"

"아니." 엄마가 나를 흘겨보며 차갑게 말한다. "일단 일주일 정학이래. 아직 아무도 고소하진 않은 것 같고."

감옥에 갈 가능성이 없지는 않다는 뜻이다.

"그 불쌍한 애는 대수술이 필요하대. 네 남자친구가 얼굴 뼈 절반을 박살 냈다더라."

나는 앤턴에게 브리트니가 다시는 웃고 다니지 못했으면 좋겠다고 말했다. 그 말을 한 게 까마득한 옛일처럼 느껴진다. 앤턴은 오히려 나에게 브리트니는 상종할 가치도 없는 애라고 했는데, 왜 도발을 참지 못하고 폭발했는지 궁금하다.

사실 이유는 뻔하다.

브리트니가 나를 밀쳐 넘어뜨리고, 끔찍한 말들을 퍼부었기 때문이다.

눈두덩이가 뜨거워지면서 눈물이 차오른다. 경찰이 수갑을 채워 데려갈 때 앤턴의 손은 피투성이였다.

엄마가 운전하는 내내 아무 말도 하지 않아 다행이다. 무슨 말이든 한마디만 더 들었어도 눈물이 터져 나왔을 테니까. 엄마 앞에서는 두 번 다시 울지 않겠다는 다짐을 지키고 싶다.

현관문 앞에 도착한 엄마가 끝내 침묵을 깬다.

"남자친구가 있다는 말은 왜 안 했니?" 엄마가 핸드백을 뒤적이며 투덜거린다. 엄마의 가방 안은 우리 집만큼 뒤죽박죽이라 열쇠를 찾을 때도 한참 걸린다. "하필이면 그렇게 난폭한 놈을 사귀다니. 넌 남자 보는 눈도 없니?"

내가 나지막이 중얼거린다. "앤턴은 내 남자친구가 아니야."

엄마가 겨우 열쇠를 찾아내 현관문을 연다. "물론 이제는 아니겠지. 그 녀석은 소년원에서 최소한 몇 년은 썩어야 할 거야. 그런 녀석들은 어딜 가나 문제를 일으키니까."

현관문을 열자마자 빈 병 몇 개가 바닥으로 굴러떨어져 나뒹굴고, 썩은 과일 냄새가 코를 찌른다.

"앤턴은 착한 애야."

"착하다고?" 엄마가 경악한 표정으로 나를 바라본다. "그

녀석이 무슨 짓을 저질렀는지 두 눈으로 똑똑히 보았으면서 그런 소릴 해?"

"브리트니가 먼저 날 괴롭혔어."

"바보 같은 소리." 엄마는 복도에 쌓인 잡동사니들 틈에 핸드백을 내려놓는다. "그 녀석이 너에게 잘해준 이유는 딱 한 가지 때문이야. 너랑 자고 싶어서. 그 녀석은 원래부터 썩은 사과였어. 딱 너처럼."

내가 아는 앤턴은 썩은 사과 같은 애가 아니다. 나랑 자려고 한 적도 없다. 우린 키스조차 한 적 없다.

그때 브리트니가 나타나 방해하지 않았더라면 첫 키스를 했을 텐데.

"남자들은 다 똑같아." 엄마가 콧방귀를 뀌며 쏘아붙인다. "평생 함께하고 싶다느니, 사랑한다느니 온갖 달콤한 말을 늘어놓다가 막상 목적을 달성하면 언제 그랬냐는 듯이 도망쳐버리지." 엄마가 입술을 일그러뜨리며 웃는다. 몇 주 전부터 정성스럽게 치장하고 외출하던 엄마 모습이 떠오른다. 그 남자도 결국 도망쳐버렸는지 엄마는 잠시 뜸했던 쇼핑에 열중하고 있다. 아무짝에도 쓸모없는 물건들을 사들여와 집에 쌓아두는 게 엄마의 유일한 낙이다. 조만간 내 침대의 남은 공간마저 빈틈없이 채워질 것이다. 나는 바닥에서 자야 할 테고.

"아무도 엄마를 원하지 않는다고 해서 세상 모든 남자들을 싸잡아 나쁘다고 말해서는 안 돼."

그 말은 하지 말았어야 한다. 엄마 눈에서 불꽃이 일렁인다.

"방금 뭐라고 했어?"

엄마의 심기를 건드렸지만 용서를 빌고 싶지 않다. 차라리 속 시원하게 한바탕 싸우고 싶다. 가슴을 답답하게 짓누르는 울분에서 벗어나고 싶다. 이 지독한 감정에서 벗어나 새로운 기분을 맛보고 싶다.

"아빠가 떠난 건 엄마 때문이야." 오랫동안 참았던 말을 내뱉으니 숨통이 트이는 기분이다. "칩 아저씨도 그렇고, 이번에 만나던 남자가 떠난 것도 다 엄마 탓이야. 엄마 때문에 결국 우리 둘만 남게 된 거야."

"네가 제정신이 아니구나." 엄마가 내 앞으로 성큼 다가온다. 이번에는 나도 호락호락 뒤로 물러서지 않는다.

"감히 누굴 탓해? 어떤 남자가 너 같은 골칫거리 딸을 둔 여자를 원하겠어? 그래서 내가 널 벽장에 숨겨두어야 했던 거야. 네가 또 다 망쳐놓을까봐!"

"엄마 남자친구들이 떠난 게 내 탓이라고?" 내가 떨리는 목소리로 되받아친다. "어떤 남자가 이 더럽고 숨 막히는 집에서 살고 싶겠어!"

"이 배은망덕한 년! 당장 사과해!"

"사과 안 해! 내 말이 틀렸어? 우리가 이런 꼴로 사는 건 다 엄마 탓이야!"

이미 넘지 말아야 할 선을 훌쩍 넘었지만 후회하지 않는다. 이제 엄마도 현실을 직시해야 한다. 내 인생이 이렇게 불행해진 이유는 죄다 엄마 때문이다.

엄마의 예쁜 얼굴이 분노로 일그러진다.

어느새 내가 복도 벽장 근처에 와 있다는 걸 깨닫고 물러섰지만 한발 늦었다. 엄마가 거칠게 내 팔을 움켜쥐더니 벽장문을 열고 나를 힘껏 밀어 넣는다. 어깨가 벽에 세게 부딪혔지만 너무 화가 나서 고통이 느껴지지도 않는다. 온몸의 피가 끓는다. 몸을 바로 일으키려는 순간, 문이 쾅 닫히고 잠금장치가 돌아가는 소리가 들린다.

"사과하기 전까지 거기서 나올 생각 마."

"사과 안 해! 못 해!"

"그럼 오늘 밤은 거기서 자야겠네."

엄마의 발소리가 복도를 따라 멀어진다. 나는 이제 저녁도 못 먹고 이 안에서 꼬박 밤을 보내게 생겼다. 또다시.

천천히 숨을 고르며 티셔츠 안에 숨겨둔 은색 체인 목걸이를 손끝으로 더듬는다. 앤턴이 준 목걸이다. 끝에는 클립 하나가 매달려 있다.

　엄마가 날 이 벽장에 가두는 건 오늘이 마지막이 될 거다.

차일드 호더

50장

엄마가 잠들었다는 확신이 들 때까지 기다려야 한다.

내가 벽장문을 열 수 있다는 걸 엄마가 알게 되면 아예 바깥에 빗장을 지르고 달아버릴 수도 있으니까. 내가 자정이 넘을 때까지 벽장 안에 쪼그리고 앉아 있었던 이유다. 벽장 안에는 여전히 썩은 복숭아 냄새가 남아 있다. 나는 앤턴이 가르쳐준 대로 클립을 구부린다. 끝을 갈고리 모양으로 남기고 나머지는 곧게 편다.

마침내 벽장문에 몸을 바짝 붙이고 소리친다. "엄마? 엄마!"

돌아오는 대답은 없다. 엄마는 깊이 잠들었다. 이른 아침부터 마트에서 근무한 날은 자정 무렵이면 기절하듯 곯아떨어진다. 지금이 기회다. 이제 여기서 나가야 한다.

우리 집 벽장 자물쇠는 앤턴네 집에서 연습했던 제품과 조금 다르다. 내가 이 문을 열 수 있을 거라는 보장은 없다. 만약 실패하면 이 안에서 밤을 보내야 한다.

앤턴이 함께 있었더라면 얼마나 좋을까? 이 벽장문쯤 거뜬히 열어주었을 텐데.

엘라, 넌 할 수 있어. 넌 진짜 대단한 애야.

아니, 난 자신이 없다. 난 앤턴이 생각하듯 대단한 애가 아니다. 우리 둘 다 헛된 희망을 품었던 것이다. 억울하다. 브리트니 같은 애들은 원하는 걸 뭐든 가질 수 있는데 나에게는 이제 아무것도 남지 않았다. 브리트니도 많은 걸 잃게 되었지만.

클립을 자물쇠에 끼우고 한참 동안 조심스럽게 움직이다 보니 마침내 딸깍, 하는 소리가 난다. 문이 열렸다. 내가 해낸 것이다.

해낼 수 있을 거라 그랬잖아!

나는 빠르게 뛰는 심장을 가라앉히며 벽장문을 밀며 밖으로 나선다. 혹시 엄마가 문 앞에서 기다리고 있다가 다시 밀어 넣을까봐 가슴이 조마조마하다.

다행히 엄마는 없고, 집 안은 어둡고 고요하다. 최대한 소리 내지 말고 움직여야 한다.

나는 살금살금 계단을 오른다. 2층에 다다라 엄마 방의 불이 꺼져 있는지 확인하고 나서 계단에 쌓인 서류 더미와 책자들을 밀어 쓰러뜨린다. 서류와 책자 무더기가 계단을 타고 아래로 흘러내린다. 마치 종이 폭포 같다.

다음은 거실이다.

매트리스 소파 위에도 서류 더미와 옷가지들이 어지럽게 널려 있다. 발로 잡동사니를 밀어내고 등받이용 매트리스를 들어 계단으로 끌고 간다. 낡아빠진 싱글 매트리스라서 옮기기 어렵지 않다. 바닥에 깔린 매트리스도 계단 위로 옮겨 서로 포개놓는다.

한발 물러서서 상태를 점검한다. 이 정도면 계단을 내려오기 어렵겠지만 작정하고 나서면 못 내려올 정도는 아니다. 계단에 물건들을 더 쌓아야 한다.

나는 거실에 널린 옷가지, 박스째 쌓인 가공식품들을 매트리스 앞에 차곡차곡 쌓아 올린다. 물건들이 내 어깨높이까지 쌓였고, 이제 충분하다는 생각이 든다. 마음만 먹으면 내 키의 두 배까지도 쌓을 수 있겠지만 밤새 이 짓을 계속할 수는 없다.

남은 일은 하나다.

클립 말고도 내가 늘 지니고 다니는 게 하나 더 있다. 앤턴이 담배를 끊으면서 맡겨둔 라이터다. 앤턴의 머리처럼 선명한 초록색 라이터.

나는 흐트러져 있는 서류 더미 옆에 쪼그려 앉는다. 맨 위에 있는 종이를 집어 들고 내용을 읽는다. 중학교 상담 교사가 엄마에게 보낸 이메일을 출력한 종이다.

엘라는 정서적으로 심각한 문제가 있어 보입니다. 다시 한번 심리 상담을 받아보길 권합니다. 상담을 진행할 수 있는 정신과전문의 목록을 첨부합니다.

물론 엄마는 내가 심리 상담을 받길 원하지 않았다. 내가 외부에 우리 집 사정을 털어놓으면 이제껏 자신이 어떤 엄마였는지 죄다 드러나게 될 테니까.

당장 이 종이에 불을 붙여 온갖 서류와 책자들이 쌓인 곳에 던져버리고 싶지만 그랬다가는 나중에 문제가 될 수 있다. 똑똑하게 행동해야 한다.

엄마의 재떨이에서 담배꽁초를 하나 집어 입에 물고 라이터로 불을 붙인다. 담배를 빨아들이자 입 안 가득 역겨운 냄새가 퍼져나간다. 불붙은 담배꽁초를 종이 더미 위에 던지고 기다린다. 종이 표면에서 연기가 피어오르더니 이내 서류 뭉치 전체로 불이 번져간다. 우리 집은 사방이 종이 천지다. 불길은 빠르게 퍼져나갈 것이다.

나는 앤턴의 초록색 라이터를 테이블에 내려놓는다. 버리기 싫지만 어쩔 수 없다. 경찰이 내 주머니에서 라이터를 발견하면 끝장이니까.

곧 집 전체가 불길에 휩싸일 것이다. 어차피 이 집에서 내가 지키고 싶은 건 아무것도 없다. 단 하나도.

나는 현관문을 열고 밖으로 나와 창문 너머로 불길이 넘실거리며 번져가는 모습을 지켜본다. 내가 무슨 짓을 했는지 이제야 실감 난다. 난 엄마를 불에 타 죽게 했다.

그다음은 아빠 차례다.

51장

케이시

현재

노트의 마지막 페이지에는 또 다른 그림이 있다.

앞서 본 그림들과는 확연히 다르다. 피 웅덩이에 쓰러져 있는 남자. 그 옆에는 붉은 머리에 얼굴에 주근깨가 박힌 소녀가 칼을 들고 서 있다. 페이지 한 귀퉁이에는 이름과 주소가 적혀 있다.

나는 주머니에서 엘리너의 지도를 꺼낸다. 엘리너의 최종 목적지가 내 오두막인 줄 알았다. 이 집 창고에서 엘리너를 처음 발견했으니까. 다시 손전등을 비추며 자세히 살펴본 결과 엘리너가 지도에 표시한 목적지는 여기서 8백 미터쯤 떨어진 집이다.

리의 오두막.

엘리너는 애초에 나를 찾아온 게 아니다. 내 오두막을 리의 집으로 착각한 것이다. 엘리너가 고문을 가하면서 고통스럽게 죽이고 싶어 하는 사람은 내가 아니라 리라는 뜻이다. 엘리너가 쿠키를 먹으며 리와 관련해 물었던 기억이 난다. 그때만 해도 나는 엘리너가 내 남자관계를 가벼운 놀림거리로 삼은 줄 알았는데 아니다. 엘리너가 리에게 관심을 보인 이유가 따로 있었다. 엘리너는 조금 전 이 집을 떠나 리의 집으로 갔다. 칼과 총을 소지하고.

맙소사!

아직 동이 트지도 않았다. 리는 침대에서 곤히 자고 있을 시간이다. 엘리너는 잠든 리를 기습해 고문하고 죽일 것이다.

당장 리에게 알려야 한다.

전화기를 집어 드는 순간 좌절감이 밀려든다. 전화는 여전히 불통이다. 전화선이 복구되려면 며칠 더 기다려야 할지도 모른다.

직접 리의 집으로 가는 수밖에 없다. 폭우에 휩쓸려 내려온 토사와 뿌리째 뽑힌 나무들 때문에 도로는 엉망진창일 것이다. 트럭을 타고 가다가 진창에 빠지거나 도로에 쓰러진 나무에 가로막히면 낭패가 아닐 수 없다. 그나마 걸어가는 게 가장 빠르고 확실해 보인다.

나는 벽장으로 달려가 두툼한 외투와 방수 부츠를 꺼낸

다. 평소에는 리의 오두막까지 10분이면 족하지만 진흙탕이 된 숲길을 통과해야 하는 만큼 20분은 잡아야 한다. 내가 도착했을 때는 이미 늦었을 수도 있다.

나는 현관문을 열고 집 밖으로 나선다. 쓰러진 나무에 깔려 주저앉은 창고, 사방에 흩어진 잔해들 탓에 마당은 온통 아수라장이다. 마치 토네이도가 휩쓸고 간 풍경이다. 그나마 나무가 집과 트럭 위로 쓰러지지 않아서 다행이다.

나는 잡목림 안으로 접어든다. 약 45분 전 엘리너도 지나간 길이다. 진흙 위에 찍힌 작은 발자국이 보인다. 엘리너가 남긴 발자국이다. 숲길을 헤쳐나가는 동안 자꾸만 마음속에서 한 가지 의문이 고개를 든다.

과연 이게 옳은 선택일까? 만약 리의 집에 늦지 않게 도착한다고 해도 내가 무얼 할 수 있을까?

엘리너는 총을 가지고 있고, 나는 막을 수단이 없다. 차라리 트럭을 몰고 경찰서로 가는 게 나을까? 하지만 아무리 서둘러도 경찰서까지 20분은 족히 걸린다. 경찰이 리의 오두막으로 출동하려면 또 제법 많은 시간이 필요하다. 엘리너에게 적어도 한 시간을 벌어주는 셈이다. 그 시간이면 얼마든지 리의 눈과 귀를 도려내고, 총으로 쏘아 죽일 수 있다.

당장 리의 집으로 가서 엘리너를 설득해야 한다.

엘리너는 도대체 왜 리를 죽이려는 걸까?

나도 리를 수상쩍게 여기긴 했다. 리는 언제나 조금 과하다는 생각이 들 정도로 나에게 친절했다. 은근히 수작을 걸거나 잠자리를 원하지도 않으면서 이웃 오두막에 사는 여자의 생일을 기억하는 남자. 엘리너가 리를 죽이고 싶도록 증오한다면 분명 그럴 만한 이유가 있다고 봐야 한다.

숲길을 헤치며 나아가다 보니 리의 오두막이 시야에 들어온다. 어느새 바짓단이 흙투성이가 되었다. 지평선 위로 햇살이 번지기 시작하지만 오두막 주변은 아직 어둠에 잠겨 있다. 오두막의 창문 하나가 활짝 열려 있다. 엘리너는 잠기지 않은 창문을 찾아내 열고 안으로 잠입했을 것이다. 지금 엘리너는 리의 집 안에 있다고 봐야 한다.

이미 늦었을까?

엘리너는 리를 증오하고 있다. 칼로도 모자라 내 총까지 챙겨 떠난 걸 보면 리를 반드시 죽이겠다는 뜻이다. 화장실에서 엘리너와 나누었던 대화 한 토막이 떠오른다. 엘리너는 그림 속 두 마리 새를 보며 말했다.

난 아빠가 누군지 몰라요. 내가 태어나기도 전에 엄마를 버리고 떠났대요. 형편없는 인간이죠. 나쁜 짓을 한 사람은 벌을 받아야 해요.

이제 모든 게 분명해졌다.

엘리너는 단 한 번도 본 적 없는 아빠를 찾아내 벌을 주려고 한다. 아이가 계획한 복수의 여정은 바로 이 오두막에서 끝나게 된다.

엘리너는 엄마와 딸을 버리고 떠난 리를 벌주려 한다. 설령 리가 아내와 딸을 내팽개치고 사라졌다고 해도 죽어도 좋을 만큼 큰 죄일까? 리는 왜 아빠에게 주어진 책임과 의무를 다하지 않았을까? 내가 아직 모르는 사연이 더 있겠지만.

어쨌든 엘리너가 돌이킬 수 없는 실수를 저지르기 전에 막아야 한다. 아이가 인생을 스스로 망치지 않도록 무슨 수를 써서라도 말려야 한다.

나보다 엘리너를 잘 설득할 수 있는 사람은 없다.

나 역시 같은 경험을 했으니까.

52장

🚶🚶

엘라

과거

나는 담요를 몸에 두르고 구급차에 앉아 있다. 차 문은 열려 있고, 여성 구급대원이 걱정스러운 얼굴로 나를 지켜보고 있다. 주변에 자욱한 연기 때문에 자꾸만 기침이 터져 나온다.

"병원으로 가야 해요?"

구급대원이 내 손을 잡는다. "그래, 그나마 아직은 괜찮아 보이니까 좀 더 기다려보자."

소방차가 도착했을 때 나는 짐짓 패닉 상태에 빠진 척 말을 더듬어 가며 엄마가 집 안에 있다고 말했다. 소방대원들이 조금 전 엄마를 구조하려고 집 안으로 진입했다. 화재 신고는 이웃집에서 했다. 소방차가 도착했을 때는 이미 창문마다 불길이 번져 나오고, 매캐한 연기 냄새가 코를 찔렀다. 그 냄새조차도 엄마의 담배 냄새나 썩은 호박 냄새보다는 덜 역겨웠다.

엄마가 살아서 빠져나올 확률은 제로에 가깝다.

구급대원이 다정한 목소리로 말한다. "소방관들이 네 엄마를 구하려고 최선을 다하고 있어."

나는 눈을 감고 억지 눈물을 짜낸다. 머릿속에 일련의 장면이 그려진다. 화재경보음을 듣고 깜짝 놀란 엄마가 잠에서 깨어난다. 허둥지둥 방에서 달려 나온 엄마는 계단 위에 쌓아둔 종이 더미를 발견하고 멈칫한다. 종이 더미를 발로 밀고, 서류와 책자를 쓰러뜨리며 겨우 계단을 내려온 엄마는 눈앞을 막아선 매트리스 장벽을 보고 흠칫 놀란다.

엄마는 그제야 깨닫는다. 그동안 애써 모아둔 잡동사니와 함께 불에 타 죽으리라는 걸.

집에 불을 지른 사람이 누군지도.

경찰이 구급차로 다가와 나를 흘끗 보더니 구급대원을 손짓해 부른다. 구급대원이 차에서 내려 가끔 내 눈치를 살피며 경찰과 얘기를 나눈다. 주변이 너무 소란스러워 대화 내용을 알아들을 수 없다. 하지만 경찰의 무겁고 어두운 표정이 모든 걸 말해준다.

구급대원이 다시 차에 올라 내 어깨를 감싼다. "얘야, 정말 미안하구나."

나는 구급대원의 얼굴을 올려다본다.

"소방대원들이 네 엄마를 구하려고 최선을 다했지만 구조에 실패했단다."

작정하고 저질렀지만 정말 성공적으로 해낼 줄은 미처 몰랐다. 어떤 표정을 지어야 할지도 모르겠다.

울어! 바보야, 울어!

울어야 한다고 생각하는 순간 걷잡을 수 없이 눈물이 쏟아진다. 나는 뺨을 타고 흘러내리는 눈물을 손등으로 거듭 훔친다. 방법은 거칠었어도 나를 나름의 방식으로 키워준 엄마는 이제 세상에 없다. 나는 집에 불을 질러 엄마를 죽였다.

엄마가 쇼핑과 잡다한 물건 수집에 미치지 않았다면 얼마나 좋았을까? 내가 어렸을 때처럼 나를 소중히 여겨주고 아낌없는 사랑을 베풀었더라면.

이제 나는 혼자다. 엄마는 죽었고, 앤턴은 감옥에 갇혔다.

나는 구급대원의 어깨에 얼굴을 묻고 흐느낀다. 그녀가 다정하게 내 머리를 쓰다듬는다.

"그래, 마음껏 울어."

구급대원의 어깨를 눈물로 푹 적시고 나서야 울음이 잦아든다. 나는 그녀가 건네준 휴지로 눈물과 콧물을 닦는다.

경찰이 그 자리에 서서 묵묵히 나를 지켜보고 있다. 친절한 사람들이다. 세상에 좋은 사람들이 많다는 사실을 나는 종종 잊고 산다.

경찰이 나에게 말한다. "이제 병원으로 가자. 가까운 친척들을 병원으로 불러줄게."

경찰은 나에게 친척이나 친구가 없다는 사실을 아직 모른다.

구급대원이 내 어깨를 감싼다. "엘라, 보호자가 올 때까지 내가 곁에 있어 줄게. 네 이름과 성을 정확히 알려줄래?"

나는 휴지로 눈물을 훔치며 목구멍에 남은 울음기를 꿀꺽 삼킨다. 두 사람은 조용히 내 대답을 기다린다.

나는 간신히 목소리를 짜낸다. "엘리자베스 엘라 케이시."

53장

엘리자베스 '엘라' 케이시

현재

그래, 나는 엄마를 죽였다.

엄마는 불행한 사람이었다. 본인은 물론 주변 사람들까지 불행하게 만든 사람. 나중에야 엄마가 마음의 병을 앓고 있었다는 걸 알게 되었지만 그렇다고 내 팔에 남은 담뱃불 자국이 사라지는 건 아니다.

엄마와 함께한 마지막 몇 해는 그야말로 지옥이었다. 내가 엄마가 지어준 이름인 엘리자베스를 버리고 성을 이름처럼 쓰기 시작한 이유다. 어둡고 고통스러웠던 과거를 떨쳐버리고 싶었다. 솔직히 말해 엄마는 불에 타 죽어도 할 말 없는 사람이었다.

물론 내가 엄마를 죽인 건 용서받지 못할 잘못이다. 차라리 학교 선생님이나 경찰을 찾아가 엄마와 떨어져 살게 해달라고 도움을 청했어야 하는데 충동을 제어하지 못하고 불을 질렀다. 엄마는 나를 고통스럽게 한 대가를 치러야 마땅하다. 다만 그 대가를 죽음으로 치르게 한 사람이 나라는 사실은 영원히 벗어날 수 없는 악몽이 되어 날 괴롭힌다. 20년이 넘도록 나는 불타는 집 안에 갇혀 있는 악몽을 꾼다.

나는 엘리너의 분노를 이해할 수 있다. 그 분노가 얼마나 파괴적인지도 안다. 나 역시 오랫동안 분노를 끌어안고 살아왔으니까. 나는 엘리너가 나와 같은 선택을 하지 않길 바란다. 매일 밤 불길에 휩싸인 집에 갇혀 있는 꿈을 꾸는 건 견디기 힘들다. 엘리너의 옷에 묻어 있던 피를 생각하면 이미 늦었을지도 모르지만.

나는 현관문 손잡이를 돌려본다. 역시 잠겨 있다. 문을 두드리려다 열린 창문으로 향한다. 내가 엘리너보다 몸집이 훨씬 크지만 겨우 들어갈 수 있어 보인다. 나는 목에 걸린 은색 체인을 만지작거린다. 오래전 자물쇠를 따본 적이 있지만 지금은 시간이 없다.

창문으로 몸을 밀어 넣는 순간 후회막급이다. 지금껏 먹은 쿠키가 원망스러울 지경이다. 겨우 창문을 통과했으나 나는 몸의 균형을 잃고 거실 바닥에 그대로 고꾸라졌다. 쿵 소리가 생각보다 요란하게 울려 퍼진다. 겨우 몸을 추스르고 고개를 드는 순간 나를 내려다보는 엘리너가 눈에 들어온다. 속내를 읽기 어려운 표정으로. 내 글록을 손에 들고.

엘리너가 덤덤한 목소리로 묻는다. "지금 여기서 무얼 해요?"

나는 천천히 몸을 일으킨다. 아이를 자극하고 싶지 않다. "리는 어디 있어?"

"아직 자요. 곧 일어나겠죠." 엘리너는 한참 동안 리가 깨어나길 기다린 모양이다. 계획을 실행에 옮기기 전에 마음을 다잡고 있었을지도 모른다.

나는 싸울 생각이 없다는 뜻으로 양손을 들어 올리며 일어선다. "리가 네 아빠니?"

엘리너가 콧잔등을 찌푸린다. "어떻게 알았어요? 그가 내 얘기를 한 적 있어요?"

희망이 스치는 아이의 눈빛을 보니 마음 한구석이 저릿하다. 하지만 거짓말을 할 수는 없다.

"그냥 내가 알아냈어. 네 얼굴이 리를 닮았기도 하고."

진실을 알고 나니 이제는 확실히 보인다. 머리 색은 달라도 이목구비는 빼닮았다.

"그는 엄마와 나를 버렸어요. 아빠라는 사람이 딸을 괴물 곁에 내팽개치고 떠났죠."

"리의 말을 들어봤어? 뭔가 사정이 있었을 거야."

엘리너가 날카롭게 쏘아붙인다. "뭐 그리 대단한 사정이 있겠어요?"

"당사자에게 직접 들어보기 전에는 무슨 일이 있었는지 모르잖아. 적어도 왜 그랬는지 해명할 기회는 주어야 하지 않을까?"

엘리너가 코웃음을 친다. "당신은 아무것도 몰라요."

나는 옷소매를 걷어 올리고 팔에 새겨진 담뱃불 자국을 보여준다. 엘리너의 팔에도 나와 똑같은 흉터가 있다. "나도 겪었어."

엘리너의 눈이 크게 벌어진다. 아이가 뭐라 말하기도 전에 침실 문이 삐걱 열리는 소리가 들린다. 엘리너가 반사적으로 몸을 돌리며 리를 향해 총을 겨눈다. 부스스한 머리에 체크무늬 파자마 차림인 리가 침실에서 걸어 나온다. 리가 잠기운이 달아난 두 눈으로 우리를 번갈아 쳐다본다.

"케이시, 대체 무슨 일이죠?"

"움직이지 마." 엘리너가 총을 까딱거리며 말한다. "손들어."

리가 얼떨떨한 표정으로 손을 머리 위로 든다. "뭔가 오해가 있어 보이는데."

"오해 따윈 없어." 엘리너의 목소리는 단호하고, 두 눈에는 분노가 타오른다. "당신이 리 트레이너지?"

리는 몹시 혼란스러워 보인다. "그렇긴 한데."

엘리너의 손이 부들부들 떨린다. "당신이 엄마와 나를 내팽개치고 떠난 대가를 치르게 해줄게."

"잠깐!" 리는 손을 내리려다 엘리너가 한 발짝 다가서자 다시 번쩍 들어 올린다. 리가 눈을 크게 뜨고 나를 향해 묻는다. "케이시, 당신은 지금 무슨 상황이 벌어지고 있는지 알아요?"

나는 천천히 고개를 가로젓는다. 리의 목숨을 구하려고 온 건 맞지만 나도 그의 입에서 어떤 해명이 나올지 궁금하다. 왜 딸을 내팽개치고 떠났는지.

아빠는 늘 이 세상에서 가족이 제일 소중하다고 했다. 엘리너는 가장 믿고 의지해야 할 사람에게 버림받았다. 리에게 납득할 만한 이유가 있길 바랄 뿐이다.

"애야, 제발 진정하자." 이제야 사태의 심각성을 깨달은 리의 목소리가 살짝 떨려 나온다. 엘리너가 총을 겨누고 있는 게 장난이 아니라는 사실을 이제야 깨달은 눈치다. "네 이름이 뭐니?"

엘리너는 발을 쿵쿵 구른다. "내 이름도 몰라? 난 당신 딸이라고!"

리는 거칠게 숨을 들이쉬더니 헝클어진 머리를 벅벅 긁어 댄다.

"내가 네 아빠라고 확신하는 근거라도 있니?"

엘리너의 얼굴이 점점 붉게 달아오른다. "확신이 있으니까 찾아왔지."

리의 얼굴이 붉게 물든다. "정말 미안하지만 네 이름부터 말해줄래?"

"엘리너 케터링." 엘리너는 리의 반응을 살피다가 얼굴을 찌푸린다. "다들 넬이라고 불러. 물론 당신은 모르겠지. 내가 태어나기도 전에 버리고 떠났으니까."

"네 엄마 이름은?"

"졸린 케터링."

그 말을 듣는 순간 리의 얼굴에서 핏기가 가신다. "졸린?"

리는 이제야 감이 잡히는 표정이다.

"세상에!" 리가 몸을 비틀거리며 중얼거린다. "예전에 졸린이 나한테 돈을 달라고 한 적은 있어. 그때만 해도 딸이 있다는 말은 못 들었는데."

"왜 떠났는지 말해!" 엘리너 아니, 넬의 두 눈에 눈물이 고인다. "왜 우릴 버리고 떠났는지 어서 말하라고!"

넬이 리의 가슴팍에 총구를 들이댄다. 빗소리만이 희미하게 들려올 뿐 거실은 숨이 막힐 만큼 깊은 정적에 휩싸여 있다.

리는 입을 벌린 채 말을 잇지 못하고 넬을 바라본다. 침묵이 길어질수록 넬의 얼굴이 점점 분노에 휩싸인다. 이러다 넬이 정말 리를 쏠지도 모른다. 막아야 한다. 나도 무사하리라는 보장은 없지만.

"넬?" 나는 최대한 침착하게 아이의 이름을 부른다. "그 총 내려놓고 리에게 해명할 기회를 줘."

"싫어!" 넬은 총을 내리지 않는다. "왜 우릴 버리고 떠났는지 말해!"

"난 그런 적 없어." 리의 눈이 나를 향한다. "제발 내 말을 믿어줘."

"거짓말! 당신도 엄마를 안다고 인정했잖아."

"리?" 내가 개입해야 할 수밖에 없는 상황이다. 리는 아직 넬이 어떤 아이인지 모른다. 피투성이 옷을 입고 나타난 아이를 보지 못했으니까. "넬에게 당신이 아는 진실을 말해줘요."

"넬?" 리가 목청을 가다듬는다. "넌 내 딸이 아니야. 졸린과 내가 서로 알고 지낸 건 맞지만 우린 연인 사이가 아니었으니까." 리가 넬의 눈을 똑바로 바라본다. "맹세코 내 말은 거짓이 아니야. 너는 왜 나를 아빠라고 생각하는지 말해줄래?"

"당신 이름을 찾았으니까!" 넬이 혼란에 휩싸인 얼굴로 우리 두 사람을 번갈아본다. 총을 든 손이 심하게 흔들린다. 실수로 방아쇠를 당기진 않을까 마음이 조마조마하다. "출생증명서가 들어있던 폴더에 당신 이름과 예전 주소, 전화번호가 있었어. 당신이 내 아빠가 아니라면 엄마가 왜 당신의 신상 정보를 폴더에 넣어두었을까?"

리가 조심스레 말한다. "졸린은 우리 형과 사귀었거든. 형이 네 아빠일 가능성이 커. 좀 전에도 말했다시피 어느 날 졸린이 나에게 돈이 필요하다면서 연락한 적이 있어. 짐작이지만 네가 태어날 무렵이었던 것 같아. 돈이 왜 필요한지 이유를 말해주지 않아서 거절했어. 그 당시 네 엄마는 그리 믿을 만한 사람이 아니었거든. 네 출생증명서가 들어있는 폴더에 내 신상 정보를 넣어둔 건 내 형 때문이었겠지. 그때만 해도 난 졸린에게 그런 사정이 있는지 전혀 몰랐어."

넬의 얼굴이 일그러진다. 이제야 리를 아빠라고 믿은 근거가 얼마나 허술했는지 깨달은 눈치다. "그럼 당신 형은 어디 있어? 내 아빠는 어디 있냐고?"

리는 어깨를 힘없이 늘어뜨린 채 한동안 말을 잇지 못한다. "유감스럽게도 형은 오래전에 세상을 떠났어."

넬은 리를 뚫어지게 바라보다 무너지듯 주저앉아 눈물을 터뜨린다.

54장

 넬이 총을 내려놓아 다행이다.

 아이는 한동안 울음을 멈추지 않는다. 넬은 두 손에 얼굴을 묻고 어깨를 떨며 흐느끼고, 리는 난처한 기색으로 나를 바라본다. 나는 조심스레 아이 곁에 쪼그려 앉는다. 엄마가 죽었을 때 구급대원의 어깨에 얼굴을 묻고 울던 기억이 떠오른다. 그때 그 구급대원처럼 나는 넬을 안아준다.

 일단 넬을 진정시키고 나서 아이의 엄마가 어디에 있는지 확인해야 한다. 나는 겨우 아이를 달래 소파로 데려가 앉힌다. 벌겋게 달아오른 넬의 얼굴이 눈물과 콧물로 뒤범벅되어 있다. 리가 휴지를 뽑아 넬에게 건네주고 나서 소파 맞은편에 앉는다. 아직 잠옷 차림이지만 경황이 없어 미처 갈아입을 생각을 하지 못한 눈치다.

 "넬, 정말 미안하다." 리가 조심스럽게 입을 연다. "내가 아는 한 형은 딸이 있다는 걸 전혀 몰랐어. 만약 알았더라면……."

넬이 울먹이며 리를 올려다본다. "아빠는 언제 죽었어요?"

"12년 전에. 넌 지금 몇 살이니?"

"열두 살."

리의 얼굴에 슬픔이 어린다. "형은 졸린이 임신했다가 유산한 걸로 알고 있었어. 네 엄마가 너를 낳았을 줄은 꿈에도 몰랐지."

"아빠는 어쩌다 죽었어요?"

"교통사고였어." 리가 고개를 떨어뜨린다. "가해 차량이 신호를 무시하고 달려와 형의 차를 들이받았지."

한줄기 눈물이 넬의 뺨을 타고 흘러내린다. "아빠랑 친했어요?"

"친하다마다." 리의 눈빛이 부드러워진다. "형은 내 영웅이었어. 나는 형을 위해서라면 뭐든 했을 거야. 형은 네가 태어난 걸 알았더라면 나에게 너를 잘 돌봐달라고 부탁했을 거야."

그 말에 넬은 두 손에 얼굴을 파묻고 오열한다. 리는 차마 말을 잇지 못하고, 아이의 등을 토닥인다.

"졸린은 지금 어디에 있니?"

넬은 천천히 고개를 젓는다.

"혹시 너를 찾고 있지 않을까?"

넬이 나를 올려다본다. 눈물에 젖은 속눈썹이 파르르 떨린다.

"이미 죽었을지도 몰라요."

리의 파란 눈이 깜짝 놀라 크게 벌어진다. 나는 그다지 놀랍지 않다. 넬의 피투성이 옷을 보았으니까.

"엄마가 남자친구와 심하게 다투었어요." 넬이 손등으로 눈물을 닦는다. "둘은 툭하면 다퉈요. 소리를 지르고, 물건을 던지면서요. 차라리 그냥 헤어졌으면 좋겠는데, 엄마는 잭스가 약을 구해주니까 어쩔 수 없이 계속 같이 지내요."

전화가 불통이 아니라면 당장 아동보호기관에 신고해야 마땅한 일이다.

"엄마는 잭스가 바람을 피운다면서 욕을 퍼붓다가 그를 때리기 시작했어요. 내가 말리려고 끼어들었는데 정신을 차려 보니 엄마가 바닥에 쓰러져 있더군요. 잭스가 주머니에 넣고 다니던 칼을 꺼내 엄마를 찌른 거예요."

넬이 나를 올려다본다. 제발 믿어 달라고 간절히 소망하는 눈빛이다.

"엄마가 수시로 나를 때리고 욕했어도 죽길 바란 적은 없어요. 맹세코 진심이에요."

나는 넬을 안아주며 마음껏 울도록 내버려둔다. 내 어린 시절이 떠오른다. 넬이 겪은 일은 내 이야기를 빼닮았다.

단 하나, 나는 진심으로 엄마가 죽길 바랐다는 게 다를 뿐이다.

"넬이 내 셔츠에 얼굴을 묻고 흐느낀다. "엄마를 도와주고 싶은데, 피가 너무 많이 나서 무서웠어요. 게다가 잭스는 마치 내가 엄마를 칼로 찌른 것처럼 말했어요. '넬, 무슨 짓을 저지른 거야? 너, 감옥에 가고 싶어?' 라면서요."

나도 모르게 분노가 치민다.

"정말 개자식이네."

넬이 눈물을 닦으며 말한다. "아무도 내 말을 믿어주지 않을 것 같았어요. 학교에서도 문제아로 찍혔고, 엄마가 흘린 피가 내 옷에 묻어 피투성이가 되어 있었으니까요." 넬이 리를 힐끗 본다. "집에서 나와 도망쳤는데 어디로 가야 할지 알 수 없었어요. 생각 끝에 예전 폴더에서 본 아빠 이름과 주소가 떠올랐어요. 부랴부랴 그 집을 찾아갔더니 리 트레이너는 이사했다면서 새 주소를 알려주더군요. 휴대폰으로 지도를 검색해가면서 여기까지 오게 된 거예요."

"총을 들고서?" 리는 아직도 충격에서 벗어나지 못한 표정이다.

"아빠를 해칠 생각은 없었어요." 넬이 리의 눈길을 피하며 내 어깨에 얼굴을 묻는다. "여기로 오는 동안 자꾸 화가 나기도 하고 의구심이 들기도 했어요. 내가 태어나자마자 버리고 떠난 아빠가 이제 와 새삼 나를 반겨줄지 의문이었죠."

리는 착잡한 표정으로 관자놀이를 문지르다가 마침내 입을 연다. "일단 경찰에 신고해야겠다."

넬은 소파 위에서 무릎을 끌어안고 흐느낀다. 넬이 리를 해치지 않아 다행이지만 엄마를 잃었을 가능성이 크다. 아무리 끔찍한 엄마였더라도 평생 애증의 그림자를 벗어던지지 못하고 살아가게 될 것이다. 졸린이 죽었다고 단정할 수는 없다. 칼에 찔려 아무리 피를 많이 흘렸더라도 살아 있을 가능성이 전혀 없진 않다.

"제발 경찰에 신고하지 말아요." 넬은 절박한 눈길로 리와 나를 번갈아 쳐다본다. "경찰은 내가 엄마를 살해했다고 의심할 거예요. 만약 엄마가 살아있다면 잭스를 보호하려고 거짓말을 꾸며낼 수도 있어요. 내가 엄마를 칼로 찔렀다고."

리가 단호하게 말한다. "그 누구도 네가 엄마를 칼로 찔렀다고 생각하지 않을 거야. 넌 고작 열두 살이잖아."

"미성년자라 감옥에 가지는 않더라도 위탁가정에 보내지겠죠. 난 가기 싫어요."

내가 끼어든다. "전화가 불통이니까 내가 직접 경찰서에 다녀올게. 경찰을 만나 자초지종을 설명하고, 네가 지금 가족과 함께 안전하게 있다고 말할 거야. 경찰이 널 데려가지 못하게 할 테니까 너무 걱정하지 마."

넬이 훌쩍이며 고개를 젓는다. "경찰이 그 말을 믿어주지 않을 거예요."

"내가 믿도록 하면 되잖아." 나는 가슴에 손을 얹는다. "내가 네 앞에서 무한맹세할게. 그냥 나에게 맡겨줘. 난 원래 선생님이었고, 아이들을 잘 보살피는 게 내 일이었어."

"케이시?" 리가 복잡한 표정으로 나를 쳐다보며 말한다. "경찰서에는 내가 가서 말하는 게 낫지 않을까요?"

"아뇨, 당신은 조카와 함께 여기 있어요. 경찰은 내가 맡을게요."

하느님은 잘 아시겠지만 나에게 이런 일이 처음은 아니다.

리는 길게 한숨을 쉰다. 앞으로 얼마나 복잡한 일이 기다리고 있을지 가늠해보면 마음이 더없이 심란해질 테니까. 졸린이 죽었다면 이제 넬에게 남은 가족은 리가 유일하다. 그가 넬의 유일한 보호자라면 원하지 않더라도 아이에 대한 책임을 다해야 한다.

"넬." 리가 조심스레 묻는다. "혹시 너랑 같이 지낼 수 있는 이모나 삼촌, 할머니나 할아버지가 있니?"

넬은 천천히 고개를 젓는다. 그 모습이 가슴이 미어지도록 익숙하다.

리는 더 이상 고민하지 않는다. "만약 네 엄마가 잘못됐다면 앞으로 내가 널 돌봐줄게. 원한다면 내가 너의 보호자가 되어줄 수 있다는 뜻이야."

새삼 리가 새롭게 보인다. 다정하지만 왠지 꺼림칙해서 계속 거리를 두었던 남자가 지금 자기 자식도 아닌 아이를 위해 인생을 바꾸려 하고 있다. 리의 눈빛에서 진심이 우러난다. 리 트레이너는 좋은 사람이다.

"케이시가 경찰서에 가서 네 엄마가 어떤 상태인지 확인해달라고 할 거야. 그동안 아빠 사진이라도 보고 있을래? 나한테 형 사진이 많이 있거든."

넬이 고개를 끄덕인다. 조금 전까지 숨넘어갈 듯이 울더니 지금은 훨씬 차분해졌다. 아이는 결국 리의 도움을 받아 안정을 찾게 될 것이다.

리는 아직 모르고 있겠지만 내가 반드시 그렇게 만들 생각이다.

나는 지금 경찰서에 갈 생각이 없다. 내 계획은 전혀 다르다. 다시는 넬이 그 끔찍한 여자와 살며 고통받게 내버려두지 않을 것이다. 넬의 불행은 여기서 끝나야 한다.

55장

👫

엘라

과거

나는 지금 사회복지사의 차 조수석에 앉아 시속 100킬로미터로 뉴햄프셔를 향해 달리고 있다.

사회복지사의 이름은 아마라이고, 짧은 곱슬머리에 체구가 큰 여자다. 아마라는 처음 만났을 때 나를 한참 동안 껴안고 놓아주지 않았다. 처음에는 조금 불편했는데 막상 품에서 벗어나자니 아쉬웠고, 어느새 뜨거운 눈물이 뺨을 타고 흘러내렸다.

가엾게도 정말 힘든 일을 겪었구나.

내가 화재로 엄마를 잃은 것만을 말하는 게 아니었다. 아마라는 우리 집에 가득 쌓여 있던 잡동사니들, 앙상하게 마른 내 몸, 엄마가 담뱃불로 내 팔을 지진 자국에 대해서도 알고 있다. 물론 모든 진실을 아는 건 아니었다. 다 알았다면 나는 지금쯤 앤턴이 있는 곳에 가 있겠지.

그날 이후 나는 앤턴을 한 번도 만나지 못했고, 앞으로도 못 볼 가능성이 크다. 앤턴은 소년원에 아주 오랫동안 있어야 하니까. 앤턴은 가끔 편지를 보내온다. 그럭저럭 잘 지내고 있다고, 버틸 만하다고. 나는 앤턴의 편지를 받을 때마다 길게 답장을 썼고, 앞으로도 계속 편지를 주고받자고 했다. 앤턴이 사무치게 보고 싶다.

아마라가 고속도로를 빠져나가며 말한다. "이제 거의 다 왔어."

속이 울렁거린다. 아마라의 차가 갑자기 멈추지 않는 이상 우리는 곧 목적지에 도착한다.

동네는 더없이 조용해 보인다. 자전거를 타는 아이들과 도로를 오가는 차가 몇 대 보인다. 이곳에서 남은 학창 시절을 마무리해도 괜찮을 것 같다. 물론 누구와 사는지에 따라 다르겠지만.

아마라가 작은 아파트 앞에 차를 세우더니 시동을 끄고 나를 향해 싱긋 웃어 보인다.

"엘라, 아빠 만날 준비됐니?"

나는 아마라가 골라준 분홍색 치마를 매만지고 나서 머리띠를 고쳐 쓴다. 내 붉은 머리카락은 점점 짙은 갈색이 되어

간다. 웃을 기분이 아니지만 억지로 입꼬리를 올려본다.

아마라가 말한다. "정말 예쁘네. 네 아빠도 너를 보면 깜짝 놀랄 거야."

엄마는 나에게 말하길 아빠가 교도소에서 출소한 이후 연락이 끊겼다고 했다. 나는 아빠와 함께 살게 될 일은 없을 줄 알았다. 아동보호국에서 아빠를 찾아내 연락을 취했고, 아빠는 기꺼이 나를 책임지겠다고 했다. 아빠는 교도소에서 출소하자마자 엄마와 나를 찾아왔다고 했다. 엄마는 범죄자와 더 이상 엮이고 싶지 않다면서 아빠를 만나주지 않았다. 엄마는 그동안 모아둔 잡동사니들을 아빠가 다 치워버리자고 할까봐 두려웠을지도 모른다.

이제 나는 단 한 번도 만난 적 없는 아빠와 살아야 한다. 아마라가 전한 말에 따르면 아빠는 교도소 출소 이후 모범적으로 살고 있다고 했다. 나를 안심시키려고 한 말이겠지만 도저히 마음을 놓을 수 없다. 무섭다는 말로는 부족하다.

"아파트는 깔끔하더라." 아마라가 말한다. "방은 하나뿐인데 일단 네가 사용할 수 있게 해주겠다고 약속했어. 조만간 방 두 개인 집을 구할 생각이래. 네 아빠가 당분간 소파에서 자겠다고 하더라."

나는 무엇보다 집이 깔끔하더라는 말이 마음에 든다.

우린 차에서 내려 아파트 건물로 들어가 엘리베이터를 타고 아빠 집이 있는 3층에 내린다. 내 여행 가방에는 아마라가 사준 옷이 가득 들어있다. 내 물건들은 화재로 다 타버렸다. 어차피 썩은 호박 냄새가 스민 물건들이라 전혀 아깝지 않다.

아빠 집 현관문 앞에 다다르자 가슴이 쿵쾅거리고 머릿속에 온갖 생각이 스쳐 지나간다. 오랜 기다림 끝에 드디어 아빠를 만나는 순간이다. 면봉으로 볼 안쪽을 긁어 유전자 검사를 마쳤으니 생물학적으로 내 아빠라는 사실은 이미 증명되었다. 다만 아직 나는 아빠가 어떤 사람인지 전혀 모른다.

아빠가 나를 싫어하면 어쩌지? 코를 심하게 골아 밤마다 잠을 설치게 하면 어떻게 하지? 음악 취향이 특이해 온종일 이상한 노래만 틀어놓으면 어쩌지?

이런저런 걱정이 꼬리를 물고 이어진다.

현관문이 열린다. 마흔 살쯤 되어 보이는 남자가 어색한 미소를 지으며 서 있다. 그토록 두려웠던 순간인데 막상 아빠의 얼굴을 보니 그리 낯설지 않게 느껴진다.

"안녕, 엘라."

"안녕하세요."

우리가 몇 초 동안 아무 말 없이 서 있자 아마라가 끼어든다. "정말 많이 닮았어요."

그제야 왜 처음 보는 아빠 얼굴이 낯설지 않았는지 이해가 된다. 정말이지 나를 많이 닮은 얼굴이다. 푸른 눈, 붉은 기가 감도는 갈색 머리, 살짝 튀어나온 콧대, 각진 턱선까지.

아빠가 마치 최고의 칭찬이라도 들은 듯이 활짝 웃는다.

"오랫동안 널 만나고 싶었단다, 엘라." 아빠가 살짝 잠긴 목소리로 말한다. "집 앞까지 너를 만나러 간 적도 있는데 네 엄마가 경찰을 부르겠다고 해서 먼발치에서 보다가 돌아온 적도 몇 번 있단다. 그때만 해도 보호관찰 중이던 때라 감옥에 다시 잡혀갈까봐 두려웠지. 네 엄마는 줄곧 네가 내 딸이 아니라고 했지만 나는 그 말을 믿지 않았어. 넌 나를 닮기도 했지만 돌아가신 네 할머니를 빼닮았거든."

엄마를 향한 분노가 다시 끓어오른다. 집에 불을 지르고 나서 한동안 후회했는데 그 마음이 순식간에 사라져버린다. 엄마를 더 일찍 없애버렸어야 했다.

아빠가 그제야 편안하게 웃으며 말한다. "하고 싶은 말은 많다만 차차 하기로 하자. 일단 들어오렴."

나는 아마라와 함께 집 안으로 들어선다. 집은 작은 편이지만 정말 깔끔해 보인다. 소파와 카펫은 먼지 하나 없이 깨끗하고, 아무렇게나 널린 옷가지도 보이지 않는다. 엄마와 살던 집과는 전혀 딴판이다.

아마라가 내 귀에 대고 속삭인다. "어때?"

나는 좋다는 뜻으로 고개를 끄덕인다. 여기 오기 전, 아마라는 나와 약속했다. 마음이 내키지 않으면 아빠와 함께 살지 않아도 된다고. 그냥 돌아가도 괜찮다고.

아마라가 떠날 채비를 하자 아빠가 나를 바라본다.

"엘라, 마음 편히 생각해. 다른 선택을 해도 충분히 이해할 수 있으니까."

내 대답은 명확하다. 보호시설로 돌아가고 싶지 않다.

"여기서 살게요."

"그래, 고맙다."

아빠가 웃을 때 눈가에 잡히는 주름이 벌써부터 마음에 든다.

"혹시 '무한맹세'라는 말 들어봤니?"

나는 고개를 가로젓는다.

"사람들은 가끔 별생각 없이 지키지도 못할 약속을 하잖아. 무한맹세는 달라. 무슨 일이 있더라도 끝까지 지켜야 하는 약속이란다." 아빠가 내 눈을 들여다본다. "네 앞에서 무한맹세할게. 너를 끝까지 지켜주겠다고."

"만약 약속을 어기면요?"

"이질에 걸려서 평생 설사를 하다가 죽게 될 거야."

그날 이후 내 삶은 달라졌다. 아빠는 비록 한때 전과자에 알코올의존증 환자였지만 지금은 모두 극복한 상태였고, 내가 좋은 환경에서 살아갈 수 있도록 최선을 다해 노력했다. 우리는 곧 방 두 개짜리 아파트로 이사했고, 냉장고에는 언제나 먹을거리가 풍성했다. 아빠는 단 한 번도 나를 벽장에 가두려 한 적이 없다.

아빠는 내가 엄마와 메드퍼드에 살 때 어떻게 살았는지 아마라에게 다 들었다고 했다. 가끔 아빠는 나에게 미안하다고 말했다. 엄마가 나를 잘 돌봐주고 있을 거라 믿었는데 진작 내가 어떻게 사는지 알았더라면 양육권을 가져오기 위해 끝까지 싸웠을 거라고.

시간이 흐르면서 나도 엄마와 함께 살던 시절의 이야기를 아빠에게 조금씩 들려주었다. 상한 음식이 가득 들어있는 냉장고, 쓰레기들에 점령당한 내 방, 몇 시간씩 공포에 떨며 갇혀 있어야 했던 벽장에 대해. 아빠를 깊이 신뢰하게 되면서 점점 더 마음 깊이 담아둔 이야기를 꺼낼 수 있게 되었다.

열일곱 살이었던 어느 날, 결국 나는 그날 밤의 진실을 아빠에게 털어놓았다. 엄마가 잠든 사이 집에 불을 지른 이야기. 고백하자마자 곧바로 후회했다. 아빠가 나를 끔찍하게 바라볼지도 모른다는 불안감이 엄습해왔다. 나조차도 가끔 내가 비정상이라 생각하니까.

그런데 아빠는 아무 말 없이 내 손을 꼭 잡아주었다.

"그 여자는 벌을 받을 만했어."

그제야 아빠가 예전에 누군가를 심하게 때려 감옥에 다녀왔다는 사실이 떠올랐다. 아빠 말에 따르면 상대는 술집에서 우연히 마주친 남자가 아니라 엄마와 바람을 피운 상간남이었다.

"이 세상에는 죽어도 싼 인간들이 있어. 법으로 처벌하기 힘들면 직접 나서서 정의를 실현해야 해."

그 한마디는 아빠의 모든 가르침 중에서 내 삶에 가장 깊이 박혀 있다.

56장

케이시

현재

경찰에 전달하겠다며 넬에게 집 주소와 열쇠를 건네받은 나는 경찰서를 지나쳐 곧장 매사추세츠를 향해 달리고 있다. 내가 하려는 일을 리가 알면 기절초풍하겠지만 나는 멈출 수 없다. 리는 법이 미치지 않는 사각지대에서 고통받는 아이들이 얼마나 많은지 모른다. 우리 엄마 같은 사람과 살아본 적이 없을 테니까.

아이들을 오래도록 지켜본 사람만이 아는 세계가 있다. 내가 넬과 리에게 거짓말을 하고 매사추세츠를 향해 달려가는 이유다. 폭풍 때문에 도로가 엉망진창이 되었을까봐 걱정했는데 생각보다 나쁘지 않다. 이제 비는 그쳤고, 도로 곳곳에 물이 고여 있지만 통행에는 큰 불편이 없다.

빨리 넬의 엄마를 만나보고 싶다.

교직을 잃었던 날이 떠오른다. 모든 일은 카리사 해럴이라는 아이로부터 시작됐다. 내가 담임을 맡은 지 한 달쯤 지났을 때다. 색연필을 줍느라 몸을 숙인 아이의 등에 난 멍 자국이 내 눈에 들어왔다. 벨트로 맞아서 생긴 듯한 멍 자국이었다. 며칠 뒤 또 다른 멍 자국이 눈에 띄었고, 작은 팔 곳곳에 얼룩덜룩한 멍 자국이 늘어갔다.

카리사는 말수가 적은 아이였다. 뭘 물어도 대답을 얼버무렸고, 내가 다가가기만 해도 몸을 움찔하며 물러섰다. 나는 즉시 아동보호기관에 신고했지만 아무런 조치도 이루어지지 않았다.

며칠 후 카리사는 목덜미에 커다란 멍 자국이 난 상태로 학교에 나타났다. 누군가 목을 조른 흔적이었다. 그제야 아이가 심각한 위험에 처해 있다고 판단한 나는 교장에게 보고했다. 하지만 교장은 똑같은 말만 되풀이했다. 이미 아동보호기관에 신고했고, '학대 정황 없음'을 통보받았다고. 조사는 그들 몫이지 우리가 나서서 해결할 수 있는 일이 아니라고.

문제는 카리사의 아빠가 지역 경찰서 간부라는 점이다. 그의 영향력 때문에 아이는 위험한 가정환경에서 빠져나오지 못하고 있었다.

그날 오후, 하굣길 픽업 장소에 카리사의 아빠가 나타났을 때 나는 끝내 아이를 돌려보내지 못했다. 내 다리에 매달려 울먹이는 아이를 도저히 외면할 수 없었기 때문이다. 하지만 교장이 나서서 결국 카리사를 그의 품으로 돌려보냈다.

 거기서 멈췄다면 모든 게 달라졌을지도 모른다. 하지만 그때 나는 두 달 전 아빠를 떠나보낸 슬픔이 미처 가시지 않은 상태였다. 감정이 극도로 예민해져 있었고, 치밀어 오르는 분노를 제어하지 못했다. 체육용품 보관 창고에서 야구방망이를 꺼내 들고 카리사 아빠의 차로 달려가 마구잡이로 내리쳤다. 누군가가 뜯어말릴 때까지 정신없이 야구방망이를 휘둘렀다.

 지금 생각해보면 그나마 다행이었다. 조금만 더 늦었더라면 나는 그 방망이를 사람에게 휘둘렀을지도 모른다. 그랬다면 지금쯤 숲속 오두막이 아니라 감옥에 가 있었을 것이다.

 교장은 그가 고소하지 않은 걸 감사히 여기라고 했다. 물론 나는 곧바로 해고됐다.

 정말로 분했던 건 내가 결국 카리사를 구하지 못했다는 사실이었다. 얼마 뒤 동료 교사에게 들었는데 카리사는 여전히 그 학대자와 함께 살고 있다고 했다. 그 생각만 하면 지금도 치가 떨린다.

 아빠라면 그날 내가 야구방망이를 휘두른 사실을 못마땅

하게 여겼을 것이다. 감정에 휩쓸리면 결국 자기만 다치게 된다는 걸 아빠는 누구보다 잘 알고 있었다. 그 정의감을 참지 못해 감옥살이를 한 사람이 바로 아빠였으니까.

하지만 아빠는 내가 엄마에게 했던 일에 대해서 단 한 번도 나를 책망하지 않았다. 그 여자가 마땅히 치러야 했던 대가였다며 오히려 내가 저지른 행위를 두둔해줬다.

이번에는 더 영리하게 움직일 것이다.

57장

 매사추세츠주 경계를 넘으면서 졸린 케터링에게 들어야 할 말을 곱씹어본다. 그동안 딸에게 무슨 짓을 저질렀는지, 앞으로 아이를 어떻게 보호해줄 건지.

 일단 그 여자한테서 잭스란 놈팡이를 떼어내야 한다. 물론 졸린이 이미 죽었다면 일은 아주 짧게 마무리될 것이다. 넬과 얽힌 문제도 깔끔하게 해결될 수 있다.

 졸린 케터링은 작은 마을의 아파트 반지하에 산다. 철거를 앞둔 건물이라 허름하기 그지없고, 일 층에는 사람이 사는 흔적이 보이지 않고 어두컴컴하다.

 가까이에서 들을 귀가 없다는 뜻이다.

 나는 건물을 끼고 돌아 반지하 입구로 향한다. 문득 어릴 적 살던 집이 떠오른다. 겉보기에는 멀쩡한데 집 안은 지옥이었다. 화재 악몽과 더불어 그 안에서 보고 겪은 일들이 자주 꿈속을 헤집고 들어온다. 그래서인지 나는 연애를 하지 못한다.

밤마다 비명을 지르며 잠을 깨는 사람과 누가 함께 있고 싶겠는가?

다들 오래 버티지 못하고 떠났다.

뒷마당에 낡은 핀토 한 대가 세워져 있다. 트럭에서 내린 나는 돌계단 세 칸을 내려가 현관문 앞에 선다. 운전용 가죽 장갑을 벗으려다 말고 그대로 문을 노크한다.

안에서는 아무런 대답이 없다.

한 번 더 노크하고 나서 잠시 기다렸다가 주머니에서 열쇠를 꺼내 문을 연다.

집 안은 몹시 지저분하고, 담배 냄새와 싸구려 방향제 냄새가 코끝에 감돈다.

"졸린? 졸린 케터링 씨?"

돌아오는 대답 없이 온통 고요하다.

거실을 지나 박스를 쌓아둔 곳을 피해 주방 쪽으로 향한다. 어디선가 희미한 악취가 난다. 심장이 쿵쾅거리며 뛴다.

졸린이 이미 죽은 건가?

아니, 익숙한 냄새다. 시체가 아니라 상한 음식 냄새다.

주방으로 들어서자 그 여자가 있다. 졸린 케터링.

탈색한 금발, 각진 턱, 짙은 갈색 눈, 입술 아래 선명한 점까지, 넬이 그린 노트 속 인물 그대로다. 막상 실물을 보니 별로 나와 닮지 않았다. 어쨌거나 살아있어서 다행이다. 온전한 상태는 아니더라도.

졸린은 주방 구석에 웅크린 채 앉아 있다. 얼굴은 땀에 젖어 창백하고 분홍색 민소매 셔츠는 선홍색 피로 번들거린다. 반쯤 감긴 눈이 날 바라본다.

"구급대원?"

잔뜩 쉰 목소리다.

패딩에 모자를 눌러쓴 내 모습이 구급대원처럼 보였다면 졸린은 분명 제정신이 아니다. 아마 어제부터 이 주방 바닥에 쓰러진 상태로 의식과 무의식 사이를 넘나들었을 것이다. 이대로 두면 조만간 시체로 발견될 가능성이 크다.

"네, 구급대원입니다."

"왜 이제야 왔어? 내가 어제부터 목 터지도록 불렀는데."

"괜찮으세요?"

졸린이 짜증스럽다는 듯이 쏘아붙인다. "내가 지금 괜찮아 보여?"

피는 거의 말랐지만 아직 부분적으로 번들거린다. 출혈이 계속되고 있다는 뜻이다.

"무슨 일이 있었나요?"

졸린은 입을 꾹 다문다. 잭스에게 불리한 말을 내뱉고 싶어 하지 않는 눈치다.

넬은 엄마가 허위 진술을 해서 누명을 쓸까봐 두려워했지만 내가 보기에 그런 일은 일어날 것 같지 않다. 남자를 구하려고 자기 자식을 사지로 내몰 엄마는 없다. 나는 언제나 아이를 가장 먼저 생각하지만 수많은 부모가 삶의 벼랑 끝에서 하루하루를 견디고 있다는 사실도 안다. 졸린 역시 의지할 데 없이 삶을 힘겹게 헤쳐나가는 여자일 것이다.

나는 넬에 대한 이야기를 꺼낼 실마리를 찾으려고 묻는다.
"혹시 자식 있으세요?"

졸린이 눈을 부릅뜬다. "당신이 무슨 상관이야?"

속에서 화가 치민다. 겨우 열두 살인 딸이 사라졌는데 걱정하지 않는 엄마라니?

"아동 복지 차원에서 묻는 겁니다. 아이에 대한 보호 조치가 필요할 수도 있으니까."

나는 그녀가 딸에 대한 최소한의 애정이라도 보여주길 바랐지만 헛된 기대였다.

"그 망할 년이 사라져줘서 다행이지 뭐야. 그년은 뼛속까지 썩은 사과야."

썩은 사과.

나도 엄마에게 자주 들었던 말이다.

졸린은 몸을 일으키려다 말고 고통스러운 신음을 내뱉는다. 아마 지금껏 여러 번 시도했지만 결국 실패했을 것이다.

"구급대원이라면서 왜 그리 질문이 많아? 들것은 어디 있어? 날 당장 병원으로 데려가!"

나는 대답하지 않고 주방 식탁으로 간다. 식탁 위에 핸드백이 놓여 있다. 나는 졸린의 눈길을 무시하고 가방을 뒤지기 시작한다.

"이봐, 내 핸드백은 왜 뒤져? 당장 병원에 데려다 달라니까!"

핸드백 안에서 내가 찾던 물건이 나온다. 구겨진 담뱃갑 안에 담배가 열두 개비쯤 남아 있다. 나는 담배를 꺼내 물고, 라이터도 꺼낸다. 앤턴이 준 라이터는 불을 지르던 날 집에 두고 왔다. 아직도 그게 아쉽다.

"이봐, 지금 뭐해?"

"잠깐만 기다려요. 담배 한 대만 피울게요."

졸린은 소리를 지를 기운도 없는지 거친 숨을 몰아쉬며 나를 지켜본다. 담배 연기가 폐부 깊숙이 들어온다. 기침이 나오려 하지만 꾹 참는다. 나는 졸린 옆에 쪼그려 앉아 담배를 한 모금 더 깊이 빨아들인다. 그런 다음 천천히 졸린의 얼굴을 향해 연기를 내뿜는다.

"뭐하는 짓이야? 당장 꺼!"

나는 고개를 갸웃하며 되묻는다. "왜요?"

"환자 앞에서 담배를 피우면 안 되지."

"그래서요?"

졸린이 황당하다는 듯이 눈을 흡뜬다. "좋은 말 할 때 꺼. 안 그러면 신고할 테니까."

"신고하세요, 그럼."

나는 졸린의 팔을 붙잡고 타들어가는 담뱃불을 팔 안쪽에 대고 꾹 누른다. 졸린은 비명을 지르며 발악하지만 피를 워낙 많이 흘려서인지 제압하기 어렵지 않다. 몇 초가 지나서야 나는 팔을 놓아준다.

졸린이 팔을 감싸며 악을 써댄다. "당신 미쳤어?"

담뱃불로 생살을 지지는 고통이 얼마나 큰지 나도 잘 안다. 졸린은 일어서려고 몸을 버둥거리지만 헛된 몸짓에 불과하다.

"병원에 데려다준다며? 널 당장 신고할 거야!"

하마터면 웃음이 나올 뻔했다.

"난 구조대원이 아니에요, 졸린."

졸린이 나를 다시 바라본다. 그제야 핏기 없는 얼굴에 두려움이 서린다.

"넌 누구야? 여긴 왜 왔어?"

나는 고개를 돌려 부엌 조리대를 훑어본다. 칼꽂이에 칼이 몇 자루 꽂혀 있지만 지금 이 깡마르고 지친 여자를 상대하는 데 그런 것까지 필요하지는 않다.

담배 반 갑이면 충분하다.

"당신 딸 팔에 흉터가 얼마나 많이 남았는지 알아요? 어떻게 된 건지 말해줄래요?"

졸린이 미간을 좁히며 나를 노려본다. "넬과 아는 사이야?"

나는 그 시선을 피하지 않는다. 결국 졸린이 먼저 눈을 내리깐다.

"먼저 내 질문에 대답해봐요."

"몰라." 졸린이 이를 악문다. "그년은 항상 매를 벌었어. 내가 아니더라도 누군가 혼을 내줬을 거야."

나는 말없이 주머니에서 담뱃갑을 꺼내 또 한 개비를 입에 물고 불을 붙인다. 어릴 적 수없이 보았던 엄마의 손동작이 떠오른다. 가죽 장갑을 낀 채 라이터를 다루기 불편하지만 벗을 생각은 없다.

"이제부터 내 질문에 정직하게 답변해요. 거짓말할 때마다 새 담배에 불을 붙일 거예요. 그 전에 먼저 피우던 담배는 꺼야겠죠."

졸린이 눈을 부릅뜨고 바닥에서 헛발질한다. "넌 대체 뭐 하는 년이야?"

"아이 몸에 담뱃불 자국이 있으면 십중팔구 부모가 한 짓이더라고요."

졸린의 이마에서 식은땀이 흐르기 시작한다.

"왜 자꾸 넬을 들먹여. 내가 무슨 짓을 했다고! 피 흘리며 쓰러진 사람은 넬이 아니라 나야."

"마지막 기회를 줄게요." 나는 다시 불붙은 담배를 팔에 들이댄다. "넬의 팔에 난 담뱃불 자국은 어쩌다가 생긴 거예요?"

"몰라!" 졸린이 쉰 목소리로 으르렁댄다. "그 멍청한 년이 스스로 지졌겠지!"

나는 미소 짓는다. "틀렸어요."

이번엔 졸린의 손등에 담뱃불을 대고 꾹 누른다. 날카로운 비명이 부엌 가득 울린다. 잠시 후 담배를 떼자 벌겋게 짓무른 자국이 드러난다.

"이 미친년!"

"내가 미친년인지는 몰라도 힘없는 아이를 괴롭히진 않아요."

졸린의 한쪽 눈에서 한줄기 눈물이 흘러내린다.

나는 다시 주머니에서 담배 한 개비를 꺼내 불을 붙인다.

"제발, 그만해."

졸린이 힘없이 중얼거린다. 손을 들어 나를 막아보려 하지만 이젠 갓 태어난 새끼 고양이만큼의 힘도 없다. 어쨌거나 담배는 아직 많이 남았다.

"졸린, 당신이 넬에게 그런 짓을 저질렀죠? 잘 생각하고 대답해요. 거짓말하면 이번에는 얼굴이니까."

졸린이 힘겹게 침을 삼킨다.

"그래, 내가 두 번인가 담배로 팔을 지졌어. 넬이 자초한 일이야. 넌 넬이 어떤 년인지 모르잖아. 그년은 뜨거운 맛을 봐야 정신 차려."

나는 천천히 고개를 끄덕인다. 예상한 답변이지만 혹시나 했다. 지난날의 잘못을 뉘우친다고, 넬을 사랑한다고 했더라면 담배를 내려놓았을 수도 있는데 끝내 내가 바라던 대답은 나오지 않았다.

"왜 아직 담배를 들고 있어? 있는 그대로 다 말했는데. 진실을 말하면 그만두겠다고 약속했잖아!"

나는 주방 한구석에 웅크린 여자를 내려다본다. 내 엄마도 이렇게까지 미워한 적은 없었다.

"아니, 난 그런 약속을 한 적 없어."

58장

 일을 마친 나는 곧장 리의 집으로 돌아간다.

 오늘 벌어진 일은 나와 졸린 케터링만이 공유하는 비밀로 남을 것이다. 아니, 이제 졸린은 누군가와 아무것도 공유할 수 없다. 불붙은 담배 한 개비조차도. 어차피 남은 담배도 없다. 조리대의 칼들도 결국 쓸모가 있긴 했다.

 나는 아동학대자들이 대가를 치를 때 희열을 느낀다.

 혹시 경찰차가 따라붙지는 않는지 나는 수시로 백미러를 힐끔거렸다. 뉴햄프셔주에 접어들고 나서야 겨우 어깨에서 힘이 빠진다. 나를 쫓아오는 사람은 없다.

 나는 또 한 번 살인을 저지르고 무사히 빠져나왔다.

 넬에게는 뭐라고 말해야 할까? 신중하게 말을 골라야 한다. 넬도 나처럼 엄마를 미워하면서도 사랑했을 것이다. 엄마 없이 사는 게 차라리 낫다는 걸 아직은 모를 수 있다.

 나는 넬에게 큰 은혜를 베푼 셈이지만 정작 당사자는 그렇게 받아들이지 않을 수도 있다.

마음의 결정을 내리지 못한 채 리의 오두막집 현관문을 두드린다. 잠시 후 문이 열리고 피곤한 기색이 역력한 리가 나타난다. 청바지에 맨투맨 차림이다.

리가 묻는다. "어떻게 됐어요?"

나는 짧게 대답한다. "이미 늦었더라고요."

리의 얼굴이 충격으로 무너진다. "아, 이런……."

"정말 유감이네요."

리가 머리를 쓸어 올리며 덧붙인다. "경찰은 뭐래요?"

"넬이 곤란해질 일은 없을 거예요."

이 오두막에서 8킬로쯤 떨어진 주유소에 들러 공중전화를 이용해 경찰에 익명으로 신고했다. 지금쯤 경찰이 졸린의 시신을 발견했겠지만 넬이 살해 혐의를 뒤집어쓸 가능성은 없다. 집에서 나와 밤새 내 오두막에서 지낸 알리바이가 있으니까.

게다가 열두 살짜리 여자아이가 엄마를 죽였다고 생각할 사람이 있을까?

리의 시선이 거실 안쪽으로 향한다. 넬이 소파에 누워 곤히 잠들어 있다. "소식을 전해야 하는데 깨우기 싫네요."

"깨우지 말아요. 서둘러 알릴 필요는 없으니까."

"아이에게 어떻게 설명해야 할지 모르겠어요."

"내가 대신 말해줄까요?"

리가 고개를 젓는다. "내가 넬의 삼촌이잖아요. 유일한 가족인 내가 말해줘야죠."

잘 알지도 못하는 아이를 책임지겠다고 나선 리가 존경스럽다. 다만 리의 얼굴에서 두려움이 읽힌다. 폭풍이 몰려올 때보다도 더 많이 겁을 집어먹은 얼굴이다. 열두 살짜리 여자아이가 다 큰 어른을 이렇게 겁에 질리게 하다니 정말이지 아이러니하다.

"우선 넬이 깨어나면 누명을 쓸 일은 없다고 말해줘요. 넬이 당신 집에서 지내기로 한 거죠?"

"넬은 얼마든지 여기서 지낼 수 있어요." 리의 얼굴이 살짝 붉어진다. "솔직히 전에 살던 집보다는 이 오두막이 훨씬 나을 거예요. 넬의 팔에서 담뱃불로 지진 자국을 봤어요. 졸린이 지금 내 눈앞에 있다면……."

넬의 상처를 리가 직접 봤다니 다행이다. 넬이 얼마나 고통스러운 시간을 지나왔는지 알게 되었으니 상처가 치유될 때까지 도울 수 있을 것이다.

"이제 다 지난 일이에요." 나는 스무 해 전 엄마를 잃고 아빠 집 앞에 도착했던 날이 떠오른다. "무엇보다 중요한 건 앞으로 무슨 일이 있더라도 당신이 넬의 곁을 지켜줄 거라는 확신을 주는 거예요."

"그럴게요." 리가 진지하게 고개를 끄덕인다. "케이시, 고마워요."

"리, 잘해낼 거라 믿어요."

리는 다시 문을 닫고 넬이 누워 있는 소파로 돌아간다. 리가 아이를 깨우지 말고 좀 더 재웠으면 좋겠다. 잠에서 깨어나 엄마가 죽었다는 소식을 듣는 순간 넬의 어린 시절은 막을 내리게 될 테니까.

59장

해 질 무렵 전기가 들어온다.

이제 막 새 양초를 꺼내려고 했는데 타이밍이 절묘하다. 전등 불빛이 방 안을 환하게 비춘다.

빛이 있으라!

아빠가 어두운 방의 불을 켤 때마다 농담처럼 외치던 말이다.

보고 싶어요, 아빠.

엄마가 죽고 나서 아빠와 함께 살게 된 건 그야말로 축복이었다. 그로부터 일 년 뒤 나는 아빠의 성을 따르기로 했다. 법적 이름은 '엘리자베스 케이시 카터'지만 첫 이름은 더 이상 쓰지 않게 되었다. 나를 엘리자베스나 엘라라고 부르는 사람은 이제 아무도 없다. 대부분 내 본명을 모른다.

전기가 들어왔으니 저녁을 챙겨 먹는다. 간단하게 팬트리에 있던 통조림 콩과 햄버거 패티를 데웠다. 조금 짜긴 해도 한 끼 때우기에 적당하다. 식사를 마칠 무렵 누군가가 오두막 문을 두드린다.

경찰인가? 졸린의 집 밖에 세워둔 내 트럭을 누군가가 유심히 봤거나 주유소에서 공중전화를 사용하는 나를 수상하게 여긴 사람이 있을지도 모른다. 혹은 어딘가에 CCTV가 있었거나.

경찰이 물으면 뭐라고 대답하지?

알리바이는 없다. 리와 넬이 내가 오두막을 떠나는 걸 봤고, 돌아오기까지 제법 많은 시간이 걸렸다. 과학수사대가 졸린의 사망 시각을 밝혀낼 수 있다. 피가 아직 완전히 마르지 않았을 테니까.

심장이 쿵쾅거리며 뛴다. 현관으로 다가가 문 옆 작은 창으로 바깥을 내다보았지만 경찰차는 보이지 않는다. 적어도 경찰이 나를 체포하러 오지는 않았다는 뜻이다.

현관문을 열자마자 내 앞에 서 있는 사람을 보고 어깨가 툭 떨어진다. 집주인 루다다. 그는 비옷을 입고 낡은 야구모자를 푹 눌러쓰고 있다.

이 작자가 여긴 또 왜 온 거야?

"안녕, 케이시. 잠깐 들어가도 될까?"

나는 오늘 사람을 죽이고 익명으로 경찰에 신고했다. 이

상황에 불쑥 찾아온 손님이 반가울 리 없다. 게다가 루디와의 마지막 만남은 분위기가 아주 험악했다. 혹시 보복이라도 하러 온 건 아닌지 의심된다.

어쨌거나 루디는 집주인이니 문전 박대할 수는 없다. 나는 옆으로 비켜서서 그를 집 안으로 들인다.

루디가 발을 절룩이며 안으로 들어선다. 언젠가 그가 왼쪽 무릎이 안 좋다고 했던 말이 떠오른다. 만약 그가 나에게 무슨 짓을 하려고 들면 왼쪽 무릎을 아예 부러뜨려 버릴 것이다. 다시는 걷지 못하도록.

"무사해서 다행이야."

"그 말 하려고 왔어요?"

루디의 시선이 거실 협탁 위에 놓인 전화기에 가닿는다. "아직 전화가 안 되잖아. 걱정돼서 와봤어."

루디의 말대로 나는 여전히 외부와 연락할 방법이 없다. 왠지 불길하다.

"그래도 지붕이 잘 버텨주었네."

"당신 덕분은 아니잖아요."

루디는 미안하다는 듯이 귀를 긁적인다. "내가 진작 고쳐줘야 했는데 정말 미안해. 늦었지만 사과할게."

루디의 입에서 사과의 말이 나올 줄은 미처 몰랐다. 스스로 뉘우친 걸까? 아니면 누군가 따끔하게 조언해주었을까?

"사과는 받아들일게요."

"밤새 걱정이 많았어. 진작 호텔에 머무르라고 할걸."

나는 루디의 얼굴을 뜯어본다. 진심으로 걱정했던 얼굴이다. 마음이 살짝 누그러지지만 몸은 여전히 긴장 상태를 유지하고 있다. 아마 당분간 이 상태일 것 같다.

"어쨌든 살아남아 다행이에요. 당신 말대로 지붕이 잘 버텨주었어요."

루디가 누렇고 비뚤배뚤한 치아를 드러내며 웃는다. 나를 위아래로 훑어볼 때를 제외하면 제법 정감이 가는 얼굴이다.

"지붕은 내일 다시 와서 고쳐줄게. 다음 폭풍이 오기 전에 말이야. 쓰러진 나무도 사람들을 불러 치워줄게."

"사실 지붕은 리가 고쳐주겠다고 했어요." 이제 조카를 혼자 책임져야 하는 사람이라 그럴 여유가 있을지 모르지만.

루디가 너털웃음을 터뜨린다. "그 친구, 당신한테 푹 빠졌나봐. 지금부터라도 같이 살지 그래? 혼자가 편하긴 하지만 같이 살면 생활비를 반으로 줄일 수 있잖아."

나는 고개를 젓는다. "리와 나는 그런 사이가 아니니까 괜히 넘겨짚지 말아요. 리는 그저 친절한 이웃일 뿐이에요."

"무슨 소리야?" 루디의 웃음 사이로 기침이 섞여 나온다.

담배를 배우지 않기를 잘했다는 생각이 든다. "그 친구는 이사 오기 전부터 당신을 알고 있던 모양인데."

뭐라고?

"그게 무슨 말이에요?"

"처음 만났을 때 나한테 다른 오두막에 혼자 사는 여자, 엘리자베스 케이시에 대해 물어볼 게 있다고 했었지."

루디의 말을 듣고 나니 속이 울렁거린다.

리가 여기에 오기 전부터 나를 알고 있었다고? 게다가 '엘리자베스 케이시'라니? 내 법적 이름도 아니고, 지금은 나를 그 이름으로 부르는 사람이 없다. 리의 과도한 관심이 늘 석연치 않긴 했어도 오늘 하루 사이에 그의 새로운 모습을 보게 되어 기쁘게 생각했는데.

목이 타서 목소리가 잠긴다. "리가 나에 대해 뭘 물어보던가요?"

"글쎄, 혼자 사느냐고 물었던 건 확실해."

맙소사.

"아무튼 그 친구가 지붕을 고쳐주겠다면 나야 고맙지."

"아뇨, 리에게 맡기고 싶지 않아요. 루디 씨가 직접 해주세요."

루디는 내 변덕이 달갑지 않다는 듯 인상을 찌푸리면서도 이내 고개를 끄덕인다. 지붕 수리는 루디보다 리가 훨씬 잘하겠지만 지금은 그가 내 집, 아니, 내 집 지붕에라도 발을 들이는 게 꺼림칙하다.

60장

 루디가 떠나자마자 눈꺼풀이 천근만근 내려앉는다.

 어젯밤은 물론, 그 전날 밤에도 불난 집에 갇힌 악몽에 시달리느라 한숨도 잠을 이루지 못했다. 침실로 가려는데 다시 노크 소리가 들려온다.

 이번에야말로 경찰이라는 생각에 심장이 가파르게 요동친다. 문을 열자 경찰보다 더 반갑지 않은 얼굴이 서 있다.

 리다.

 리가 검은 비니 끝을 잡고 가볍게 눈인사한다. "잠깐 들어가도 될까요?"

 나는 문 앞에서 한 치도 물러서지 않는다. "그냥 여기서 얘기하세요."

 "그래요, 그럼."

 리의 얼굴이 묘하게 딱딱해 보인다. 불길한 예감이 고개를 든다. 루디가 했던 말들이 귓가에서 맴돈다.

리는 왜 나에 대해 캐물었을까? 숲으로 이사 오기도 전에 나를 어떻게 알았을까?

아무리 기억을 더듬어보아도 그를 본 적이 없다.

"넬은 어때요?" 내가 먼저 침묵을 깬다. "소식 전했어요?"

"네, 말했어요."

"어떻게 받아들이던가요?"

"많이 울었어요. 지금은 좀 괜찮아진 것 같아요. 힘들겠지만 상담 치료를 받다보면 더 나아지겠죠."

"그럴 거예요."

"네."

리는 여전히 묘한 표정이다. 그의 속내를 알 수 없어 불안하다.

"리, 괜찮아요?"

"글쎄요."

그의 모호한 대답에 다시 속이 울렁거린다. 리를 오두막 안으로 들이지 않길 잘했다. 리의 체격은 루디보다 훨씬 크고 단단해 보인다. 만약 그가 날 공격한다면 예전에 익힌 호신술로는 막아내기 어려울 것이다.

"무슨 일이에요?"

리가 내 시선을 피하며 말한다. "전기가 다시 들어왔잖아요. TV를 켰는데 뉴스가 나오더라고요. 넬의 엄마 졸린이 시체로 발견되었다는 뉴스."

TV를 싫어할 이유가 하나 더 늘었다. "아……."

리가 얼굴을 찡그린다. "뉴스에서 졸린 케터링이 '오늘' 사망했다고 하더라고요. 어젯밤도 아니고, 오늘."

"어제 칼에 찔렸어도 오늘 숨을 거둘 수 있잖아요."

"그렇게 생각해요?"

리와 시선이 마주친다. 그 순간 가슴이 쿵 내려앉는다.

리는 알고 있다. 내가 졸린에게 무슨 짓을 했는지.

이제 어쩐다지? 리를 해칠 수는 없다. 넬의 유일한 가족이니까.

리가 나를 경찰에 넘길지는 미지수다. 그는 나에 대해 알고 있지만 나는 그에 대해 잘 모른다.

"당신이 무슨 생각을 하고 있는지 모르겠지만 나는 아까 분명히 경찰서에 다녀왔어요."

리의 눈이 가늘어진다. 내 말이 거짓이라는 걸 너무나 잘 알고 있다는 표정이다. 사실 리가 진실을 알아낼 방법은 얼마든지 있다. 나는 알리바이가 없다.

"당신은 경찰서에 가지 않았어요."

리를 오해했을지도 모른다는 마지막 희망마저 산산이 부

서지는 순간이다.

나는 최대한 침착한 목소리로 되묻는다. "그게 무슨 말이에요?"

리가 또박또박 말한다. "당신은 오늘 오후 내내 나랑 넬과 함께 있었잖아요. 당신은 경찰서는 물론이고, 그 어디에도 간 적이 없어요. 어떻게 한 사람이 동시에 두 곳에 있는 게 가능하겠어요?"

뭐라고?

전혀 예상하지 못한 말이다.

"넬과 나는 오후 내내 당신과 함께 있었어요." 리가 이번에는 더욱 단호하게 주장한다. "넬도 그렇게 알고 있어요. 당신은 화장실 갈 때를 빼고는 한순간도 우리의 시야에서 벗어난 적이 없어요. 그러니까 졸린의 집에는 결코 들를 일이 없었겠죠. 만약 경찰이 당신의 알리바이를 물으면 나는 맹세코 그렇게 대답할 거예요."

나는 마른침을 삼키고 속삭이듯이 말한다. "고마워요."

"케이시, 나는 언제나 당신 편이라는 걸 잊지 말아요."

"정말 고마워요."

"내 개인적인 생각이지만 아이들을 학대하는 인간들은 살려둘 가치가 없어요."

리의 시선이 내 팔로 향한다. 언젠가 내 팔에서 담뱃불로 지진 자국을 보았을 것이다. 그 끔찍한 여자를 영원히 떠올리게 만드는 흔적들이다. 리가 내 흉터를 언급하지 않아서 다행이다. 적어도 지금은 그 얘기를 하고 싶지 않다.

"이만 가볼게요. 넬을 너무 오래 혼자 두고 싶지 않아요."

"당신이라면 넬을 정말 잘 돌볼 거예요. 도움이 필요하면 언제든지 얘기해요. 사춘기 여자아이에 관해서라면 내가 전문가니까."

그제야 리가 활짝 웃는다. 오늘 처음 접하는 웃음이다.

"고마워요. 당신의 도움이 절실히 필요할 거예요. 난 사춘기 여자아이에 대해 아는 게 전혀 없으니까요."

"각오를 단단히 해야겠지만 너무 걱정하지 말아요. 내가 수시로 가서 살펴볼 테니까요. 아주 질리도록."

"내가 당신에게 질리는 일은 없을 거예요, 엘라."

나는 리를 향해 미소 짓는다. 행복감이 밀려오던 순간 내 입가에서 웃음기가 사라진다.

"방금 나를 엘라라고 불렀어요?"

리의 푸른 눈이 커진다. "미안해요. 엘라가 당신의 본명 아닌가요? 식탁에 놓인 고지서에서 봤어요."

"내 본명은 엘리자베스고, 고지서에도 내 이름이 엘라라고 적혀 있지는 않아요."

"아, 그렇군요. 미안해요. 나는 그냥……."

리는 제대로 말을 잇지 못한다. 변명을 늘어놔봐야 죄다 헛소리일 테니까.

나는 그를 노려본다. "우리가 서로 아는 사이였나요?"

"그럼요. 우린 좋은 이웃이잖아요."

"이 오두막에 오기 전을 말하는 거예요."

리는 망설임 없이 고개를 젓는다. "내가 아는 한은 아닌데요."

나는 심각한 표정을 지으며 팔짱을 낀다. "루디가 그러던데요. 당신이 이 숲에 처음 왔을 때 내 이름을 대면서 나에 대해 이것저것 물었다고."

"내가요?" 리는 눈 하나 깜빡하지 않고 되묻는다. "루디가 착각한 거예요."

"정말요?"

"루디가 툭하면 말을 바꾸는 사람이라는 걸 몰라요? 루디는 믿을 만한 사람이 못 돼요. 많이 겪어봤잖아요. 폭풍이 오는데 위험한 지붕과 나무를 그냥 방치한 것도 그렇고."

어느새 평정심을 되찾은 리가 자신의 논리를 밀어붙인다.

나는 그의 얼굴을 찬찬히 살핀다. 수정처럼 맑고 파란 눈, 턱 아래를 덮은 수염, 약간 헝클어진 갈색 머리. 낯익은 느낌이 스치는가 싶다가 이내 사라져버린다.

아무리 생각해도 나는 오두막에 오기 전에 리를 만난 기억이 없다. 그가 어떻게 나를 알게 되었는지 전혀 감이 잡히지 않는다.

"이만 가볼게요. 내일 한번 들러줄래요?"

"그럴게요. 넬이 어떻게 지내는지 보고 싶어요."

리는 고개를 끄덕이고 나서 돌아선다. 걸어가다가 한 번 뒤돌아 손을 흔들기에 나도 따라 흔든다. 이내 그가 숲으로 사라진다.

나는 여전히 그를 믿지 않지만 괜찮다. 나는 애초에 그 누구도 믿지 않았으니까.

에필로그

케이시

6개월 후

넬에게 포커를 가르치고 있다.

무서울 정도로 잘한다. 눈 하나 깜짝하지 않고 내 눈을 똑바로 쳐다보면서 뻔뻔하게 블러핑을 한다. 좋은 패가 없어 보이는데, 스크램블드에그를 한 술 떠먹고는 칩 두 개를 더 밀어 넣는다. 갑자기 내 확신이 흔들린다.

식탁 너머에서 넬이 빙긋 웃으며 묻는다. "콜할 거예요?"

나는 잠깐 망설이다 고개를 젓는다. "아니, 그냥 폴드할래."

넬이 만족스러운 얼굴로 재빨리 칩을 쓸어 담는다. 나는 비록 졌지만 넬이 이기는 모습을 보는 건 언제나 흐뭇하다. 넬이 투 페어 이상을 손에 쥐고 있었는지는 알 수 없다. 내가 기권하면 넬은 절대 패를 보여주지 않으니까.

그때 리가 주방으로 들어선다. 체크 셔츠에 낡은 청바지 차림이다. 그가 피식 웃으며 말한다. "케이시, 내 조카에게 아침부터 도박을 가르치다니, 대단히 건전하네요."

졸린 케터링의 시신이 발견된 후 아무도 넬을 데리러 오지 않았다. 결국 리가 넬의 법적 후견인이 되었다. 폭풍우가 몰아치던 날 밤 이후로 넬은 줄곧 리와 함께 살고 있다. 살이 7킬로나 붙어 이제 더는 뼈만 앙상한 아이가 아니다. 드디어 믿을 수 있는 보호자를 만난 덕분이다. 아직 건강을 완전하게 회복하기까지는 갈 길이 멀지만 넬은 잘 적응하고 있다.

졸린의 죽음에 대해 나와 넬을 의심하는 사람은 아무도 없다. 경찰이 찾아와 문을 두드릴까봐 한동안 초긴장 상태로 지냈다. 내 알리바이가 과연 통할지 확신할 수 없었다. 결국 경찰은 졸린의 남자친구 잭스를 살인 혐의로 체포했다. 잭스는 전과 기록만 해도 내 팔 길이보다 길고, 어리석게도 졸린의 피가 묻어있는 셔츠를 버리지 않았다. 비록 졸린을 끝낸 사람은 나지만 여자 친구를 칼로 찌르고 나서 방치하고 도망친 사람에게 살인죄가 없다고는 할 수 없다.

나는 요즘 거의 매일 리의 오두막에 와서 넬과 함께 시간을 보낸다. 우리는 당분간 홈스쿨링을 하기로 했다. 오랜만에 다시 학생을 가르치게 된 건 내게도 큰 기쁨이었다. 넬은 하나를 가르치면 열을 아는 아이다. 리는 다음 학년부터 넬이 마을 학교에 다닐 수 있도록 이사를 계획하고 있다.

리가 시계를 내려다본다. "이만 출근할게요. 넬, 선생님 말씀 잘 들어라."

넬이 끙 앓는 소리를 낸다. 사실은 수업을 무척 좋아하면서.

리는 식탁 위 접시에서 토스트 한 조각을 집어 든다. 제대로 된 아침을 차려주고 싶은데 리는 늘 괜찮다며 사양한다.

"오늘 저녁에는 피자 사 올까?"

넬이 묻는다. "몇 시에 올 건데요?"

"그리 늦진 않을 거야."

넬이 아랫입술을 삐죽인다. "금요일엔 항상 늦게 오잖아요. 금요일마다 어디서 뭘 하다 오는 거예요?"

리의 귓불이 붉어진다. 유심히 보지 않았더라면 놓쳤을 반응이다. "야근한다고 했잖아. 누군가는 돈을 벌어야지."

넬의 말마따나 리 트레이너는 금요일마다 귀가가 늦을 뿐 아니라 전화도 받지 않는다. 처음에는 몰래 만나는 여자가 있는 건 아닌지 의심했었는데 지금은 굳이 알려고 하지 않는다. 그의 사생활을 존중해주기로 했다.

넬이 필기구를 꺼내는 동안 나는 평소처럼 그를 현관까지 배웅한다.

리가 나를 보며 씩 웃는다. 셔츠를 입은 모습이 오늘따라

멋져 보인다. 매력적인 사람이란 건 예전부터 알았는데 이제는 단순한 호감을 넘어 강하게 끌린다. 그가 늦게 오는 날은 괜히 보고 싶고, 그가 웃으면 나도 절로 웃음이 나온다.

너무 오래 혼자 지내서일까? 아직 그에 대해 모르는 게 많지만 한 가지는 확실하다. 리는 좋은 사람이다. 아빠가 살아 있다면 분명 그를 좋아했을 것이다.

리가 문가에 서서 머뭇거린다. "그럼 저녁에 봐요. 피자 사 올게요."

"네."

리가 나에게 키스하고 싶어 한다는 걸 눈빛으로 느낄 수 있다. 아무리 연애를 오래 쉬었어도 착각할 수 없는 눈빛이다. 나는 우리 사이가 명확해지는 순간을 숨죽여 기다린다. 조금 두렵기도 하지만 이제는 안다. 리와 넬 그리고 내가 함께하는 삶을 원한다는 걸.

하지만 리는 더 다가오지 않고, 내 팔을 살짝 잡았다가 놓으며 어색하게 웃는다.

"다녀올게요, 케이시."

리가 트럭으로 걸어가 운전석에 오른다. 리 트레이너는 분명 좋은 사람이지만 여전히 미스터리한 면이 많다.

금요일마다 어디에 가는 걸까? 왜 나를 원하면서도 키스하지 않을까? 어떻게 '엘라'라는 이름을 알게 되었을까?

주방으로 돌아오자 넬이 식탁 위에 수학 문제집을 꺼내놓는다. 솔직히 말해 7학년 수학은 나도 좀 가물가물하다. 어쩌면 넬이 나보다 문제를 더 잘 풀 수도 있다.

나는 넬 옆에 앉으며 말한다. "수업을 시작해볼까?"

넬이 반짝이는 눈으로 고개를 끄덕인다. "어젯밤에 연습 문제를 풀어봤는데 전부 정답이었어요."

정말이지 넬은 나보다 수학을 더 잘한다. "잘했어! 그럼 어제에 이어서 문제를 풀어보자."

넬이 책갈피를 이용해 문제집을 펼친다. 다시 보니 책갈피가 아니라 사진이다.

"그 사진은 뭐야?"

"아, 삼촌이 준 아빠 사진이에요." 넬은 색 바랜 사진을 애틋한 눈길로 내려다본다. "삼촌이 사진을 주면서 잃어버리지 않도록 잘 보관하라고 신신당부했어요. 얼른 방에 갖다 놓고 올게요."

지난 반년 동안 넬이 나에게 아빠 사진을 보여준 적은 없다. 그만큼 소중히 간직하고 있다는 뜻이다.

"넬, 나도 한번 봐도 될까?"

넬이 수줍게 웃는다. "아주 오래된 사진이에요. 아빠가 내

나이였을 때 찍었대요."

나는 웃으며 손을 뻗는다. "어디 얼마나 닮았는지 볼까?"

넬은 소중한 보물을 다루듯이 조심스럽게 사진을 내민다. 나는 사진을 받아 든다. 사진 속 소년이 나를 바라보고 있다.

숨이 멎는다. 도저히 믿기지 않는다.

동시에 퍼즐 조각이 전부 맞춰진다.

머릿속이 핑 돈다. 넬이 내 반응을 기다리고 있지만 나는 목이 메어 아무 말도 할 수 없다. 이 사진 속 얼굴을 마주하고 있다는 사실이 믿어지지 않는다. 이토록 오랜 시간이 지나서야, 이렇게.

나는 무의식적으로 목에 걸린 은색 체인을 쥔다. 체인에는 여전히 작은 클립 하나가 달려 있다. 늘 이 목걸이를 차고 다녔다. 언제든 나 자신을 구하기 위해, 그리고 그를 잊지 않기 위해.

넬이 걱정스레 묻는다. "케이시, 왜 울어요?"

무어라 대답해야 할까? 어디서부터 어떻게 설명해야 할까? 사진 속 남자는 내 생애 첫 친구였다. 나만의 방식으로 사랑한 친구. 그 이후로는 그 누구에게서도 같은 감정을 느낀 적이 없다. 수갑을 차고 끌려가던 뒷모습을 본 그날 이후 단 하루도 그를 그리워하지 않은 날이 없다.

그리고 그는 이제 세상에 없다.

리

오늘은 면회 날이다.

절차는 익숙하다. 대부분의 면회객은 금속 탐지기를 지나 교도관의 설명을 듣지만 나는 예외다. 이 교도소에서 나를 모르는 사람은 없다. 심지어 내 이름을 부르며 인사하는 교도관도 있다. 지난 13년 동안 나는 단 한 주도 거르지 않고 교도소를 찾아왔으니까.

유리 칸막이 너머 의자에 앉아 형을 기다린다. 간혹 30분 넘게 기다릴 때도 있지만 특별히 바쁜 일도 없어 불평한 적은 없다. 다만 이제는 다르다. 차로 왕복 네 시간이 걸리는 거리인데, 넬이 집에서 기다리고 있다는 게 마음에 걸린다. 누군가에게 책임감을 느낀다는 게 아직 낯설긴 해도 그리 싫지는 않다.

다행히 오래 기다리지 않아도 된다. 5분도 안 되어 교도관이 형을 데리고 들어온다. 형이 유리 벽 맞은편에 앉는다. 언제나 그렇듯이 짧게 자른 머리에 황갈색 죄수복 차림이다. 오늘은 얼굴에 상처나 멍 자국이 없어 다행이다. 형의 얼굴에 난 상처를 볼 때마다 마음이 아팠다.

우리는 거의 동시에 수화기를 든다.

"어이, 브래드." 이 세상에서 나를 그렇게 부르는 사람은 형밖에 없다. 고등학교를 졸업하고 나서 나는 브래들리가 아닌 '리'가 되었다. 케이시처럼 나도 이름을 바꿔서라도 암울한 과거에서 벗어나고 싶었다.

"앤턴."

형은 늘 나에게 부탁했다. 혹시 누군가 자신의 소식을 묻거든 죽었다고 말해주라고. 자신이 종신형을 살고 있다는 사실을 그 누구에게도 알리고 싶지 않다고. 지금까지도 변함없는 형의 뜻이다.

넬을 처음 만난 다음 날, 나는 아이가 듣지 못하게 차 안에서 형과 통화했다. 그때 간절히 애원했다. 제발 넬에게 아빠가 살아있다는 사실을 말하게 해달라고. 아이에게 그런 거짓말을 하는 게 너무나 힘들었다. 하지만 형은 끝내 허락하지 않았다. 넬이 아빠가 무기수로 복역 중인 사실을 영원히 모른 채 살아가길 바랐다. 나는 형의 뜻을 존중하기로 했다. 어쩌면 넬은 평생 진실을 모른 채 살아갈 것이다.

형이 살아있다는 사실만으로도 넬의 후견인이 되는 과정이 한결 수월했다. 내가 직접 서류를 들고 가 형의 서명을 받았다. 나는 형에게 딸을 잘 돌보겠다고 약속했다.

"넬은 잘 지내지?"

"잘 지내. 정말 멋진 아이야."

형의 입가에 희미한 미소가 떠오른다. 오랜만에 보는 미소다.

"사진 가져왔어?"

나는 매달 새로운 사진을 한 장씩 가져온다. 이번에 가져온 사진은 나와 넬, 케이시가 함께 스크래블 게임을 하던 날 찍었다. 다만 케이시가 나온 사진은 가져오지 않았다.

나는 사진을 유리 벽 아래에 놓인 작은 통에 넣어 형에게 건넨다. 형은 이번에도 사진을 꺼내 한참 동안 들여다본다.

형이 나지막하게 중얼거린다. "진짜 나를 빼닮았네."

"내가 보기에도 형과 판박이야." 어릴 때 앤턴은 빨간 머리가 싫다면서 다른 색으로 머리를 물들이고 다녔다. "눈만 빼고."

유전자란 묘하다. 내 부모와 형 모두 눈이 갈색인데 내 눈만 파란색이다. 넬도 그렇다.

"직접 보고 싶다." 형이 눈을 질끈 감는다. "브래드, 내가 그 아이 곁에 있어 줄 수만 있다면 얼마나 좋을까?"

형은 벌써 13년 가까이 교도소에 있다. 형이 종신형을 선고받았을 때 나는 열일곱 살이었다. 일 년만 더 있으면 성인이 되어 독립할 수 있는 나이. 형이 같이 살자고 할 때 따라갔더라면 좋았을 텐데 일단 고등학교를 마치고 싶었다. 그 선택이 어떤 결과로 이어질지 그때는 미처 몰랐다.

어느 날, 술에 취해 집에 온 아빠가 나를 무자비하게 때렸다. 치아 두 개가 부러졌고, 한쪽 눈이 퉁퉁 부어 뜰 수조차 없었다. 옆구리에는 온통 검붉은 멍이 들었다. 그날 이후 코가 살짝 휘었는데 코뼈가 부러진 걸 그대로 방치한 탓이다. 내가 법적 성인이 되자마자 성을 바꾼 이유다. 그 인간과는 그 어떤 것도 공유하고 싶지 않았다.

다음 날 형은 내 몰골을 보고 이성을 잃었다. 아빠의 단골 술집으로 차를 몰고 가 맨주먹으로 아빠를 때려죽였다. 형은 몇 년 동안 꾸준히 몸을 단련하며 언젠가 아빠를 죽일 거라고 입버릇처럼 말해왔다. 형은 그날 준비가 되어 있었다.

법원은 형에게 일급 살인 혐의를 적용해 구속했다.

형은 나에게 세상 그 누구보다도 소중한 존재였다. 나는 이미 형에게 많은 빚을 졌다. 아빠가 날 때릴 때마다 대신 나서서 맞아주고, 학교에서 날 괴롭히는 녀석이 있으면 찾아가서 혼내줬다. 면도하는 법도 형에게 배웠다. 그런 형이 평생 교도소에 있게 되어 지금도 가슴이 아프다. 아마 형도 많이 후회하고 있을 것이다.

"내가 넬을 잘 돌볼게."

형은 고개를 끄덕인다. "고맙다. 엘라는 잘 지내?"

일 년 전, 나는 엘리자베스 케이시 카터가 사는 오두막 근처로 이사했다. 어느 날 형이 전화를 걸어왔다. 엘라가 경찰 간부의 차에 야구방망이를 휘둘렀다는 뉴스를 봤다며 말했다.

브래드, 엘라를 곁에서 지켜봐줘.

나는 케이시를 기억하고 있었다. 내가 여덟 살 때 엘라 케이시는 우리 집에 여러 번 놀러 왔다. 사실 케이시는 내가 이성에 눈뜨기도 전에 처음으로 반한 사람이었다. 형은 열세 살 때 저지른 일로 소년원에 갔다. 그 뒤로도 한동안 케이시와 편지를 주고받았지만 언젠가부터 스스로 연락을 끊었다. 케이시가 자신을 잊고 살아가길 바라서였다. 나는 형이 여전히 마음 한구석에 케이시를 품고 있다는 걸 잘 알고 있었다. 그래서 케이시를 지켜봐 달라는 형의 부탁을 일종의 사명처럼 받아들였다.

하지만 이제는 다르다.

나는 케이시를 사랑하게 되었다. 가끔은 케이시를 안고

키스하고 싶은 충동을 참기 힘들다. 예전에는 한 사람과 평생 함께하는 삶을 상상해본 적도 없는데 이제는 케이시 없는 미래를 도저히 떠올릴 수 없다. 매일 밤 그녀 생각에 잠을 설친다.

하지만 아직은 케이시에게 키스할 수 없다. 형의 허락을 받기 전에는 아무것도 시작할 수 없다. 형이 먼저 케이시를 사랑했으니까. 그래도 형은 이해해줄 거라 믿는다. 형은 케이시와 내가 다 같이 행복하길 바라니까. 어쩌면 그래서 나를 케이시 곁으로 보낸 건지도 모른다. 케이시와 내가 서로의 곁에서 행복해질 수 있다고 믿었기에.

만약 형이 괜찮다고 말해준다면 나는 차를 몰고 돌아가자마자 케이시에게 키스하고, 그 자리에서 청혼할 것이다.

"브래드?" 형이 의아한 눈빛으로 나를 바라본다. "무슨 일 있어? 엘라는 괜찮아?"

"괜찮아." 나는 간신히 대답한다. "아주 잘 지내."

하지만 오늘은 그 얘기를 꺼낼 수 없다. 형은 지금 딸을 볼 수 없는 현실을 감내하느라 힘겨워하고 있다. 그런 형에게서 엘라까지 빼앗는 건 너무 가혹한 일이다.

솔직히 두렵다. 형이 케이시와 안 된다고 말할까봐. 나는 형의 뜻을 거스를 수 없다. 형이 반대한다면 케이시의 손끝 하나라도 건드리지 않을 것이다. 나는 형을 위해서라면 뭐든지 할 수 있다.

세상에서 가족보다 중요한 건 없으니까.

〈끝〉